우리 고전 다시 읽기

옥루몽

구인환(서울대 명예교수) 엮음

좋은 책 좋은 독자를 만드는 —

머리말

수천년 동안 한 민족이 국가의 체제를 갖추어 연면한 역사와 전통을 계속해 왔다는 것은 인류 역사를 살펴봐도 그렇게 흔한 일이 아니다. 그리고 그 민족이 고유한 문자를 가지고 후세에 길이 전할 문헌을 남겼다는 것은 더욱 흔한 일이 아닐 것이다.

이러한 면에서 볼 때 우리 한민족은 세계 어느 나라와 비교해도 손색없고, 자랑스러운 역사와 전통을 이어왔다. 우리 한민족은 5천 여 년의 기나긴 역사를 통하여 수많은 외세의 침략을 받아 백척간두의 국난을 겪으면서도 우리의 역사, 한민족 고유의 전통을 면면히 이어온 슬기로운 조상이 있었다. 이러한 까닭으로 오늘날 빛나는 민족의 문화 유산을 이어받은 것이다.

고전 문학(古典文學)이란 실용성을 잃고도 여전히 존재할 만한 값어치가 있고, 시대와 사회는 변해도 항상 시대를 초월하여 혈연의 외침으로 우리의 공감대를 울려 주기에 충분한 문화적 유산이다. 그러므로 오늘을 사는 우리들은 조상의 얼이 담긴 옛

문헌을 잘 간직하여 먼 후손들에게까지 길이 이어주어야 할 사명감을 가져야 할 것이다.

고전 문학, 특히 국문학(國文學)을 규정하는 기준이 국어요, 나라 글자라면 우리 민족의 생활 감정을 표현한 국문 작품이야말로 진정한 국문학이 된다 할 것이다.

그러나 우리 고유 문자의 탄생은 오랜 민족 역사에 비해 훨씬 후대에 이루어졌다. 이 까닭으로 우리 민족은 일찍부터 외국의 문자, 즉 한자가 들어와서 사용했다. 이처럼 우리 선조들이 고유 문자가 없음을 한탄할 때에, 세종조에 와서 마침 인재를 얻어 훈민정음이 창제되었다. 하지만 여전히 한자가 독보적인 행세를 하여 이 땅에 화려한 꽃을 피웠다. 따라서 표현한 문자는 다를지언정 한자로 된 작품도 역시 우리 민족의 생활 감정을 나타낸 우리의 문학 작품이다. 이러한 귀결로 국·한문 작품을 '고전 문학'으로 묶어 함께 싣기로 했다.

우리 글이 창제된 이후에도 우리 선조들의 손으로 쓰여진 서책이 수만 권에 달한다. 그 가운데에서 국문학상 뛰어난 몇몇 작품을 선정하는 것은 물론 산재해 있는 문헌의 자료를 수집하기 위해 숨어 간직되어 있는 작품을 찾아내는 것도 여간 어려운 일이 아니었다. 그럼에도 이만한 성과를 거두고 이만한 고전 문학 작품을 추리는 것은 현재를 삼는 우리의 당연한 책임이자 의무이다. 다만 한정된 지면과 미처 찾아내지 못한 더 많은 작품이 실리지 못한 것이 아쉬울 따름이다.

엮은이 씀

차례

옥루몽

천상(天上)의 이야기다.

옥황상제(玉皇上帝)[1]가 사는 백옥경(白玉京)[2] 열 두 누각(樓閣) 중에서 제일 크고 화려한 곳을 백옥루(白玉樓)라 하였다. 그 백옥루를 수축(修築)하고 낙성(落成)의 잔치가 크게 벌어졌다.

옥황상제는 번쩍번쩍 빛나는 유리잔에 유하주(流霞酒)[3]를 철철 넘도록 따라서 문창성군(文昌星君)에게 주면서 이날의 잔치를 축하하는 시 한 수를 읊으라고 분부하였다. 문창성군은 즉석에서 붓을 달려 시 3장을 지어 바쳤다. 그 셋째 장의 시구가 마침내 말썽을 일으켰다.

雲裡靑龍玉絡頭

---

1) 도가에서 말하는 하느님. 줄여서 옥제라고도 함.
2) 하늘나라의 옥황상제가 산다는 상상의 서울.
3) 신선이 마신다는 좋은 술.

平明騎出向丹邱
閒從碧戶窺人世
一點秋煙辨九州

구름 속 청룡이 머리 옥으로 얽어매어,
밝을 무렵 타고 나와서 단구(丹邱)[1]로 향하는구나.
흰가위 푸른 문으로 인간 세상 엿보니,
한 점 가을 연기에 구주(九州)가 분명하도다.

옥황상제는 이 마지막 장의 시구를 읽어 내려가다 문득 불쾌한 기색을 감추지 못하고 태을진군(太乙眞君)을 돌아다보며, 문창성군의 시구가 속세(俗世)와 인연이 있는 뜻이니 이 어쩐 일인가 물었다. 문창성은 비록 연소하되 앞으로 옥황상제의 기대가 큰 선관(仙官)[2]이기 때문이었다. 태을진군이 대답하되,

"문창성의 양미간에는 요즘 부귀의 기상이 서리어 있사오니, 잠시 인간 세상으로 귀양 보내어 겁기(怯氣)[3]를 없애심이 좋을까 하나이다."

잔치가 파한 후 옥황상제는 영소보전(靈霄寶殿)으로 돌아가다가 걸음을 멈추고 문창성군에게 말하였다.

"오늘 밤은 달빛이 좋으니 그대로 옥루(玉樓)에 머물러 달이나 즐기고 돌아가라."

문창은 옥황상제를 배웅하고 다시 백옥루로 올라갔다.

---

1) 신선이 산다는 곳. 밤낮이 늘 밝다고 함.
2) 선경, 즉 신선이 사는 곳의 관원.
3) 궁한 사람의 얼굴에 나타난 얹짢은 기색.

그날은 7월 칠석, 첫 가을의 좋은 시절이었다. 문창이 달을 바라다보며 심심한 생각에 사로잡혀 있을 때 아리따운 옥녀(玉女)가 홀연히 나타났다.

"옥황상제께서 문창이 취할 것을 염려하시고 저에게 반도(蟠桃)[4] 여섯 개와 옥액(玉液) 한 병을 전하시며 오늘 밤 옥루에서 달 구경하시는 풍정(風情)을 도우라 하셨노라."

뒤를 이어서 하늘나라 백옥루에는 여러 아리따운 선녀들이 몰려들었으며, 산들거리는 금빛 바람, 반짝거리는 은하(銀河), 그림같이 아름다운 풍경이 벌어졌다. 영산회(靈山會)에 갔다가 마하지(摩訶池)를 지나는 길에 한창 피어 있는 옥련화가 하도 아름다워서 꺾어 가지고 왔다는 제천선녀(諸天仙女), 선녀가 공중으로 훌쩍 던지는 연꽃, 그 연꽃을 받아 보고 미소하더니 곧 시 한 구를 꽃잎에 써서 다시 공중으로 던져 주는 문창.

可憐玉蓮苑
淸淨摩訶池
尙得春風意
任君折一枝

어여쁘다 옥련화,
맑은 마하지에 피었도다.
오히려 봄의 뜻을 알았기에,
한 송이 꺾는 대로 그대에게 바치노라.

4) 선도(仙桃)의 한 가지. 3천 년 만에 한 번씩 열매가 열린다고 함.

문창과 제천선녀의 노는 광경을 질투하여 달려든 천요성(天妖星), 또 남쪽으로부터 머리에 칠보관(七寶冠)을 쓰고 홍란(紅鸞)을 타고 날아든 홍란성(紅鸞星), 그들은 달 밝은 백옥루의 첫 가을 밤을 마음껏 즐겼다. 맨 나중으로 도화성(桃花星)도 나타나서 끝자리에 앉았다.

도화성은 마고선자(麻姑仙子)[1]에게 들었다 하며, 군산(君山)에 새로 담겨 있는 천일주(天日酒)[2]를 가져오자고 제의하였다. 홍란이 선뜻 시녀에게 명령하여 심부름을 시켰다. 시녀는 당장에 술 한 말을 들고 돌아왔다.

맛있는 술잔이 한참 돌아갔다. 문창은 흥겨워 너털웃음을 참지 못하였으며, 선녀들도 술에 취하여 백옥루 난간에 몸을 의지하고 조용히 잠들어 버렸다.

이 때 한편에서 석가세존(釋迦世尊)[3]은 영산도량(靈山道場)[4]에서 일을 마치고 연화대(蓮花臺)[5]에 앉아서 제자들에게 불법을 강의하고 있었다. 그러자 중 한 사람이 나타나서 이런 말을 하였다.

"마하지에 활짝 핀 열 송이 옥련화 가운데서 한 송이가 없어졌습니다."

세존은 보살에게 명령하여 그 연꽃의 행방을 살피도록 하였다. 보살은 하늘 높이 올라가서 옥련화를 찾아 세존에게 도로 바치고, 선녀들이 술에 취해 쓰러져 있는 광경을 말하였다. 세

1) 선인의 이름.
2) 빚어 담근 지 천 일 만에 먹는 술.
3) 석가모니의 존칭.
4) 석가가 성도(成道)한 땅.
5) 극락 세계에 있다고 하는 대(臺).

존은 꽃을 받아 살펴보다가 꽃잎에 써 있는 시구를 보자 미소를 띠우며 밀다심경(密多心經)을 외었다. 그랬더니 꽃잎에 쓴 글자가 하나하나 탑 위에 떨어져 스무 개의 구슬이 되었다.

세존이 또다시 파리채를 들어 탑을 치니 그 스무 개의 구슬은 쌍쌍이 흐트러지더니 다섯 개로 변해 가지고 더욱 광채를 발하였다. 세존은 보살에게 다섯 개의 구슬을 주었다. 보살은 왼손에 다섯 개의 구슬을 들고 세존에게 절하고서 오른손에는 꽃을 들고 남천문으로 올라갔다.

거기서 보살은 아랫세상을 굽어보았다. 온갖 욕심과 괴로움 속에서 무수한 인간들은 꿈을 깨지 못하고 허덕이고 있었다. 보살은 연꽃과 구슬을 한꺼번에 허공을 향해서 던졌다. 다섯 개의 구슬은 사방으로 흐트러져 행방을 알 수 없게 되고, 다만 한 송이 연꽃이 흰구름 사이를 날아서 아랫세상으로 떨어지더니 한 군데에 명산(名山) 하나를 이루어 놓았다. 신기하고도 알 수 없는 일이었다. 보살의 힘이 장차 어떠한 일을 일으킬지 흥미진진한 일이다.

남쪽 고장에 옥련봉(玉蓮峰)이라는 산이 있었다. 둘레가 500여 리, 높이가 1만 8천 장(丈)[6]이나 되며 산에 있는 돌들이 모두 백옥같이 희었다. 이 산에는 수백년이 지나는 동안에 몇 군데 촌락이 생겼으며 그 촌락 중에 양현(楊賢)이라는 처사(處士)[7]가 살고 있었다. 부인 허씨(許氏)와 산에 올라 나물을 캐고 시내에서 고기를 낚으며 쓸쓸하고 조용한 세월을 보내고 있었다. 슬하에 소생이 하나도 없어서 언제나 이들 부처는 울적한

6) 길이 단위의 한 가지. 열 자(十尺).
7) 세파의 표면에 나서지 않고 조용히 초야에 묻혀 사는 선비.

심사로 지냈다.

하루는 우연히 옥련봉에 부부가 함께 올라갔다가 낙락장송이 늘어져 있는 석벽 속에서 관세음보살의 진상(眞像)[1]을 발견하고 기도를 드려서 아들 낳기를 발원(發願)[2]하였다.

과연 그날부터 허씨는 태기가 있었다. 열 달이 지난 뒤에 허씨는 귀동자를 하나 낳았다. 이름하여 창곡(昌曲)이라 하였다. 어느 날 중 한 사람 지나가다가 이 어린아이의 준수하고 총명하며 재질이 넘치게 생긴 얼굴을 보고,

"허어, 이 아이는 문창(文昌) 무곡(武曲)의 정기를 타고난 아이로다. 반드시 다음날 귀한 몸이 될 수 있으리라."

라고 하는 말을 들었기 때문에, 양처사가 이렇게 아들의 이름을 지은 것이었다.

창곡의 나이 여섯 살이 되자 벌써 글자를 모아서 글귀를 지을 줄 알게 되니, 양처사는 그 놀라운 재질을 아껴서 오히려 글을 가르치지 않을 정도였다.

세월이 흘러 창곡의 나이 열 여섯 살이 되었다. 총명하고 재질이 뛰어난 소년이 그대로 산 속에 파묻혀 있을 리 없었다. 황성(皇城)[3]에 가서 과거를 보고 입신양명(立身揚名)[4]하겠다고 부모를 졸라댔다.

부인 허씨는 아들과 떨어지기 싫은 안타까운 심정을 어찌할 수 없었으나, 마침내 옷가지와 비녀를 팔아서 노잣돈을 만들고

---

1) 참모습. 생긴 그대로의 모습.

2) 소원을 빈다는 뜻.

3) 황제가 있는 도성.

4) 출세해서 자기의 이름이 세상에 드날림.

한 마리 청노새와 동자 하나를 딸려서 길을 떠나보냈다.

때는 녹음방초(綠陰芳草) 우거진 첫 여름이었다. 길을 떠난 지 10여 일 만에 창곡은 소주(蘇州)[5] 땅에 다다랐다. 난데없이 숲 속에서 뛰어나오는 5, 6명의 도둑을 만났으나 창곡은 대담무쌍하게도 입고 있는 옷을 모조리 벗어서 도둑에게 주었다.

창곡은 속옷바람으로 겁을 집어먹고 쩔쩔매는 동자를 달래가지고 한 군데 주막으로 들어갔다. 이곳에서 주막집 주인으로부터 이 지방의 자세한 형편을 알 수 있었다. 이 고을을 다스리는 자사(刺史)란 위인들은 주색(酒色)에 빠져서 정사를 돌보지 않아 도둑을 잡을 생각도 없다는 사실, 내일은 이곳 소주 자사(蘇州刺史)가 압강정(壓江亭)이란 곳에서 주연(酒宴)을 베풀고 소주와 항주(杭州)[6]의 문인 · 재사를 모아 놓고 시 짓기를 하고 장원(壯元)한 사람에게는 상을 주기로 되어 있다는 일, 또 한 가지 색다른 소식도 있었다. 항주라는 고장은 기녀(妓女)가 아름답기로 이름난 곳으로, 그중에서도 뛰어나고 이름 높은 기생이 강남홍(江南紅)인데, 흔히 홍랑(紅娘)이라 부른다 하였다. 강남홍은 가무(歌舞)와 문장을 겸비한 항주 일색으로서 자사 · 수령(守令)[7] 들이 모조리 반해서 야심을 품고 침을 흘리지만, 그 성품이 곧고 마음씨가 맑아서 그 나이 이칠(二七)[8]인데도 아직 가까이한 사람이 없다는 흥미 있는 사실이었다. 또한 이번 소주 자사는 승상(丞相)[9] 황의병(黃義炳)의 아들로서, 본래부터 풍류

5) 중국 강소성 양자강 남쪽에 있는 항구 도시.
6) 중국 절강성의 성도.
7) 지방 관리의 총칭.
8) 2×7은 14, 곧 14세를 뜻함.
9) 중국의 옛 벼슬 이름. 우리 나라의 정승에 해당함.

주색에 정신을 차리는 까닭에 강남홍을 제 손아귀에 넣으려고 야심만만하다는 사실도 알게 되었다.

이튿날 창곡은 압강정이란 곳으로 달려갔다. 소주 · 항주의 수많은 선비들을 따라서 정자 위로 올라갔다. 의관을 정제(整齊)하고 늘어앉은 소항문사(蘇杭文士)[1]들의 옆으로는 기녀 100여 명이 꽃밭을 이루고 제각기 어여쁜 얼굴을 자랑하고 있었다.

창곡은 재빠르게 미인 강남홍의 얼굴을, 말석(末席)에 앉아서나마 멀리 찾아낼 수 있었다. 쌀쌀하면서도 총명한 기색이 유난히 넘쳐흐르는 강남홍의 매력적인 눈동자, 강남홍도 무수한 선비들을 무심히 볼 리 없었다. 비록 말석에 앉아 있는 초라한 소년 창곡이었지만 그 가난한 선비의 행색 가운데서 준수하고 뛰어난 기상을 찾아내지 못할 리 없었다.

황자사(黃刺史)는 강남홍에게 노래를 한 곡조 부르라 하였다. 그러나 강남홍은,

"마땅히 제공(諸公)의 금수문장(錦繡文章)[2]을 빌어 가곡(歌曲)으로 불러 볼까 하옵나이다!"

하면서 제 노래를 부르려 들지 않았다. 이리하여 강만홍의 기분을 맞추기에 정신이 없는 자사는 드리어 시령(詩令)을 내렸다. 말석에 앉은 창곡이 일필휘지(一筆揮之)[3]하여 훌쩍 집어던진 시구,

崔嵬亭字對江頭

---

1) 소주와 항주의 문사.

2) 비단결과 같은 부드럽고 아름다운 문장.

3) 한 숨에 흥취 있고 줄기차게 글씨를 써 내려감.

畵棟朱欄壓碧流
白鷺慣開鍾磬響
斜陽點點落平洲

큰 강 머리에 높은 정자 솟았으니 그림 기둥,
붉은 난간 푸르게 흐르는 물을 눌렀도다.
흰 새들 종소리로 익히 들어,
저무는 석양에 점점이 물가에 떨어지듯 내리도다.

平沙籠月樹籠煙
積水空明一色天
好是君從平地望
畵中樓閣鏡中仙

넓은 모래 사장엔 달이 어리었고 나무엔 연기 어리었으니,
밀려오고 밀려가는 물은 맑고 밝아 하늘빛과 같도다.
좋도다, 그대여! 평지로부터 바라보라.
그림 가운데 누각이요, 거울 속의 신선이로다.

江南八月聞香風
萬朶蓮花一朶紅
莫打鴛鴦花下起
鴛鴦飛去折花叢

강남 8월에 향기로운 바람 일어,

1만 송이 연꽃 속에서 한 송이 붉었도다.

한 쌍 원앙새를 놀래어 꽃 아래 일어나게 말라.

원앙새 날아가면 꽃송이만 꺾일까 두렵도다.

강남홍은 그 시구를 들여다보다가 금봉채(金鳳釵)[1] 비녀를 뽑아 술병을 치며 청아한 음성으로 읊었다. 모든 사람의 귀를 놀라게 하였으나 어떤 사람의 시구인지는 알 수 없었다.

자사는 시구의 작자를 밝히라고 하였으나, 그것을 알아챈 강남홍은 타향에서 온 선비 창곡에게 화가 미칠까 두려워하여 그것을 반대하였으며, 자사들도 강남홍의 뜻을 허락하였으나, 마침내 그것이 이 고장 선비의 시구가 아니라는 것이 탄로나고야 말았다.

강남홍은 즉흥시(卽興詩) 몇 구절을 지어 부름으로써 창곡에게 이 자리를 급히 뜨도록 암시하였으며 종장(終章)에 가서는,

'항주성 돌아들 데 큰 길가 청루 몇 곳인가. 문 앞 벽도화는 우물 위에 피어 있고, 달 머리에 솟은 누각 강남 풍월 분명하다.'

라고 불러서 자기 집까지 암시해 놓았다.

"장원시(壯元詩)를 가져오라!"

황자사의 명령이 내렸다. 황자사 봉(封)을 뜯어 보니 '여남양창곡(汝南楊昌曲)'이란 다섯 자가 나타났다. 압강정에는 일대 소동이 일어났다. 모두 소주 · 항주의 선비들이 극도로 흥분하였다.

1) 금으로 봉황을 새겨 만든 비녀.

"괘씸한 놈이로다. 이방(異邦)에서 나타난 놈이 이곳 잔치를 업수이 여기고 옛 사람의 시구를 훔쳐 좌중을 농락하였도다! 그놈을 냉큼 잡아들여라."

황자사가 두 눈을 무섭게 뜨고 호령을 하였다. 이러고 보니 소주 · 항주의 여러 선비들 가운데는 팔을 걷어올리며 거기 맞장구를 치고 내닫는 패들도 있었다.

"시주풍류(詩酒風流)로 이름 높은 우리 소주 · 항주 어찌 일개 아이 녀석에게 농락을 당하리요. 우리의 수치 이에 더 큼이 있으리요! 그놈을 당장에 잡아들여 분을 풀도록 할지어다."

두 주먹을 불끈 쥐고 펄펄 뛰며 일어서는 선비들이 하나 둘이 아니었다. 창곡이 떠난 뒤로 강남홍은 여간 걱정을 한 것이 아니었다. 창곡이 타향 사람으로 아무래도 처음 길이니 창주 번화한 길에서 방황하고 자기 거처를 찾지 못하는 것만 같아서 불안하기 짝이 없었다.

그저 빨리 창곡의 뒤를 쫓고 싶은 생각뿐인지라, 마침내 황자사를 살살 꾀어서, 주령(酒令)과 시령(詩令)을 내리게 하였다. 그것은 곧 강남홍이 소항다사(蘇杭多士)의 시 한 편씩을 외면 그때마다 여러 선비들은 술 한 순배씩을 마셔야 한다는 것이었다.

황자사가 강만홍의 말을 어길 리 없었다. 자리는 어지러워지고 수많은 문사들은 술에 취해서 쓰러져 버렸으며, 또 한 사람 윤자사(尹刺史)는 주석(酒席)을 피하여 다른 방으로 몸을 감추고 말았다.

강남홍은 드디어 압강정에서 빠져나오는 데 성공하였다. 밖으로 나오자 쭈그리고 앉아 있는 종에게 금봉채 비녀를 뽑아 주어 자기 행방을 말하지 말라 단단히 부탁하고 종의 옷과 짚신을 바꾸어 변복(變服)까지 하고 급히 항주로 달려갔다. 10여 리를 갔을 때 밤은 이미 삼경(三更)[1]이었다.

강남홍은 한 군데 주막집을 찾아들어 창곡의 소식을 알려 하였으나 점주(店主)는 그런 사람이 들른 일이 없다는 것이었다. 강남홍은 창곡을 걱정하는 나머지 소주 길로 되돌아갈 수밖에 없었다.

한편 압강정에서 빠져나온 창곡은 주막으로 돌아가 노새를 타고 급히 항주를 향하여 길을 떠났다. 강남홍이 들렀던 주막집을 거치기는 하였으나 자기 행적을 묻고 간 한 종이 있었다는 소식을 듣고, 그 종은 분명히 황자사의 종으로서 자기 뒤를 쫓는 줄로만 생각하였다.

창곡은 천신만고, 시골뜨기의 몸으로 간신히 강남홍의 거처하는 청루(青樓)[2]를 찾아냈다. 동편 버들 사이로 분장(粉牆)[3]이 은은하고 여러 층 누각이 담장 머리에 솟아 있으며 분벽(粉壁)[4]의 사창(紗窓)[5]에는 주렴(珠簾)[6]이 느리워졌고 '서호풍월(西湖風月)' 넉 자의 현판(懸板)이 뚜렷한 곳이었다.

종 연옥(蓮玉)이 나와서 창곡을 맞아들였으나 강남홍이 있을 리 없었다. 창곡은 하는 수 없이 다시 노새를 타고 그곳을 떠나 근처 주점에서 쉬면서 강남홍이 돌아오기만 고대하고 있었다. 소주를 향하고 되돌아가던 강남홍은 발이 부르트고 하늘이 점

---

1) 하룻밤을 다섯 등분으로 나눈 세 번째. 밤 11시부터 새벽 1시까지의 사이를 가리킴.
2) 노는 계집의 집. 유곽.
3) 단장한 담장을 가리킴.
4) 단장한 벽을 가리킴.
5) 사(紗)붙이로 바른 창.
6) 구슬을 꿰어 꾸민 발.

점 밝아오는지라 아무리 종의 옷을 입었다 하지만 그 이상 더 길을 갈 수 없어 밤중에 지나왔던 주막집을 다시 찾아들었다.

주인의 말을 듣고 서로 길이 어긋남을 알게 된 강남홍이 시급히 주막집을 나서려 하였을 때 뜻밖에도 문 앞을 지나는 윤자사와 맞닥뜨리게 되었다. 윤자사는 압강정에서 정사(政事)를 잊어버리고 심히 못마땅한 심정으로 항주로 돌아가는 길이었다.

윤자사도 강남홍을 알아보고 깜짝 놀랐다. 그러나 한 가지 일러 주는 말이 있었다.

"소주 황자사가 5월 5일에 낭을 불러 전당호(錢塘湖)에서 경도희(競渡戱)[7]를 열겠다 하니 그리 알아 두라."

강남홍은 입을 야무지게 다물고 거기 응하겠다는 대답을 끝끝내 하지 않은 채 윤자사와 헤어져서 집으로 빨리 달려갔다. 반색을 하여 내닫는 종 연옥으로부터 손님이 오셔서 주막에서 기다리고 있다는 사실을 알고도, 강남홍은 도리어 무엇인지 연옥이와 귀엣말을 소곤댈 뿐이었다.

창곡의 언행지조(言行志操)[8]를 떠보자는 강남홍의 깜찍한 연극이었다. 연옥은 창곡의 머무르고 있는 주막으로 가서 이렇게 말하였다.

"주인은 소주 상공에게 붙들여 5, 6일 후에나 돌아오신다 하옵나이다."

창곡은 날이 저물어 떠날 수 없다 하며 묵을 만한 가까운 곳을 알아 달라고 부탁하였다. 마침내 창곡은 연옥의 집에서 하룻밤을 머무르게 되었으며, 강남홍은 자기 집에 숨어서 수차 연옥

7) 강에 배를 띄우고 즐기는 놀이.

8) 언행과 굳은 지기.

을 창곡에게 보내서 그 동정만을 살펴보며 혼자 웃고 있는 것이었다.

밤이 깊어서 연옥은 창곡이 자는 창 밖에 몸을 숨기고 엿듣었다. 창곡은 뜰로 내려가서 한참 거닐더니 울적한 심정을 참을 길 없는 듯, 마침 돋아 오르는 초승달을 향해서 시를 읊었다.

鍾殘漏促轉星河
客館孤燈屢剪花
緣何風綴浮雲起
難向月中見素娥

종소리 쇠잔한데 누수(漏水)는 재촉하는 듯 별들도 자리를 옮겼으니,
나그네〔客館〕 외로운 등잔의 불 심지만 여러 번 잘라 보누나.
무슨 일로 바람은 부운(浮雲)[1]을 끌어 일으키는고,
달을 향하여도 소아(素娥)를 보기 어렵도다.

연옥은 글을 배운 여자인지라 강남홍에게 돌아가 일러 주고,
"그 공자(公子)[2]님의 기색이 아주 초조해 보이오니 어인 까닭인지 알 수 없나이다. 몸이 불편치 않으시면 심중에 무슨 근심이 있으신 것 같사옵나이다."
하고 느낀 대로 말하였다. 연옥의 말을 들은 강남홍은 마음속으로,

1) 하늘에 뜬 구름.
2) 귀한 집안의 나이 어린 자제. 귀공자.

'내가 그분의 마음을 떠보려고 한 노릇이지만 너무나 심하였는지도 모른다. 그분이 나를 생각해 주시는 마음이 이제는 넉넉히 짐작할 수 있도다!'

이렇게 생각하고 연옥에게,

"그 공자께서 그렇듯 근심걱정이 있으시다면 가서 위로해 드림이 옳겠도다."

하고 농에서 남자의 옷을 한 벌 꺼내었다. 강남홍은 또 한 번 앙큼스런 연극을 꾸미자는 것이었다. 어디까지나 창곡의 사람된 품을 철저히 떠보자는 까닭이었다.

남복(男服)으로 선비를 변장한 강남홍은 창곡의 거처로 서슴없이 들어가 대담하게도, 자기는 서천(西川) 사람으로 산수를 좋아하여 소항(蘇杭)의 땅을 찾아들었다가 밤이 깊어 글을 외다가 쓸쓸함을 못 이겨 서로 이야기나 할까 하고 나타난 사람이라 말하였다.

창곡도 남복을 한 선비, 강남홍에게 깜쪽같이 속아서 술상을 차려 놓고 서로 시구를 지어 가며 밤을 보냈으나, 마침내 강남홍이 마지막으로 남기고 간 시구를 곰곰이 씹어 생각해 보고 나서야 강남홍에게 속은 것을 알아챌 수 있었다. 그 시구는 이러하였다.

點點疎星耿耿河
綠窓深鎖碧桃花
那識今宥看月客
前身曾是月宮娥

점점이 성긴 별 반짝이는 은하수 밤은 깊은데,
푸른 창에 벽도화 깊이 잠겼도다.
뉘 알소냐, 오늘 밤 달 보는 손이,
바로 전에 달 속의 항아(姮娥)[1]였음을.

창곡이 다시 방에 들어가 자리에 누워서 강남홍을 생각하고 있을 때 문 밖에 발소리 조용히 들렸다. 창곡을 맞으러 온 연옥이었다. 마침내 창곡은 연옥을 따라 강남홍의 집으로 갔다. 문에 기대어 기다리다가 반가이 영접하는 강남홍의 두 볼은 홍도같이 붉었으며 수줍은 듯 고개를 포옥 수그리고 방울 같은 음성으로 말하였다.

"첩이 한날 천한 창기(娼妓)의 몸으로서 가곡(歌曲)으로 공자와 기약하옴을 한밤중 주막집에서 변복(變服)으로 희롱하였사오니, 공자께서 용납하지 않으시리라 함을 모를 리 있사오리까. 첩의 뜻은 더러움 속에 떨어진 한 떨기 꽃이라 하올지라도, 한 사람에게 몸을 의탁하여 천한 이름을 씻고자 하올 뿐이로소이다."

창곡은 강남홍의 손을 꼬옥 잡아 주었다. 창곡이 자기 신세와 형편을 고백하니 강남홍도 눈물 어린 음성으로 말하였다.

"첩은 본래 강남 사람이온데 성은 사씨(謝氏)로소이다. 3세 때에 산동(山東)[2]에서 도둑이 일어나 나중에 부모를 잃고 도는 물이 되었삽다가 청루(靑樓)에 팔리는 신세 되었나이다."

밤이 되자 절대가인과 소년 재자는 비단 요와 이불을 펴고 원

---

1) 달 속에 있다는 선녀. 상아라고도 함.
2) 중국 동부 황해에 연한 지방의 이름.

앙침(鴛鴦枕)을 나란히 베고 누워서 운우(雲雨)[3]의 꿈을 즐겼다.

이윽고 강남홍이 나삼(羅衫)[4]을 벗으니 옥같이 드러나는 팔에 한 점 앵혈(鶯血)[5]이 촛불 아래 완연히 드러났다. 청루 명기의 몸일망정 홍규부녀(紅閨婦女)[6]만 못지않은 정절을 지킨 갸륵한 모습에 창곡은 그저 감탄할 뿐이었다.

그런데 강남홍은 베갯머리에서 창곡을 물끄러미 바라보며 이상한 문제를 꺼냈다. 그것은 아무래도 자기는 천한 창기의 몸이요, 창곡은 배필을 구해야만 될 선비의 몸이니, 다른 곳에 구하지 말고 자기가 마음먹고 있는 여자를 꼭 택해 달라는 당부였다.

그 마음먹고 있다는 여자란 현재 자사로 있는 윤공(尹公)의 딸을 말하는 것이었다. 창곡도 그 말에 쾌히 승낙하였다. 이틀 동안이나 창곡과 강남홍은 아기자기한 시간을 마음껏 보내고 작별을 하게 되었다. 강남홍은 의복과 노자와, 그 밖에 자기 집 종을 하나 더 거느리게 해서 창곡을 천리 길이나 떨어져 있는 황성(皇城)으로 떠나보냈다.

강남홍을 차마 잊기 어려운 안타까운 심정을 가슴속 깊이 간직하고, 창곡은 10여 일 만에 화려한 궁궐이 있는 황성 땅에 당도하였다.

한편 창곡을 떠나보낸 강남홍은 집에 돌아오자 병을 핑계하고 손〔客〕을 받지 않았다. 멀리 길을 떠난 창곡에게 대해서 절개를 지키자는 것이었다.

---

3) 남녀가 육체적으로 서로 어울리는 모양.
4) 사(紗)로 만든 적삼.
5) 처녀의 상징으로 팔에 있는 표시.
6) 미인의 침실에 있는 부녀자.

어느 날 문득 윤자사의 딸을 창곡의 부인으로 소개하였던 일을 생각하고, 윤소저(尹小姐)를 본부인으로 평생을 같이 모실 분이라는 생각에서, 강남홍은 몸차림을 조촐하게 하고 부중(府中)으로 윤자사를 찾아가 문안을 드리고 자기의 심정을 속직히 말하였다.

"첩은 병든 몸이 되었사오니 부중에 드나들며 내당(內堂) 소저를 모시고 침선(針線)[1] 여공(女工)[2]이나 배우고 병을 조섭(調攝)[3]해 볼까 하나이다."

윤자사도 그의 뜻을 쾌히 승낙해서 강남홍은 매일같이 부중에 드나들며 윤소저를 모시게 되었다. 윤소저는 《열녀전(烈女傳)》을 탐독(耽讀)하는 현숙한 아가씨로서, 며칠 동안 접해 온 강남홍이 탄복할 만하였다.

또한 윤소저도 강남홍의 총명함을 사랑하여 날이 갈수록 서로 정이 두터워졌다. 하루는 강남홍이 자기 집에 돌아가 연옥에게,

"황성 간 종이 돌아올 때가 되었는데 어찌된 일일꼬?"

난간에 기대어 수심을 띠고 있을 때, 바로 그 종이 달려 들어와서 창곡의 편지를 전하는 것이었다. 강남홍은 급히 편지를 뜯어보았다.

'우리 하늘이 맺어 주신 인연으로 압강정(壓江亭)에서 꽃을 희롱하고 연로정(燕鷺亭)에서 버들을 꺾은 것은 한낱 풍류로 유희한 일이 아니었도다. 이는 바로 뜻 맞는 지기(知己)를 만난 것

---

1) 바늘과 실. 곧 바느질하는 일.

2) 여자가 해야 하는 일.

3) 음식 · 동작 또는 거처 따위를 몸에 맞게 해서 쇠약해진 몸을 회복하게 함.

이니, 어찌 한때 서로 떨어져 있음을 서러워하리요. 종이 돌아간다 하니 몇 줄 글로서 그리운 심회의 일단이나마 풀어 볼까 하노라. 길이 몸조심하고 자중하여 멀리 있는 사람의 마음을 편케 해주기 비노라.'

창곡의 편지를 읽고 난 강남홍의 두 볼에는 눈물이 비 오듯 하였다. 읽고 또 읽고 눈물 방울에 젖은 편지를 간신히 접어 넣고 그 종에게 후히 상을 주었다.

그립고 보고 싶고 안타까와도 참는 길밖에 없었다. 모든 일을 잠시 깨끗이 잊어버리고 마음을 가다듬어, 부중으로 윤소저나 모시러 들어가 볼까 하고 마악 몸을 일으키려고 하는 판에, 종 연옥이 난데없이 황급히 뛰어 들어왔다.

"문밖에 소주(蘇州)서 종 하나가 와서 찾고 있나이다."

이상한 일이었다. 소주서 왔다는 종이란 말에 강남홍은 간담이 서늘해지며 놀라지 않을 수 없었다. 그것은 물론 소주 황자사가 보낸 종이었다. 압강정에 놀던 날, 강남홍이 말없이 달아난 까닭에 황자사는 욕심을 채우지 못하고 자나깨나 강남홍을 잊지 못하다가, 마침내 부귀(富貴)로 유인해 보리라는 결심을 하고 종에게 황금 100냥, 비단 100필과 여러 가지 패물이 들은 상자 하나와 편지 한 통을 전하게 한 것이었다.

'주는 것을 받지 않으면 웃사람 섬기는 도리가 아닐 것이요, 그렇다고 이것을 받으면 내 뜻이 꺾이고 마는 것이니 어찌하면 좋을꼬?'

강남홍은 한참 동안이나 망설이다가 선뜻 붓을 들어 답장을 썼다.

'첩이 본디 병이 있사와, 약석(藥石)으로 낫지 못하는 터이온데, 지난 잔칫날에도 아뢰지 못하옵고 돌아왔음도 이 때문이었나이다. 그러하온데도 그 죄를 벌로 다스리지 아니하옵시고 도리어 상을 주시니 감히 받기 어렵사오나 소항(蘇杭)은 형제지읍(兄弟之邑)이오니, 천기(賤妓), 웃사람을 섬기는 도리는 부모와 다름없사오므로 주시는 것을 물리치면 불효막대할 듯하와 감히 봉하여 두고 죄를 기다릴까 하옵나이다.'

강남홍은 소주 종 편에 답장을 보내 놓고 우울한 심정으로 부중에 이르러 윤소저의 침실로 들어갔다. 그때 마침 윤소저는 창 밑에 앉아 홍단(紅緞)[1]에다 원앙새를 수놓고 있었다. 강남홍은 쓸쓸한 얼굴빛으로 원앙새를 가리키며 윤소저에게 이렇게 말하였다.

"이 새는 반드시 짝이 있어 서로 떠나지 않는데, 영혼이 있다는 사람이 도리어 이 새만 같지 못하와 뜻을 마음대로 이루지 못하오니 어찌 불쌍치 않겠나이까?"

하면서 소주 자사가 자기를 괴롭히고 있다는 사실을 호소하고 구슬 같은 눈물 방울을 흘렸다.

"홍랑(紅娘)의 지조는 내 이미 잘 알고 있노라. 그러나 어찌 홀로 청춘을 보내리요."

위로하여 묻는 윤소저의 말에 강남홍은 이렇게 대답하였다.

"봉황은 낭간(琅玕)[2]이 아니면 먹지 않사오며, 오동(梧桐)이 아니면 깃들지 않는다 하옵나이다. 이제 주렸다 하와 가시덤불은 가리지 않는다 하오면 어찌 봉황의 마음을 알아주는 것이라

1) 붉은 비단.

2) 경옥의 한 가지. 암록색 내지 청백색을 발하는 반투명의 아름다운 돌. 중국산으로 고래로부터 장식에 쓰임.

하겠나이까."

"내 어찌 홍랑의 뜻을 모르리요. 지금 말은 농담일 뿐이요. 기색을 보니 무슨 일인지 난처한 일이 있는 것 같으니 규중 여자의 몸으로 논할 바 아니라지만 내 부친께 아뢰어 선처케 하겠노라."

윤소저의 이렇게 위로해 주는 말을 듣고도 남홍은 쓸쓸히 웃을 뿐이었다.

한편, 남홍의 편지를 받아 본 황자사는 크게 노하였다.

"괘씸한 년, 이웃 고을의 일개 천한 기녀의 몸으로서 감히 이렇게 욕을 뵈니 그 죄를 논하지 않고 그대로 둘까 보냐."

노발대발하다가 무엇을 생각하였음인지 황자사는 빙그레 웃으며 마음을 고쳐먹었다.

"예로부터 명기(名妓)란 것은 지조를 지키는 체하고 교만을 부리나, 내심으로는 재물을 탐내고 세력 앞에 굴복하기로 마련된 것이로다. 옳다. 묘한 방법이 있도다."

황자사는 이렇게 혼자 중얼대면서 곧 경도희(競渡戱)를 준비케 하였다. 5월 초하룻날이 되었는데 윤자사에게 황자사로부터 편지가 왔다. 초사흗날 아침에 배를 타고 이튿날 이른 아침에 강물을 거슬러 전당호(錢塘湖)로 올라갈 것이니, 강남홍과 모든 기악(妓樂)[3]을 거느리고 나오라는 편지였다.

윤자사가 강남홍을 불러 황자사의 편지를 보였으나 남홍은 쓰다 달다 아무런 대답도 없었다.

'기회를 보아, 만경창파(萬頃蒼波)에 몸을 던져 지조나 깨끗

3) 기생과 풍류.

이 지키리라.'

남홍은 혼자서 이렇게 무서운 결심을 하고 있었다. 그리운 것은 황성에 가 있는 창곡이었다. 강남홍은 당장에 종을 불러 내일 황성에 다녀오라 분부하였다. 밤이 새도록 침실에서 편지를 쓴 강남홍은 이튿날 종에게 편지와 노자 100냥을 주어서 황성에 계신 공자께 전하고 오라 분부하면서 구슬 같은 눈물이 비 오듯 할 따름이었다.

마침내 5월 초사흗날이 되었다. 황자사는 한 고을의 웃사람으로서의 위엄을 갖추고 압강정 아래서 배를 타고 항주로 향하였다. 배 10여 척을 줄을 지어 이끌고 소주의 기악 십이대(十二隊)를 가득 실으니 언덕으로는 구경꾼들이 구름처럼 모여들었다.

황자사가 도착하리라는 기별을 받고 윤자사는 사람을 보내어 강남홍을 불렀다. 강남홍은 부중으로 들어갔으나 먼저 윤소저만을 찾았다. 윤소저는 심상치 않은 강남홍의 태도에서 어떤 상서롭지 못한 일이라도 있나 하고 강남홍을 위로해 주기는 하였지만 어찌 강남홍의 가슴속 깊이 서리어 있는 결심이야 알아낼 수 있었으랴.

강남홍은 집으로 돌아와서 헙수룩한 옷을 입고 얼굴에는 연지도 분도 바르지 않은 채 문 밖에 기다리고 있는 수레에 몸을 던졌다. 닥쳐올 것이 죽음의 길이거니 생각하니 모든 것이 마지막 이별이요, 연옥을 돌아다보니 소매로 얼굴을 가린 사이로 눈물이 방울방울 흘러 옷깃을 적시고 있었다.

강남홍을 맞이한 황자사는 처음에는 노발대발 꾸짖었으나, 관대한 태도를 보이며 말하였다,

"지난 일은 말하지 않기로 하노라. 내 강머리에 수 척의 어선

을 대령시켰으니 같이 놀이나 즐기도록 하라."

두 고을의 자사들도 같이 배를 탔다. 큰 강에는 바람이 잔잔히 자고 물결은 거울같이 맑았다. 백구(白鷗)는 춤추며 넘나들고 물소리는 노래 소리를 따라 곱게 곱게 흘렀다. 황자사는 술을 연거푸 마시며 도도한 취흥에 겨워 어찌할 바를 몰랐다. 그는 신바람이 나서 뱃전을 두드리다가 이번에는 큰 잔을 기울여 10여 배나 기분좋게 마시더니 강남홍의 어깨를 쓰다듬으며 말하였다.

"인생 100년이 저 흐르는 물과 같거늘, 어찌 사소한 고집만 부리겠는고! 황여옥은 풍류남자요, 강남홍은 절대가인이니 재자가인(才子佳人)[1]이 같은 경개(景槪)[2]로 강상에서 서로 만났으니 이 쾌활한 풍정 어찌 하늘이 주신 인연이 아니라 할소냐."

취흥을 이기지 못하는 황자사는 마침내 엉큼스런 분부를 내렸다.

"작은 배 한 척을 시급히 저 풍류에 띄우게 하라."

그리고 비단 장막으로 겹겹이 둘러싼 배 위로 강남홍의 손을 이끌고 올라가는 것이었다. 위험은 면할 도리 없이 닥쳐오고 있었다. 이윽고 황자사는 강남홍의 한편 손을 덥석 잡았다.

"네 간장이 철석 같다 한들 어찌 황여옥의 불 같은 욕심 앞에 녹지 않고 견딜소냐?"

그러나 강남홍은 얼굴빛도 변치 않고 태연히 앙칼지게 그것을 살짝 피해 버렸다.

"귀하신 몸으로서 한낱 천기를 이다지 겁박(劫迫)하시니 옆의

---

1) 재주가 있는 젊은 남자와 아름다운 여자.
2) 아름다운 모습. 경치.

사람이 볼까 부끄럽소이다. 제가 천한 몸으로 굳이 소소한 지조를 고집하리오만은, 평생에 지키던 것을 오늘 허물게 되오니 우선 거문고라도 몇 곡조 탄주해서 울적한 심사를 풀어 화락한 마음으로 상공의 즐거움을 도울까 하옵나이다."

"허허허, 수단이 묘하도다. 내 비록 높은 지위에 있다고는 못하더라도 승상(丞相)의 아들이요 한 고을의 방백(方伯)의 몸이니, 황금 집을 지어 강남홍으로 하여금 평생 부귀를 누리게 하리라."

이 거만스러운 말에 강남홍은 대꾸조차 하지 않고 그대로 빙그레 쓰디쓴 미소를 띠우며 거문고를 집어 들고 한 곡조를 탄주하였다.

이윽고 거문고를 한 옆으로 밀어 버린 강남홍은 한 곳만을 유심히 노려보고 있었다. 어떤 앙칼진 결심에 얼굴의 기색이 완연히 변해 가건만 야욕에만 불붙어 있는 황자사가 그것을 눈치챌 리 없었다.

'하늘이 홍(紅)을 낳으실 때, 이미 천한 곳에 처하게 하시고, 또 넓은 천지에 연약한 몸을 용납할 만한 고장도 주지 않으심은 어인 까닭이오니까? 이제 강물로 뛰어들어 고기밥이 되려 하오니, 오직 엎드려 바라노니, 죽은 후에도 이 몸을 건져 내지 못하게 하시어 외로운 혼이나마 깨끗한 곳에서 놀도록 하여주소서.'

강남홍은 두 손을 모아서 이렇게 하늘에 빌고 나더니, 훌쩍 몸을 날려 푸른 강물 속으로 뛰어드는 것이었다.

강남홍이 강 속으로 몸을 던지자 배 안의 사람들이 크게 놀라 구하려고 서둘렀으나 도무지 간 곳을 알 수 없었고, 아연실색한

두 자사들이 아무리 선부(船夫)들에게 구해 내라고 명령을 해도 강남홍의 흔적조차 찾아볼 수가 없었다.

한편 윤소저는 강남홍을 떠나보낸 후 여간 근심하지 않았다. 강남홍의 성미에, 반드시 물 속에 몸을 던질 것이라 예측하고 유모 설파(薛婆)와 더불어 상의한 끝에 수중야차(水中夜叉) 손삼랑(孫三娘)이란 여자를 구해 들였다.

삼랑은 시커먼 얼굴에 몸에서는 비린내가 몹시 났고 홀몸이면 물 속에서 7, 80리쯤은 무난히 갈 수 있다는 괴상한 여자였다.

윤소저는 백금 20냥을 삼랑에게 주고 이렇게 부탁하였다.

"오늘 전당호(錢塘湖)에서 양주 상공이 경도희(競渡戱)를 하는데 한 여자가 물 속으로 빠질 것이니, 삼랑은 미리 물 속에 숨어 있다가 곧 그 여자를 구해 가지고 달아나도록 하라. 성공하면 크게 상을 줄 것이니 소주 사람에게 들키지 않도록 십분 조심할지어다."

전당호로 달려간 삼랑이 배 밑에 엎드려 있으려니 과연 미인 하나가 뱃머리로부터 떨어져 내려왔다. 삼랑은 몸을 솟구쳐 미인을 들쳐 업고 화살처럼 달렸다. 마침내 어떤 두 어부에게 구함을 받아 거의 숨이 끊어져 가는 강남홍을 배 위에 올려 놓고 구출하는 데 성공하였으나 이 두 어부놈들이 강남홍의 미모에 음흉한 마음을 품고 겁탈을 하러 덤빌 줄이야.

강남홍은 삼랑과 더불어 약삭빠르게 계교를 꾸몄다. 삼랑을 먼저 물 속으로 들여보내고 혼자서 두 어부를 대적하였다. 반드시 두 놈들은 한 여자를 중간에 두고 저희들끼리 먼저 싸움을 하리라고 생각하였기 때문이었다.

과연 한 놈이 먼저 다른 한 놈을 쇠갈퀴로 등을 찍어서 물 속으로 쳐박았으며, 나머지 한 놈은 삼랑의 손으로 쇠갈퀴에 맞아, 두 놈이 다같이 수중의 시체가 되어 버리고 말았다.

나중에 알고 보니 이 삼랑은 강남홍이 데리고 있던 종 연옥의 이모가 된다는 데는 두 여자가 다같이 놀라지 않을 수 없었다. 방향도 모르고 육지로 올라간 강남홍과 삼랑은 갖은 고초를 겪고 강남에서 육지로 3만 여 리나 떨어져 있다는 탈탈국(脫脫國)이라는 괴상한 나라를 거쳐서 마침내 깊은 산 속으로 접어들어 백운도사(白雲道士)라는 노인을 만나게 되었다. 인적이라곤 찾아볼 수 없는 이 심산에 사람이 찾아든 것을 기이하게 여기며 백운도사는 이렇게 말하였다.

"그대들의 얼굴을 보니 중원(中原)[1] 사람임을 알겠도다. 이곳은 사는 사람이 없을뿐더러 풍속이 금수(禽獸)와 다른 바 없으니 이역 사람의 머무를 곳이 못 되나, 잠시 쉬었다가 고국에 돌아갈 기회를 기다리도록 하라."

삼랑을 보내 놓고 초조하게 지내는 윤소저에게, 하루는 윤자사가 들어오며 소식을 전하였다. 절강 어부들의 말을 들어 보니 조수(潮水)가 밀려간 뒤에, 강변에 두 시체가 있었는데, 몹시 상해서 남녀노소를 분별할 수 없었으며 다시 어디로 밀려간 곳도 알 길이 없다는 것이었다.

말도 못 하고 눈물에 젖은 윤소저, 한편 연옥도 강남홍의 죽음을 알고 통곡하여 마지않으며 주과(酒果)[2]로 제전(祭奠)[3]을 갖추고 다만 종이 황성에서 하루바삐 돌아오기만 고대하고 있었다.

1) 중국 문화의 발원지인 황하 중류의 남북 지역.

2) 주과포혜의 준말. 곧 간략한 제물.

한편 창곡은 항주에서 온 종을 돌려보낸 후 과거에만 전념을 기울이고 있었으나, 뜻밖에도 조정에선 과거를 몇 달 후로 연기한다고 결정이 되어 우울한 날을 보내고 있는 중에, 항주의 종이 다시 돌아와서 전하는 강남홍의 편지를 뜯어 보았다.

창곡의 놀라움이 이에 더 클 수 있었으랴. '소주 자사의 성화 같은 겁탈의 꾀를 모면할 길이 없어 강물에 몸을 던지기로 결심하였으니, 그대는 청운(青雲)[4]의 뜻을 이루고 부디 금의환향(錦衣還鄕)[5]하기를 바란다'는 사연이 간단히 적혀 있었다. 창곡은 다시 구슬픈 사연을 편지로 적어 종에게 주어서 돌려보냈으나, 이 무슨 소용이 있는 일이었으랴! 창곡의 서신을 대신 받은 연옥은 종과 더불어 향탁(香卓)[6]을 꾸미고 서신을 펼쳐 올린 다음, 함께 통곡하고 나서 그것을 깊이 간직하는 도리밖에 없었다.

이때, 윤자사는 조정으로부터 병부상서(兵部尙書)의 소명(召命)[7]을 받게 되어 윤소저와, 또한 불쌍히 여겨 부중에 함께 두었던 연옥과 종까지 거느리고 항주를 떠나 황성으로 오게 되었다. 이런 인연으로 양창곡은 다시 연옥을 만나게 되어 강남홍의 소식을 확실히 알게 되었으며, 잠시 동안 연옥과 종은 윤소저에게 몸을 맡기고 있도록 분부하였다.

몇 달이 지나갔다. 과거를 보이기로 결정이 내렸다. 천자 친히 연영전(延英殿)에 나와 글제를 공포하였다. 창곡은 글제를 보자 뜰 아래 엎드려서 순식간에 일필휘지해서 바쳤다. 천자가

---

3) 제사 때 쓰는 공물.

4) 높은 벼슬을 가리키는 말.

5) 출세하고 고향에 돌아옴.

6) 향로를 올려놓는 탁자.

7) 신하를 부르는 임금의 명령.

많은 선비들의 글을 친히 점고(點考)[1]해 봤으나 특출하게 뛰어나는 것이 없음을 한탄하고 우울해 하다가, 마침내 창곡의 글을 보자 무릎을 치며 기뻐하였다.

"이 문장이야말로 한(漢)의 가의(賈誼)[2]와 당(唐)의 육지(陸贄)도 당하지 못하겠도다."

하며 그 글을 제일로 골라 놓고 이름을 불러 가까이 오도록 분부하였다. 창곡의 앞에 나가 천자 앞에 엎드리니 각로(閣老) 황의병(黃義炳)이 이렇게 아뢰었다.

"창곡은 어린아이이라, 어찌 능히 경륜문자(經綸文字)를 지을 수 있겠나이까. 바로 이 앞에서 칠보시(七步詩)나 시험해 보시옴이 마땅할까 하옵나이다."

또 한 재상이 나서면 덧붙여 말하였다.

"창곡은 어린 탓으로 경솔하고 망녕된 점이 많사오니 이름을 삭제하심이 마땅할까 하옵나이다."

양창곡의 등과(登科)를 이렇듯 반대하는 사람은 참지정사(參知政事) 노균(盧均)이란 사람이었다. 그러나 옳은 일에는 언제나 편을 들어 주는 사람이 있었다. 노균의 반대에 대항하여 양창곡의 등과를 극력 주장하고, 옥신각신 노균과 말다툼을 하는 사람이 있었다.

이 사람은 바로 부마도위진왕(駙馬都尉秦王) 화진(花珍)이었다. 개국공신(開國功臣)[3] 화운(花雲)의 증손으로 나이 20세에 불과하되 문무겸전(文武兼全)[4]하고 풍류호방(風流豪放)하여 공주

---

1) 명부에 일일이 점을 찍어 가면서 사람의 수요를 조사하는 일.
2) 중국 서한의 학자이자 정치가. 13세 때 박사가 되고 문제에 상주해서 유학과 오행설에 기초를 둔 신제도의 시행을 역설함.

와 결혼한 후 토번(吐蕃)[5]을 평정하였으므로 나라에서 진왕을 봉한 사람이었다.

이 틈에서 그래도 천자는 정세와 인물을 명백하게 판단하고 드디어 양창곡에게 홍포옥대(紅袍玉帶)와 쌍개안마(雙蓋按馬)와 이원법악(梨園法樂)과 채화일지(彩花一枝)를 주며, 한림학사(翰林學士)[6]의 벼슬을 내리고 자금성(紫金城)[7] 제일방(第一坊) 갑제(甲第)를 하사하였다.

양창곡이 등제하여 벼슬자리에 나가게 된 것을 알자 제일 먼저 찾아온 것은 황각로(黃閣老) 황의병이었다. 그는 뻔뻔스럽게도 등과에 반대한 사실을 어물어물 변명하면서 도리어 엉뚱한 꿈을 꾸고 있었다. 양창곡에게 자기의 딸에게 장가들어 달라는 것이었다. 창곡은 단번에 깨끗이 거절하고 말았다.

역시 꼭같은 야심을 품고 찾아온 것은 노균이었다. 노균도 또한 혼인을 권하는 것이었다. 자기 누이동생이 출중한 규수이니 창곡더러 장가들어 달라는 것이었다. 이번에도 창곡은 깨끗이 거절하였다.

창곡은 강남홍과의 약속을 생각하지 않을 수 없었으며 윤소저를 잊을 수 없었다. 먼저 고향에 다녀와서 혼사를 시급히 작성할 생각으로 양한림이 귀향하고 싶은 뜻을 상소하였더니, 천자는 곧 허락하고 다시 창곡의 부친 양현(楊賢)에게 예부원외랑(禮部員外郞)이라는 벼슬자리까지 내리었다.

---

3) 새로 나라를 세울 때에 공훈이 많은 신하.

4) 문식과 무략을 모두 갖추고 있음.

5) 당송 시대의 서장족을 일컫던 말.

6) 한림원, 학사원의 학사.

7) 중국 북평 내성에 있는 명 · 청나라의 궁성. 1412년 성조가 세운 것을 후에 개축했음.

일사천리로 양한림의 계획은 진행되었다. 즉일로 고향에 돌아가 양친을 모시고 황성으로 돌아왔으며, 부친 양원외(楊員外)는 후원 별당에 거처하며 금기서화(琴棋書畵)[1]로 한가한 세월을 보내게 되었다.

매파(媒婆)[2]들과 종들과 알선으로 혼사도 급히 진행되어 윤상서도 기뻐해서 택일까지 하게 되었다. 이날 마침 야심을 품고 끝끝내 단념하시 못하는 황각로는 윤상서의 집에까지 찾아와서 노기를 띠고 야단을 쳤으나 창곡과 윤소저의 길일은 닥쳐오고야 말았다. 한림은 홍포옥대로 육부(六部)에 이르러 전안(奠雁)[3]하니 그 준수한 풍채와 늠름한 모습은 감탄하지 않는 사람이 없었다.

윤소저는 머리에 칠보부용관(七寶芙蓉冠)을 쓰고 몸에는 원앙금루수요군(鴛鴦金縷繡腰裙)을 입고 양원외와 허부인에게 팔배지례(八拜之禮)를 하니, 그 정숙한 태도와 뛰어난 용모는 한 송이 부용꽃이 물 위에 피어난 듯 청초하고 탐스러웠고 아름답기 이를 데 없었다.

한편 양한림과의 혼사를 이루지 못한 울분을 끝끝내 참지 못하는 것은 황각로였다. 그는 마침내 부인 위씨(衛氏)와 상의한 결과, 위부인이 꾀를 내어서 시비를 보내어 가궁인(賈宮人)을 청해 오기로 하였다. 가궁인을 시켜서 황태후까지 움직여서라도 윤소저를 둘째 부인으로 시집보내려는 엉뚱한 생각을 하였다.

---

1) 속세를 떠난 경지에서 금(琴) · 기(棋) · 서(書) · 화(畵)를 즐기는 것을 그린 동양화의 한 가지.

2) 혼인을 중매하는 할멈.

3) 혼인 때에 실낭이 기러기를 가지고 신부 집에 가서 상 위에 놓고 절하는 예.

가궁인이 궁중에 들어가 황태후에게 이 뜻을 아뢰니 태후는 냉정한 표정으로 단지 한 마디를 하였을 뿐이었다.

"내 어찌 이러한 일까지 간섭할 수 있으리요. 더구나 원로대신(元老大臣)[4]의 아내로서 이렇듯 체모를 모르다니."

이렇게 되자 황각로는 마침내 천자에게까지 매달려서 졸라댔다. 천자는 뜻밖에도 황각로의 말에 쾌히 승낙하였다.

"짐(朕)이 승상을 위해서 중매하리라."

천자는 곧 양한림과 양원외를 불러들여 하교(下敎)하는 것이었다.

"황승상은 양조원로(兩朝元老)이며 짐이 예대(禮待)하는 신하로다. 듣자니 경의 집과 통혼코자 한다는데 경은 이미 윤상서의 집과 통혼하였다 하니 섭섭한 일이로다. 그러나 예로부터 일부이처(一夫二妻)를 둔 자 없지 않으니 경은 추호도 심려할 바 없이 황승상의 뜻대로 결혼을 성사토록 힘쓰라."

원외는 황송해서 하명(下命)을 받았으나, 한림은 일어나 이렇게 아뢰었다.

"부부의 길은 가도(家道)의 시초인가 하옵나이다. 비록 천한 종이라 하올지라도 은의(恩義)로써 합하여, 힘으로 억제하지 못하는 바이온데, 이제 황승상께서 대신의 체모도 모르시고 규중의 사소한 사정까지 폐하께 아뢰고 비루하게 천위(天威)를 빌어 억지로 성사하려 하오니 개탄치 않을 수 없사옵나이다. 폐하께서는 곧 하명을 거두시옵기 바라나이다."

이 말에 천자는 크게 노하였다.

---

4) 나이가 많고 덕망이 높은 영의정 · 좌의정 등의 대관.

"신진 소년의 몸으로서 감히 원로대신을 논박하고 군명(君命)을 거역하니 그 죄 막대하도다. 당장에 법으로서 다스릴지어다."

이 때 참지정사 노균이 또 나서서 이렇게 말하였다.

"폐하 어전에서 원로를 논박하는 입버릇이 발칙하기 이를 데 없사오니 폐하께서는 한림을 멀리 귀양 보내심이 마땅한가 하옵니다."

양한림은 마침내 귀양살이를 면치 못하게 되었다. 천자는 양창곡을 강주부(江州府)란 고장으로 명배(命配)하고 만 것이었다. 또 황각로에게는 이렇게 말하였다.

"이제 창곡의 기운을 눌렀고 짐이 이미 중매하였으니 여아의 혼사는 근심할 바 없노라."

천자 내전(內殿)으로 들어가 이 일을 태후에게 알리니 태후는 오히려 이런 처사를 마땅치 못하게 여겼으나 이미 어쩔 수 없는 일이었다.

양한림은 즉시 집으로 돌아가서 부모께 하직하고 강주 땅으로 떠나갔다. 황성을 떠난 지 10여 일 후에 양한림은 지정된 적소(謫所)에 도착하여 조그만 민가에 거처를 정하였다.

몇 달 동안을 두고 한림은 두문불출(杜門不出)[1] 문밖에도 나가려 들지 않았다. 어느 날 집주인이 한림에게 넌즈시 이런 말을 물었다.

"이곳은 옛적으로부터 귀양살이하는 양반들이 묵던 곳이어서 강산누대(江山樓臺)에 수많은 고적(古蹟)이 있사옵니다. 상공은

---

1) 집에만 들어 있어 밖에 나가지 않음.

어이하여 고지식하게 국법만 지키시고 한번 소풍하시는 일도 없이 방 속에만 계시나이까?"

양한림은 빙그레 웃으며 대답하였다.

"죄를 지은 몸일 뿐만 아니라, 원래 구경 같은 것을 즐기지 않노라."

귀양살이의 쓸쓸한 산천에도 어느덧 가을이 다가왔다. 한림은 울적한 심사로 날을 보내는 데다가 수토(水土)도 몸에 맞지 않아 건강이 나날이 상해 갔다. 하루는 바람이라도 쏘여 볼 생각으로 주인을 불러서 물어 보았다.

"이 근천에 구경할 만한 곳이 어디 있소?"

"앞으로 흐르는 큰 강이 바로 심양강(潯陽江)이오며 강 위에는 정자도 있사옵고 그 경치 가히 한번 보실 만하옵나이다."

한림이 동자를 거느리고 심양강을 찾아가 정자에 오르니, 멀리 돛단배들이 물 위에 점점이 떠서 오락가락 어촌을 뒤덮은 붉은 놀도 아름답고 실로 속세를 잊어버리게 하는 청아한 풍경이었다. 그 후로 한림은 매일 이 근처를 소요하여 쓸쓸한 나날을 보내고 있었다.

가을이 깊어 갔다. 양한림은 매일같이 정자에 올라 달 구경을 하는 것이 인연이 되어 뜻밖에도 선랑이라는 미모의 기녀(妓女)를 알게 되었다. 선랑은 비파(琵琶)[2]를 잘 탈 뿐만 아니라 옥통소를 잘 보는 특이한 재간을 지니고 있었다.

본래가 낙양(洛陽) 사람으로서, 성이 가씨(賈氏)요, 이름은 벽성선(壁城仙)이라 하였다. 세상에 태어난 지 불과 며칠도 못 되

---

2) 현악기의 한 가지. 몸은 길이 60~90센티미터 가량의 둥글고 타원형이고 자루는 곧은데, 사현 또는 오현도 사용됨.

어서 병란(兵亂)으로 부모를 잃고, 떠돌아다니다가 청루에 몸을 팔게 되었다는 비참한 신세의 기녀였다.

귀양살이를 하는 양한림의 울적한 심정과 역경에 처해 있는 기녀 선랑의 심정은 동병상련(同病相憐)[1] 격으로 쉽사리 가까워졌고 친해졌다. 양한림은 자주 선랑의 집을 흉허물 없이 친해졌다.

어느 날 서로 몇 진 술을 마시고 취흥이 일사, 선랑은 옥통소를 들고 달을 향해 불기 시작하였다. 묘한 재간이 숨어 있는 옥통소였다. 퉁소 소리 한번 일어나자, 산이 울고 초목이 진동하고 잠자던 학은 꿈을 깨어 날고 미친 바람이 일고 흙이 날아올랐다.

나중에는 선랑은 무엇을 생각하였음인지 옥통소를 부는 법을 양한림에게까지 가르쳐 주면서 이런 말을 하였다.

"상공의 상에는 다소 살벌하신 기운이 있사옵나이다. 머지않아 반드시 싸움터에 나가실 듯하오니, 이 옥곡(玉曲)을 배워두시면 쓰실 날이 있을까 하옵나이다."

그러나 이렇게 친해지고 정이 두터워지는데도, 자리를 펴고 남녀의 정을 맺으려 할 때에는 선랑은 굳이 거절하고 응하지 않았다.

어느 날 양한림은 동자를 거느리고 산에 오르다가 몸이 피곤하여 바위 위에서 쉬고 있었다. 난데없이 한 보살이 비단 가사(袈裟)[2]를 입고 석장(錫杖)[3]을 짚고 나타나서 한림을 보고 하는 말이,

1) 같은 병을 앓는 사람들끼리 서로 가엾게 여김.

"홍란성(紅鸞星)은 어디 두고 제천선녀(諸天仙女)와 즐기고 있는고. 이 몸은 남해 수월암(水月庵) 관세음보살로 옥황상제의 뜻을 받아 무곡성관병서(武曲星官兵書)를 전달하니, 그대는 널리 창생(蒼生)을 제도하고 속히 상계(上界)[4]로 올라오라."

한림이 놀라 깨어 보니 꿈이 아닌가. 몸은 여전히 바위 위에 앉아 있는데, 분명히 눈앞에는 단서(丹書) 한 권이 놓여져 있었다. 어느 날 선랑이 양한림을 찾아와서 이런 말을 하였다.

"첩이 낮에 잠시 졸다가 꿈을 꾸었사옵나이다. 꿈에 상공이 푸른 구름을 타시고 북으로 향하시는데 첩을 돌아보시며 함께 가자 하셨나이다. 상공은 오래지 않아 죄 풀리시고 돌아가 영화를 누리시게 되옴이 분명하옵나이다."

그 꿈은 정말 양한림의 운명을 용히 알아맞춘 꿈이 었다. 한림이 귀양살이를 한 지 그럭저럭 5개월이 되었을 때, 드디어 선랑과 헤어져야만 될 슬픈 날이 닥쳐오고야 말았다. 천자는 자기의 탄일(誕日)[5]을 기하여 신하들의 진언[6]을 받아들여서,

"한림학사 양창곡이 귀양간 지 이미 5개월이나 되었으니 그 죄를 사하고 예부시랑(禮部侍郎)의 벼슬을 주어 불러 올리라."

하고 분부를 내렸기 때문이었다. 양시랑(楊侍郎)은 떠나야만 하였다. 선랑의 손을 으스러지도록 꼭 잡았다.

"낭을 데리고 이번에 같은 수레로 떠났으면 좋겠으나, 적객

2) 중이 장삼 위에 왼쪽 어깨에서 오른쪽 겨드랑 밑으로 걸쳐 입는 법복. 종파와 계급에 따라 그 빛과 형식에 엄격한 규정이 있음.
3) 중이 짚는 지팡이. 보살이 두타행을 닦을 때, 또는 먼 데를 다닐 때에 씀.
4) 천상계, 곧 하늘나라.
5) 임금이나 성인이 낳은 날.
6) 웃사람에게 의견을 들어 말함.

(謫客)[1]으로 왔다가 첩을 거느리고 돌아갈 수 없는 길인지라, 내 마땅히 먼저 상경한 후 수레를 보내어 낭을 올라오게 하리로다. 낭은 부디 몸조심하고 잠시 이별의 설움을 참고 기다리라."

선랑은 마지막으로 거문고를 타서 양시랑에게 들려주고 나서 한편으로 밀어놓으며, 눈물에 젖어서 입을 열지 못하였다. 양시랑은 간곡히 위로해 준 다음 떨어지지 않는 발길을 간신이 떼어놓았고 선랑은 여전히 눈물에 젖어 말이 없을 뿐이었다.

이튿날 시랑은 황성을 향하여 길을 떠났다. 때는 마침 겨울의 한 고비였다. 북풍이 매몰차게 불어오고 백설이 모질게 휘날리니 겨우 5, 60리를 가서 주막을 찾아드는 수밖에 없었다. 날이 저물더니 눈도 그치고 백설에 비치는 달빛은 몹시 아름다웠다.

양시랑은 동자를 거느리고 밖으로 나아가 달 구경을 하다가, 다시 돌아가 등불을 대하고 자리에 누웠을 때 문득 인기척 소리 들리더니 한 소년이 두 몸종을 거느리고 들어오는데, 행색이 말쑥하고 용모가 아름다운 품이 남자같지 않았다. 시랑이 이상히 여겨 자세히 보니 그것은 분명히 선랑이었다. 선랑은 조용히 자리에 앉으며 말하였다.

"첩이 비록 청루에 있는 천기(賤妓)의 몸이오나, 나이 어린 탓이온지 이별이 어떠한 것인지 알지 못하옵다가, 이제 몸소 당하고 보오니 가슴이 막혀 견딜 수 없사옵나이다. 더구나 부끄러움을 참을 길 없사와 이같이 달려왔사옵나이다. 군자께서는 객창(客窓)에서 얼마나 적막하실까 위로라도 해 드릴까 하는 소견

---

1) 귀양살이를 하는 사람.

에……."

시랑이 그 뜻을 기특하게 여기고 함께 침상에 누우니, 웬일인지 지난날에는 그다지도 몸을 허락하기를 꺼려 하던 선랑이 추호도 거절치 않고 다소 부끄러운 듯 이렇게 말하는 것이었다.

"상공께서 첩과 만난 지 수 개월이 되었사오며, 저 또한 여자의 몸이란 반드시 순종해야 할 때가 있사옴을 아오니, 여기서 화촉(華燭)을 이루고 돌아갈까 하옵나이다."

시랑이 흥분한 나머지 팔을 뻗어 선랑을 얼싸안으려 하였을 때, 난데없이 옆에서 부르는 소리가 들렸다. 그것은 동자의 목소리였고, 양시랑은 꿈을 꾸다가 베개를 쓰다듬으며 잠꼬대를 하고 있었던 것이었다.

며칠 후 양시랑은 황성에 도착하였다. 닥쳐오는 또 하나의 새로운 운명을 피할 수 없게 되었다. 그것은 귀양살이에서 사해준 천자의 명을 거역하기 어려워 드디어 황소저와 화촉을 밝히게 된 일이었다. 예식이 끝난 다음 양시랑은 우울한 표정으로 윤소저의 침실을 찾아가서 조용히 물어 보았다.

"부인은 황소저를 보았을 터이니 그 사람된 품이 어떠하더이까?"

"첩이 보기에는 반드시 후일 집안을 어지럽게 할 징조가 보이니 걱정이로소이다."

한편 천자에게는 커다란 근심이 닥쳐왔다. 교지남만(交趾南蠻)이 여러 번 반란을 일으키어 어지럽게 하기 때문이었다. 적세(敵勢)는 100여 만, 괴이한 요술과 알지 못하는 무기를 써서 도저히 대적할 방도가 없다는 것이었다.

천자가 몹시 근심하고 황·윤 두 각로(閣老)와 양시랑을 불러

들여 대책을 강구하였다. 윤각로는 덕으로 무마할 것을 주장하고, 양시랑은 병기를 주선하여 만반태세를 갖추자고 주장하였으며, 참지정사 노균은 이에 반대하였다.

양시랑은 집으로 돌아가 부친에게 이런 형편을 말하고, 일찍이 길흉(吉凶)을 말하던 선랑이 생각나서 그 자초지종을 부친에게 고백하였더니, 부친은 강남홍의 경우를 말하며 다시 여자에게 배신함이 없도록 하라 하고, 당장에 벽성선(碧城仙) 선랑을 데려오게 하라고 권고하였다.

시랑은 그 자리에서 편지를 써서 강주로 보냈으며, 편지를 받아 본 선랑은 곧 황성을 향하여 길을 떠나게 되었다. 교지남만의 형세는 날이 갈수록 험악해 갔다. 앉아서 보고만 있을 수는 도저히 없는 급박한 정세에 이르렀다. 노균의 맹렬한 반대를 무릅쓰고 천자는 마침내 양창곡으로 병부상서 겸 정남대원수(征南大元帥)를 삼아 토벌할 결심을 단단히 하였다.

드디어 행군이 시작되었다. 천자는 친히 남교(南郊)까지 양원수를 전송해 주었으며, 그 믿음직한 모습에 백성들의 인심도 점점 가라앉기 시작하였다.

한편 황성을 향하고 길을 떠난 선랑은 300리 길을 남겨 놓고 날이 저물어 도중에 주막집을 찾아들었다. 백성들이 다리를 수축하느라고 야단들인 것을 보고 그 까닭을 물었더니, 오늘 밤에 정남대원수 · 병부상서 양창곡이 그곳에 머무르게 된다는 것이었다.

‘옥퉁소가 필요하실지 모르는데 어떻게 하면 상공에게 전할 수 있을꼬?”

이런 걱정을 한 선랑은 원수의 행군이 당도하여 머무르는 곳에서 과히 멀지 않은 산 위에 올라가 진중을 굽어보며 옥퉁소를 불었다. 퉁소 소리를 알아챈 양원수는 즉시 평복으로 갈아입고 선랑이 있는 산을 찾아 올라갔다.

목메인 선랑의 음성이었다.

"오랑캐가 창궐(猖獗)[1]해서 지체할 수 없게 되었도다."

선랑은 옥퉁소를 양원수에게 공손히 바치면서 이렇게 말하였다.

"이것이 혹 군중에서 사용되실 때 있으실지도 모르오니 잘 거두어 두시기를."

"낭은 부중으로 들어가 혹 난처한 일이 있거든 윤소저와 상의하라. 천성이 인자하고 또 내 부탁한 바 있으니 심려치 말고."

양원수는 눈물을 씻는 선랑을 남겨 놓고 산을 내려와 진중으로 향하는 도리밖에 없었다.

이튿날 양원수는 남쪽으로 행군을 계속하고 선랑은 황성에 도달하여 양부(楊府)를 찾아갔다. 원외 부부도 선랑을 대하게 되자 사랑하는 마음을 금치 못하고 자리잡아 앉히며 윤소저와 황소저를 들어오도록 분부하였다.

윤소저는 즉시로 나타났으나 황소저는 갑자기 몸이 불편하다 핑계하고 들어오지 않았다. 원외는 머리를 끄덕이며 심히 불쾌한 안색으로 윤소저를 보고 훈계하였다.

"군자가 첩을 두는 것은 자고로 있는 일이나, 이것을 질투하는 것은 나쁜 버릇이로다. 현부(賢婦)는 이런 이치를 알 것이므

1) 좋지 못한 세력이 자꾸 걷잡을 수 없이 일어나서 퍼짐.

로 더 타이를 것이 없으나 앞으로 서로 화목하도록 조심하라."

다시 선랑이 연옥에게 이끌려 후원으로 갔을 때, 연옥이 눈물을 머금는지라 선랑이 이렇게 물었다.

"부귀가 문중에 있으며 주인이 인자하게 대해 주시는데 무슨 원한이 있어 눈물을 머금는고?"

"소녀는 본래 강남 태생으로서, 옛 주인을 잃고 이곳에 와 있나이다. 이제 낭자의 모습을 뵈오니 옛 주인과 흡사한 바 있사와 슬픔을 막을 길이 없나이다."

"그대의 옛 주인은 누구란 말인고?"

"항주 제일방 청루의 홍란이옵니다."

"그대 홍란의 몸종이라면 어찌 이곳에 이르렀느냐? 내 홍랑은 비록 한 번도 본 일은 없지만 뜻으로 친하여 형제와 같이 생각해 오던 사이였노라."

연옥은 복받쳐 오르는 감회를 참을 길 없어 눈물이 비 오듯 하더니 선랑의 손을 덥석 잡았다.

"우리 낭자가 원통하게 세상을 떠났으니 그 후신(後身)으로 낭자께서 오셨나이까. 낮이나 밤이나 한 번 더 뵙기를 원하였삽더니 이제 우리 낭자와 흡사하신 분을 대하게 되오니 슬픔과 기쁨을 금할 길이 없사옵나이다. 이것은 하늘이 소녀를 불쌍히 여기신 까닭인가 하옵나이다."

선랑은 다시 윤소저의 침실을 찾아갔다.

"첩은 본래 청루의 천한 기녀의 몸이오라 체모를 모릅니다만, 두 분 소저가 계시다 하오니 안심하옵고, 그런데 아직 한 분 소저를 못 뵈었사오니 한시바삐 뵈옵고자 하옵나이다."

윤소저는 무엇을 한참 생각하다가 연옥에게 분부해서 선랑을 황소저의 침실로 모시라 하였다.

이 때, 황소저는 은근히 선랑의 소식을 알아보았지만 모든 사람들이 칭찬이 자자한지라, 더구나 비위에 거슬려서 이맛살을 찌푸리고 있는 판이었다. 황소저는 불쾌한 나머지 잠도 제대로 자지 못하고 아침 일찍이 일어나서 거울을 대하고 단장만 하면서 한탄을 하고 있었다.

"하늘이 어찌하여 나를 경국지색(傾國之色)[1]으로 세상에 내보내시지 않으시어, 위로는 윤소저와 겨룰 수 없고, 또한 아래로는 천한 기녀까지도 따를 수 없게 하시는고."

황소저는 전신이 떨리고 가슴이 터질 듯해서 몸 둘 곳을 모르고 있었다. 바로 이 때 밖으로부터 들려오는 음성이 있었다.

"선랑이 뵙기를 청하옵나이다."

황소저는 이 음성을 듣자 금방 얼굴이 창백하게 질리며 양미간에는 독기가 매섭게 서리었다. 그러나 다음 순간 황소저는 앙큼스럽게 마음을 슬쩍 고쳐먹고 천연스럽게 선랑을 대하였다. 고기를 낚으려면 미끼가 있어야 하듯, 한번 선랑을 웃음으로써 농락해 보면 자기 수단에 넘어가리라는 생각에서였다.

이 때부터 황소저는 온갖 악독한 수단과 모함을 꾀하여 선랑을 내쫓고자 결사적으로 집안에 풍파를 일으켰다. 선랑에게는 데리고 온 시비가 둘이 있었다. 하나는 소정(小蜻)이라 하였고, 또 하나는 자연(紫燕)이라 하였다. 황소저에게도 춘월(春月)이란 시비와 도화(桃花)라는 시비가 둘이 있었다.

황소저는 심지어 시비들을 매수하고 시비들 사이의 관계까지

1) 나라 안에 으뜸가는 미인. 임금이 혹해서 나라가 뒤집혀도 모를 만하게 뛰어난 예쁜 미인이라는 뜻.

악용하여 선랑의 과거의 비행을 들추어내려고 하였으나, 선랑이 천기라고는 하지만, 글씨 쓰는 품이라든지 사람된 품이 도저히 황소저의 꾀에 호락호락 넘어갈 것 같지 않았다.

하다하다 안 되면 아버지 황각로에게 매달려서 터무니없는 모함을 하고 졸라대기도 하였다. 딸을 사랑하는 나머지 눈이 어두운 황각로조차 선랑을 없애 버리려고 비밀리에 계책을 꾸미게까지 되었다.

때로는 꾀병을 가장하고 자리에 누워 약을 달이게 하고 그 약을 선랑의 시비인 자연이 짜도록 꾸미어서, 사전에 그 약 속에 독을 넣어 놓고, 이것이 선랑이 자기를 독살하려는 흉계처럼 꾸며가지고 집안에 소란을 일으키기도 하였다. 그러나 현명한 선랑이 이런 꾀를 모를 리 없었다. 이럴 때마다 인자한 윤소저를 찾아가서 위로를 받으며 우울한 나날을 보내고 있었다.

어느 날 밤 일이었다. 선랑이 울적한 심사로 베개를 베고 잠을 이루지 못하고 있을 때, 문득 소리가 일어나더니 시비 소청과 자연이 질겁을 해서 방으로 뛰어들어왔다. 선랑은 놀라서 급히 창문을 열어 보았다.

황소저의 시비 춘월이 섬돌 아래 쓰러져 있고 한 남자가 맨발로 담을 넘으려다가 다시 외당 중문으로 급히 사라져 버리는 것이었다. 이 때 춘월이 발딱 일어나더니 고함을 질렀다.

"저놈을 잡으시오! 남자가 있도다!"

하면서 남자가 사라진 중문으로 쫓아 나가는 것이었다.

이 때, 원회가 외당에서 아직 잠을 이루지 못하다가 대경실색하여 창문을 열었다. 과연 달 아래 억세게 생긴 한 남자가 나는 듯이 담을 넘으려 하고, 춘월이 그 남자의 허리띠를 움켜쥐고 늘어지더니 그 남자는 춘월을 뿌리치고 넘어가 버렸다. 원외는 도둑이 든 줄만 알고 종들에게 문단속을 시킬 뿐이었으나, 앙큼스런 춘월은 창 밖에서 떠들어대고 있었다.

"도둑의 주머니를 잡아뗐더니, 그 속에서 향기가 나는 품이 반드시 부중의 것이며 그 속에는 편지까지 들어 있으니, 이걸 부인께 보여 드리리라."

앙큼스런 황소저가 꾸며 낸 연극이었다. 마치 선랑에게 간부(姦夫)가 있는 것처럼 꾸미고, 그 편지는 선랑이 간부에게 주는 것으로 만든 것이었다. 마침내 황소저는 시비들을 시켜서 서랑을 불러들이고 그 편지를 자기 앞에서 읽어 보도록 잔인한 계교까지 꾸몄다. 서랑이 그 편지의 사연을 보니 이러한 내용이었다.

'군자를 뵙지 못하니 일각(一刻)이 삼추(三秋)[1]와 같나이다. 양원수는 박정한 사람이라 이미 먼길을 떠나갔으니, 적막한 후원에 가을 달이 밝다 해도 무슨 소용이리요. 꽃이 시들기 전에 군자께서 나타나시기만 고대하나이다. 이미 저는 양원수에게 몸을 허락하고 붕우(朋友)로서 사귀었으나 이번 황성에 온 것은 오로지 일시 유람차였나이다. 우리 두 사람의 언약이야말로 심양강보다 깊으며 벽성산보다 높지 않나이까. 마땅히 별당의 문을 닫고 비파를 탄주하여 구정(舊情)을 잊고자 하오니 이번 보름날 밤 찾아 주옵시기 고대하나이다.'

그러나 이 편지를 읽고 난 선랑을 태연히 웃었다.

"이것은 도둑의 물건이 아니라 바로 벽성선의 물건이로다.

---

1) 몹시 기다려지거나 지루한 느낌을 나타내는 말. 사모하는 마음이 간절함을 가리키는 말.

창기에게 남자 그려하는 정찰(情札)[1]은 흔한 있는 일이니 소저는 이상타 여기지 마소서."

황소저는 선랑의 대담하고 태연한 태도에 어찌할 도리가 없이 수그러지는 도리밖에 없었다. 이렇게 태연하면서도 선랑의 남모르는 고민은 컸다.

'내 비록 청루에서 자란 몸이라고는 하지만 일찍이 추잡한 모함을 들은 일이 없더니, 이제 간교한 사람들의 음해(陰害)[2]에 빠졌도다. 이렇듯 간사하고 악독한 사람들의 모함을 어찌하면 좋으리요.'

괴로운 심정을 윤소저에게나 호소하고자 소저의 침실을 찾아 들어가 이런 사정을 호소하고 있노라면, 여기까지 시비 춘월을 시켜서 엿듣게 하는 황소저였다.

"춘월아, 뭣을 밖에서 엿듣고 있느냐?"

연옥에게 들킨 춘월은 앙큼스럽게도,

"너를 찾아왔더니……."

하고 이 장면을 어물어물 넘겨 버렸다. 춘월은 황소저의 방으로 돌아와서 제가 본 광경을 낱낱이 고해 바쳤으며, 이런 일이 있는 후부터 황소저는 그 얼굴에 더욱 독기가 서리어 가지고 앙칼진 결심을 더 한층 굳게 먹는 것이었다.

'지혜로운 윤씨와 요사스런 천기가 우리가 꾸민 계교를 짐작하고 모의를 하는 모양이니 시급히 서두르지 않으면 안 되리라."

그러나 선랑은 좀체로 그런 계교에 넘어가지 않았다. 선랑의 태도가 태연하면 할수록 황소저는 초조해졌다. 병이 난 체하고

---

1) 따뜻한 마음으로 주는 정다운 편지.

2) 넌지시 남을 해함.

침상에 누워서 부중의 동정을 아무리 탐지해 봐도 상하 사람들이 아무도 선랑을 의식하는 기색이라곤 찾아볼 수가 없었다.

마침내 황소저는 생각다 못하여 시비 춘월을 본부로 보내서 늙은 아버지까지 선동케 하였다. 황부(黃府) 안으로 들어간 춘월은 방성통곡을 하면서 땅에 쓰러져 기절하는 체하였다. 황각로와 부인이 대경실색하여 뛰어 내달으며 그 까닭을 물으니, 춘월은 앙큼스럽게도 방바닥을 치면서,

"우리 소저 무슨 죄가 있기에 청춘의 몸으로 원혼이 되었는고."

이 말을 듣자 황각로는 더욱 놀라면서 소리쳐 물었다.

"춘월아, 이 무슨 까닭이냐? 자세히 말하라."

춘월이 흐느껴 우는 체하면서 황각로에게 일어난 일을 터무니도 없이 보태서 말하고,

"바라건대 상공은 시급히 이 원수를 갚으시어 우리 소저의 고혼(孤魂)으로 참혹한 원한을 풀도록 하여주옵소서!"

이 말을 듣자 황각로는 흥분하지 않을 수 없었다. 주먹으로 땅을 치며 고함을 질렀다.

"내 즉각에 양부(楊府)로 가서 이 원수를 처치하리라."

거기에 위부인은 황각로의 소매를 부여잡고 더욱 마음을 충동시켰다.

"춘월의 말을 들으면 양부 상하가 모두 간사한 년과 부동해서 우리 딸 아이를 의심한다 하니 이 일을 어찌하리요?"

황각로는 위부인의 손을 뿌리치고 당장에 10여 명의 종들을 거느리고 양부로 달려가는 것이었다. 황각로는 노발대발하여 다짜고짜로 원외를 붙들고 호통을 쳤다.

"형은 어찌하여 간악한 자를 집안에 두어 내 딸을 괴롭게 구시는고? 내 비록 몸은 늙었다 하지만 일개 천기(賤妓)[1]쯤은 죽이고 살릴 권한은 지니고 있노라."

춘월이 와서 허풍을 떠는 바람에 황각로는 딸이 죽은 줄로만 알고 달려갔던 판이었다. 그러나 딸 황소저는 죽은 시늉을 하고 앙큼스럽게 자리에 누워 있기는 하였지만 숨이 끊어진 것은 아니었다. 원외는 어디까지나 점잖게 황각로를 구슬려서 돌려보냈으며, 황소저는 병을 핑계하고 친정으로 돌아가 휴양하겠다 하니, 황각로 딸의 뜻대로 곧 교자(轎子)를 보내어 데려가게 하였다.

황각로를 끝까지 충동시키는 것은 늘 간안한 계책을 꾸며 내는 위부인이었다. 이튿날 황각로는 위부인의 충동을 받고 또다시 조정에 들어가 천자에게 선랑을 요망스런 첩이라 모함하고 선후책을 강구해 달라 애원하였다. 그러나 옆에는 윤각로가 서 있어 태연히 황각로를 꾸짖었다.

"어찌 우리 사정(私情)[2]에 빠져 조정을 어지럽게 하리까. 집안의 파란은 집안에서 진압토록 노력할지로다."

이렇게 주변이 어지러워지자 선랑은 죄인으로 자처하고 별당에서 깊숙한 곳에 자리잡고 있는 협실(狹室)[3]로 옮겨 앉아 얼굴도 단장하는 법이 없이 두문불출, 시비 자연과 소청과 더불어 우울한 나날을 보내고 있을 뿐이었다.

행군을 계속하고 있던 양원수는 구강(九江) 땅에 이르더니 무

---

1) 천한 기생.

2) 개인적인 정. 또는 자기만의 편의를 얻고자 하는 마음.

3) 곁방.

엇을 생각하였음인지 오(吳)[4] · 초(楚)[5] 여러 고을로 격문을 보내서 군마(軍馬)를 조발(調發)한 다음 병사들에게 큰 사냥을 하도록 명령하였다.

향행중에 사냥을 할 만한 여유가 있다는 양원수의 괴상한 행동은, 대군을 몰아 중원(中原) 경계선에 침범한 남만왕(南蠻王) 나탁(那吒)으로 하여금 크게 겁을 집어먹게 하는 데 큰 효과를 거두었으며, 나탁은 침범 시초에서부터 군사를 후퇴시키지 않을 수 없었다.

비록 한번 후퇴는 하였다고 하지만, 만왕 나탁도 만만한 존재는 아니었다. 흑풍산(黑風山)에 웅거하여 그 군사의 수효 몇 만인지 헤아릴 수도 없는 대군을 거느렸으며, 또한 독한 화살과 괴상한 무기를 가지고 싸움이 시작되면 풍운(風雲)을 일으켜서 검은 모래를 흑풍산으로 날려서 지척을 분별하기 어렵게 만들어 상대방을 괴롭히는 놀라운 위력을 발휘하고 있었다.

그러나 여기 굴복할 양원수는 아니었다. 양원수는 뇌천풍(雷天風)이란 장군으로 하여금 익주(益州) 토병(土兵) 5천 기(騎)를 거느리게 하여 선봉을 삼고, 행군 도중에 발견한 명장 동초(董超)와 마달(馬達)로 후군을 삼은 후 흑풍산을 향하여 공격해 들어갔다.

마침내 양편 진영은 그다지 멀리 않은 거리에서 대결하게 되었다.

진두에 나서서 예를 하는 나탁의 모습은 신장이 9척이며 허리의 굵기가 열 아름이나 되어 보이는 체구에 깊고 큰 눈, 둥근

4) 중국 춘추 12열국 중 하나.
5) 중국 춘추 오패 중 하나.

얼굴, 붉은 수염, 결코 만만하게 상대는 아니었다.

홍포금갑(紅袍金甲)으로 몸을 싼 양원수도 진두에 나서서 군사들로 하여금 고함을 지르도록 명령하였다.

"진두에 나선 만왕은 대명국(大明國) 원수의 말을 똑똑히 들거라!"

하고 양원수는 찌렁찌렁 울리는 음성으로 호통을 쳤다.

"그대 남쪽을 시키며 중국의 후대를 받음이 적지 않았거늘, 이제 무모하게도 변방을 소란케 하니, 내 황상의 명을 받들어 100만 대군을 거느리고 그대의 목을 가지러 왔노라!"

만왕 나탁도 잠자코 있을 리 없었다.

"내 중원 땅을 응시하고 군사를 키워 온 지 50년! 대명(大明)을 멸망케 하고 육합(六合)[1]을 통일하고자 함이 이번 진군의 목적이로다!"

드디어 치열한 싸움은 벌어졌다. 그러나 양원수 편의 도끼를 잘 쓰는 맹장 뇌천풍, 방천극(方天戟)을 잘 쓰는 소사마(蘇司馬)의 위력에는 수많은 만장(蠻將)들도 감히 대적하지 못하였고, 동남쪽을 향하여 도망치기 시작한 나탁은 좌익장(左翼將) 동초, 우익장 마달에게 꼼짝달싹도 할 수 없는 몸이 되어서 다시 남쪽을 향해서 도주하고 말았다.

그러나 양원수는 즉시로 이를 추격하지 않고 그 이튿날 남쪽으로 계속 행군하여, 옥록동(玉鹿洞)에서 다시 진영을 수습하고 있다는 나탁의 소식을 탐지하고 그곳에서 100여 리쯤 떨어져 있는 반사곡(般蛇谷)이란 곳에 다다랐다.

---

1) 천지와 사방, 곧 동남서북. 온 우주.

밤도 깊어 저장이 넘은 후, 이상하게도 주변에서는 광풍이 일고 함성이 요란하게 일어났다. 사방을 자세히 살펴보았으나 별다른 동정도 찾아볼 수 없었다. 그런데 군중에서는 이상한 신음소리가 들리는 것이었다. 양원수 괴이히 여기고 친히 진중을 순행하여 살펴보자니, 모든 군사들이 손으로 머리를 짚고 앓는 소리를 연발하며 쩔쩔매는 것이었다.

'적막한 심산 속에 난데없이 함성이 일어나고, 병 없던 군사들이 일시에 병들었으니, 이는 반드시 곡절이 있는 일이로다. 산 속에 귀신이라도 있어서 장난질을 치는 것인가?'

양원수 이렇게 혼자 생각에 젖으며 달 아래 배회하면서 무슨 계책을 궁리하고 있노라니, 웬일인지 문득 광풍과 함성이 다소 가라앉으면서 어디선지 거문고 소리가 들려왔다. 거문고 소리를 따라서 산 아래 있는 한 군데 신묘(神廟)[2]에 다다르니 그 안에는 와룡선생(臥龍先生) 공명(孔明)[3]의 초상이 있었다. 양원수는 그 앞에 공손히 절하고 기도를 올렸다.

'후학 양창곡이 황상의 명령을 받들고 이 자리에 이르러 삼가 선생께 비옵나이다. 우리 대명(大明)이 수백년을 지켜오다가 이제 위기에 빠지게 되었사온데 만약 선생의 영령이 계시다면 대명을 도우시어 오랑캐를 물리치도록 하여주옵시고, 이 괴상한 광풍과 괴질(怪疾)[4]을 물리쳐 주옵소서.'

양원수 또다시 합장배례하고 신묘의 문을 나서자니 공중에서 벽력 소리가 요란히 일어나더니 미친 듯이 불던 바람과 함성이

---

2) 귀신을 모신 묘.
3) 중국 삼국 시대 촉한의 정치가인 제갈량의 호.
4) 병상이 괴상해서 병인을 알 수 없어 병명을 붙일 수 없는 병.

점점 가라앉아 버리는 것이었다. 군중으로 돌아와 시각을 보니 이미 오경삼점(五更三點)[1] 잠시 피곤을 풀려고 하는 즈음에, 밖으로부터 이사한 인기척이 들려왔다.

양원수가 깜짝 놀라 밖을 내다보자니, 그것은 바로 와룡선생이었다. 학창(鶴氅)[2]에 백우선(白羽扇)[3]을 손에 든 늠름한 모습이었다. 양원수가 오랑캐 나라를 쳐부술 지혜를 청하니, 와룡선생은 이곳이 일찍이 자기가 남정(南征)하였던 곳으로, 만병을 격파해서 그 원혼(冤魂)[4]들이 들끓는 곳이므로 몇 마리의 소와 염소를 잡아 진혼제(鎭魂祭)를 지낼 것과 만왕 나탁이 근거지로 삼고 있는 오대동학(五大洞壑) 가운데서 먼저 미후동(獼猴洞)을 치는 것이 좋을 것이라 가르쳐 주고 표연히 자태를 감추었다.

양원소는 와룡선생의 말대로 진혼제를 지내고 병세가 나아진 군사들을 다시 수습해서 진군을 계속하였다.

이 때, 양원수는 포로로 잡혀 온 남만 편의 척후병으로부터 나탁이 군대를 2대(隊)로 나누어, 1대는 나탁이 친히 거느려 미후동에 숨기고, 1대는 가짜 나탁을 만들어서 옥록동에 배치해 놓았다는 정보를 입수하였다. 과연 와룡선생의 가르침이 틀림없다는 것을 깨달은 양원수는 이에 대처할 만한 묘한 작전을 세워서, 자기도 가짜 양원수를 네 사람이나 만들어 놓고, 돌연 한 편에서 먼저 옥록동을 공격하기 시작하였다.

마왕 나탁은 도저히 양원수의 놀라운 작전을 당할 수 없었다.

---

1) 하룻밤을 다섯으로 나눈 다섯 번째로, 새벽 3시라는 뜻.

2) 웃옷의 한 가지. 흰 창의에 가를 돌아가며 검은 헝겊으로 넓게 꾸밈.

3) 새의 흰 것으로 만든 부채.

4) 원통하게 죽은 사람의 넋.

어떤 것이 진짜 양원수인지 분간을 못 하고 갈팡질팡하던 나탁은 드디어 양원수와 정말로 대결하지 않을 수 없게 되었다.

"나탁아! 그대 만왕이 둘이 있음을 자랑할진대 어찌 양원수가 네 사람이나 있음을 알지 못하였는고!"

양원수 이렇게 호통을 치면서 대우전(大羽箭) 화살을 쏘니, 번개불처럼 나탁의 머리에 꽂히며 홍정자(紅頂子)를 땅에 떨어뜨리고 말았다. 나탁은 혼비백산하여 남쪽을 향하여 대록동으로 숨어 버렸다.

그러나 양원수에게는 숭고한 싸움의 정신이 있었다. 나탁은 목숨이 달아날 아슬아슬한 고비를 여러 번 넘겨 주면서도 양원수는 그를 끝까지 추격하지 않고 항시 이런 말을 하였다.

"내가 원하는 것은 한낱 만왕의 목이 아니로다. 덕(德)으로써 심복시키는 길이로다!"

패하고 또 패하면서도 마왕 나탁은 그대로 굴복하기는 싫었다. 부하를 동원하여 아무리 양원수의 진영을 정찰시키고 그 실력을 다루어 보아도 감히 감당해 낼 도리가 없을 것 같았다.

나탁은 마침내 우추장(右酋長) 맹렬(猛烈)의 권고를 받고 오계도(午溪都) 채운동(彩雲洞)에 있는 운룡도인(雲龍道人)을 찾아가게 되었다. 이 도인은 도술(道術)이 비상하여 능히 바람과 비를 불러 일으키고, 또 귀신과 맹수도 마음대로 불러내는 놀라운 인물이라 하였다. 만왕 나탁은 채운동에 이르러 운룡도인에게 눈물로써 호소하였다.

"오대동학(五大洞壑)은 남방 세전(世傳)의 땅이온데 이제 그 전부를 중국에게 빼앗길 지경이오니, 선생께서는 비록 세속을 떠나신 고상하신 분이실지라도 남방 분으로서 남방이라는 땅을 생각하시옵고, 옛 땅을 다시 찾도록 해주옵소서!"

운룡도인은 하도 간곡한 부탁을 거절하기 어려워 도관도복(道冠道服)을 갖추고 사슴을 타고 태을동(太乙洞)까지 당도해서 나탁으로 하여금 명군(明君)에게 싸움을 걸어 보도록 지시하였다. 양원수는 벌써 이 눈치를 알아채고 즉시로 대군을 거느려 태을동 앞에 진을 쳤다.

운룡도인은 싸우는 형세를 바라다보고 있다가 문득 주문을 외며 칼을 뽑아 들고 사방으로 휘둘렀다. 과연 갑자기 풍우가 크게 일고 뇌성벽력이 천하를 뒤집는 듯, 수많은 사병들이 명군을 포위하고 돌진하였으나 역시 반나절이나 넘도록 양원수의 진영은 격파하지 못하였다. 운룡도인도 마침내 겁을 집어먹고 칼을 던지며 탄식하는 것이었다.

"대명국의 양원수는 비범한 인물이로소이다. 능히 천하를 다스릴 명민한 방법과 힘을 갖추고 있사오니 더불어 다투기를 단념하소서. 저 전법은 하늘의 무곡선관(武曲仙官)의 선천음양진(先天陰陽陣)이라는 것이오며, 당당한 정도(政道)를 지키는 놀라운 진법이니 요술이나 사술(邪術)로서는 이길 도리가 없나이다."

이 말을 듣더니 나탁은 실망낙담, 소리쳐 울면서 또 애원하는 것이었다.

"그러면 우리 오대동학은 영영 잃어버리고 다시 찾을 방도가 없단 말씀이신고? 선생님께서는 남방 땅을 애석하게 생각하시어 무슨 방략(方略)이고 가르쳐 주옵시기 바라나이다."

운룡도인은 왜 그런지 한참 동안이나 묵묵히 나탁을 쳐다볼 뿐 대답이 없었다. 무엇인지 침통한 표정으로 곰곰이 생각하더니 한참만에 입을 열었다.

"한 가지 방략이 있기는 하나, 만일에 다른 사람에게 누설되면 일이 실패에 돌아갈 뿐만 아니라 본인에게도 해가 미칠 것이니, 대왕께서는 신중히 생각하시기를 바라나이다."

나탁도 그 눈치를 알아차리고 즉시 좌우의 사람들을 물러나게 하고 그 방략을 말해 달라고 무릎 꿇고 애원하였다. 운룡도사는 근엄한 표정으로 한참 동안이나 사방을 두리번거려 조심조심하더니 심중하게 입을 열어 이렇게 일러 주었다.

"소생의 사부(師父)[1]가 탈탈국(脫脫國) 총황령(叢皇嶺) 백운동에 있으며, 그 도호(道號)를 백운도사(白雲道士)라 하옵나이다. 천지현모의 이치와 음양조화의 술법을 모르는 바 없사오니, 이 도사의 힘이 아니고는 명나라 군사와 능히 대적할 만한 장군이 없을까 하옵나이다. 그러나 이 도사께서는 덕이 맑고 뜻이 높으시어 평생을 두고 산문 밖 세상에 나오시는 법이 없사오니, 대왕의 성의를 다하시지 않으면 청해 오시기 어려우실까 하옵나이다."

이런 말을 남기고 운룡도인은 또다시 사슴을 타고 표연히 바람처럼 몸을 날려 채운동으로 돌아가고 말았다. 나탁은 운룡도인의 말을 듣자, 곧 폐백(幣帛)[2]을 갖추어 백운동의 백운도사를 찾아갔다.

한편, 백운동 산 속에 파묻힌 강남홍(江南紅)은 백운도사와 사제의 관계를 맺고 복서(卜筮) · 의약 · 천문 · 지리 등 갖가지 학문을 배웠으며 병법까지 배우게 되었다.

---

1) 아버지와 같이 우러러 존경하는 스승. 또는 스승의 존칭.

2) 제자가 처음 뵙는 선생에게 올리는 예물.

이는 백운도사에게도 운룡(雲龍)·청운(靑雲) 두 제자가 있었으나, 오히려 그들보다도 뛰어난 강남홍의 총명한 자질에 탄복하고 도사가 자진해서 열심히 가르친 것이다. 그뿐만 아니라, 도사는 강남홍의 천재적 소질을 칭찬하여 검술·무예까지 전수(傳授)해 주었고, 그의 비장(秘藏)의 보검인 부용검(芙蓉劍)까지 물려 주었다.

또 도사의 본의는 아니었으나 제자 청운이 철없이 날뛰는 어쩔 수 없는 기회에 둔갑술(遁甲術)까지 가르쳐 주면서 이런 당부도 하였다.

"그대의 자질이 본디 총명하고 마음씨가 단정하니, 별로 당부할 것은 없으나, 이 둔갑법만은 함부로 사용치 말기 바라노라. 어려울 때 쓸 수는 있으나 둔갑이란 허황한 술법이요 무술의 정도(正道)는 아니니라."

이렇게 말하고 나서, 도사는 벽장을 열더니 옥퉁소를 꺼내서 자기가 몇 곡조 불어 보고 강남홍에게 주면서 말하였다.

"옛적에 한(漢)나라 장자방(張子房)이란 사람은 계명산(鷄明山) 가을 밤에 퉁소를 불어서 초(楚)나라 군사를 무찌른 일이 있었으니, 이 퉁소를 잘 배워 두면 언제든지 요긴히 쓸 일이 있을지 모르리라!"

강남홍이 입산(入山)한 지 어언간 2년이 되었고, 무술이며 학식이 더 배울 것이 없이 원숙한 경지에 도달하였을 때, 하루는 동자가 산문 밖에서 급히 달려들며 손님이 찾아왔음을 고하였다.

이는 다른 사람이 아니라 바로 남만왕 나탁이었다. 여기서도 만왕 나탁은 도사에게 매달려 눈물을 흘리며 자기의 환란을 구해 주지 않으면 같은 남방 사람으로 태어난 의리가 아니라고 졸라댔다.

도사는 한참 동안 심각한 표정으로 묵묵히 생각에 잠기더니 이윽고 강남홍을 앞에 불러 놓고 이렇게 말하였다.

"오늘이야말로 그대 귀국할 날이 되었도다. 내 다른 사람이 아니라, 서천(西天) 문수보살(文殊菩薩)이로다. 관세음보살의 명을 받고 그대에게 병법을 전하고자 왔으니, 이제 그대는 고국에 돌아가 부귀를 누리겠거니와, 돌아가는 길에 천랑성(天狼星)의 정(精)인 나탁을 의리상 구해 주기 바라노라. 우리 다시 하늘에서 만날 날은 10년 후가 되리라."

만왕 나탁은 일개 연약한 소녀 강남홍을 믿지는 않았으나 도사의 지시대로 강남홍을 모시고 돌아오는 수밖에 없었다.

그 이튿날, 강남홍은 양원수의 진영을 두루 살피고 나서 명진(明陳)으로 격문을 보냈으며, 양원수도 답신을 보냈으니, 피차간에 그 문장이 중화문장(中華文章)임에 놀라면서 대결하게 되었다.

강남홍은 태을동(太乙洞) 앞에 진을 쳤으며 양원수 또한 대군을 거느리고 불과 수백 보 밖에 진을 쳤다. 강남홍이 수레를 타고 진두에 나서서 명나라 진영을 건너다 보니, 한 젊은 장군이 홍포금갑에 대우전(大羽箭)을 메고 좌우전후로 여러 장수들에게 둘러싸여 장상(帳上)에 의젓하게 앉아 있으니, 그가 곧 명나라 원수임을 알 수 있었다. 강남홍은 손삼랑을 시켜서 진 앞에서 외치도록 명령하였다.

"우리 소국(小國)이 비록 편벽한 땅에 자리잡고 있어 인재 드물다고 하지만, 금일은 한번 진법으로 싸워 대국의 용병(用兵)과 자웅을 가려 보려니와 명원수는 우선 진을 한번 펴 보라!"

양원수는 손삼랑의 말솜씨가 의젓하고 뚜렷한 데 놀라며 적지않은 의심을 품었으나 그대로 상대방의 진영을 건너다보자니, 소년 장군 한 사람이 초록금루(草綠金樓) 소매 짧은 전포(戰袍)[1]를 입고 푸른 무늬가 있는 원앙쌍고요대(鴛鴦雙股腰帶)를 띠고, 머리엔 성관(星冠)을 썼고 허리엔 부용검을 차고 단정히 수레에 앉아 있는데, 그 준수한 모습에 더욱 놀랄 지경이었다. 양원수 크게 놀라 여러 장수들을 돌아보며 물었다.

"저 장수는 반드시 남방 사람 같지 않도다. 나탁이 어디 가 저와 같은 훌륭한 장수를 구해 왔는고?"

드디어 양원수는 북을 치고 기를 휘두르며 육화진(六花陣)을 쳤다. 강남홍은 이에 대항하여 호첩진(胡蝶陣)을 쳐서 육화진으로 쳐들어가며 손삼랑을 시켜 또 다시 큰소리로 외치게 하였다.

"육화진이란 태평천하에서 선비로서 장수 된 자 한가할 때 심심풀이로 치는 진법이요, 소국에 호첩진이 있어 능히 대적할 수 있으니, 다시 진법을 베풀라!"

양원수 깜짝 놀라 즉시로 진법을 달리 하여 팔괘진(八卦陣)을 쳤다. 그러나 강남홍은 이와 대결해서 방원진(方圓陣)을 치더니 팔괘진을 단숨에 무찌르고 음방(陰方)을 치고 양방(陽方)을 엄습하는 기묘한 재간을 부리곤 또다시 손삼랑을 시켜서 외치게 하였다.

"일찍이 제갈공명이 쓰던 팔괘진이라 하지만 소국에는 대연진(大衍陣)이 있어 능히 막아 낼 수 있으니 다시 다른 진법을 베풀라!"

---

1) 장수가 입던 긴 갑옷.

양원수는 대경실색하여 당장에 조익진(鳥翼陣)을 쳤다. 그러나 강남홍은 이번에는 장사진(長蛇陳) 진법을 써서 조익진을 무난히 뚫고 들어가 큰소리로 외치는 것이었다.

"조익진이란 전국을 쇠살(廝殺)하는 진법인지라, 소국이 장사진으로 능히 무찌를 수 있으니 또 다른 긴 법을 베풀라!"

양원수는 당황해지지 않을 수 없었다. 급히 좌우 양익을 합쳐서 학익진(鶴翼陣)의 진법을 써서 장사진의 머리를 치곤 뇌천풍을 시켜서 큰소리로 외치게 하였다.

"장사진의 머리를 치는 학익진에 대항해 보라."

그러나 강남홍은 한편 눈도 깜짝하지 않으며 맑은 미소를 띨 뿐, 실로 강남홍의 진법은 무궁무진하여 양원수도 바라다보며 탄식할 뿐이었다.

"천하의 기재(奇才)로다! 저 진법은 고금에 드문 진법이니, 오행상극(五行相剋)[2]의 이치를 터득하고 그것을 따라 만들어진 놀라운 진법이로다! 어떤 사람도 능히 격파하기 어려우리라."

양원수는 진법으로 대결하기 어려움을 깨닫게 되자, 즉시 진을 거두고 뇌천풍을 시켜서 진 앞에서 크게 외치게 하였다.

"금일 피차 진영의 진법은 이미 보았으니, 진을 거두고 이제 무술로써 싸울 자 있거든 나오라!"

경각을 지체치 않고 만왕의 진영에서 한 장수가 튀어 내달았다. 뇌천풍과 대결하고 싸움을 시작한 것은 육박전에 이르렀을 때 철목탑은 뇌천풍을 당해 내지 못하고 자주 몸을 피하였다. 그러자 남만의 진영에서 손야차(孫夜叉)가 창을 높이 쳐들고 뛰

---

2) 오행이 서로 이기는 이치. 고두 토극수(土克水) · 수극화(水剋火) · 화극금(火克金) · 금극목(金剋木) · 목극토(木剋土)의 이치임.

어나와 큰소리로 고함을 질렀다.

"네, 이미 진법에 졌으니, 무술에 있어서도 패할 것이 당연하도다!"

뇌천풍은 노발대발하여 그도 지지 않겠다고 우렁찬 음성으로 대꾸하였다.

"늙은 오랑캐여! 당돌하고 무모하게 날뛰지 말지어다."

나시 쌍방은 수십 자나 대결하다가 이번에는 양원수 편에서는 동초와 마달이 달려들어서 뇌천풍을 도와 주었다. 손야차는 마침내 감당하기 어려움을 깨닫고 말고삐를 돌려 도망치고 말았다.

강남홍은 손야차가 도망치는 것을 보자, 스스로 수레를 버리고 말 위에 올라 대담무쌍하게 진두에 버티고 서서 고함을 질렀다.

"명나라 장수들은 창법(槍法)만을 자랑하지 말고, 자신이 있으면 이 화살을 받으라."

말이 끝나기 무섭게 공중으로 훌쩍 전광석화같이 나는 화살이 별처럼 번쩍이더니 뇌천풍의 투구가 땅바닥으로 날아 떨어지지 않는가.

옆에 있던 동초 · 마달 두 장수가 동시에 칼을 뽑아 높이 휘두르며 강남홍에게로 육박해 들어갔다. 그러나 남홍은 끄떡도 하지 않았다. 연거푸 태연히 활만을 잡아당기니 화살은 번갯불처럼 날아들어 동초 · 마달 두 장수의 엄심갑(掩心甲)을 부숴 버리고 말았다.

두 장수도 당할 도리 없이 말을 달려 자기 진영으로 돌아서는 수밖에 없었다. 이 광경을 보고 있던 뇌천풍이 노기를 띠고 강남홍에게 덤벼들었으나, 강남홍은 훌쩍 몸을 솟구쳐 허공으로 날으면서 번쩍 칼을 떨어뜨려 도끼를 휘두르는 뇌천풍의 투구를 쪼개어 버렸다.

양원수는 참을 수 없었다. 친히 대결해 보고자 들먹들먹하는데 소사마(蘇司馬)가 앞을 가로막고 나섰다. 그러나 방천극을 잘 쓰는 명장 소사마도 강남홍의 놀라운 재주와 칼은 막아 낼 도리가 없었다.

"아차!"

소사마는 극도로 긴장하였다. 강남홍의 칼에 맞아 죽나 보다 하는 아슬아슬한 순간이었다. 그러나 강남홍은 하늘에서 나는 듯 명랑한 소리로 외칠 뿐이었다.

"하늘이 내신 명장을 내 손으로 어찌 죽이리요. 살길을 열어 줄 것이니 장군은 빨리 원수께 돌아가 군사를 거두어 물러가라 하시라."

양원수도 싸움을 내일로 미루는 수밖에 없었고, 강남홍도 군사를 거두어 돌아갔다. 그러나 싸움에 이기면 이길수록 강남홍의 고민은 컸다.

'어찌 만황을 위해서 나의 고국을 저버릴 수 있겠는가? 일장일졸도 내 조국의 군사를 죽이고 싶지 않으나, 그렇다고 스승의 명을 받들고 싸움터에 나와 그대로 돌아갈 수도 없는 노릇이니.'

달 밝은 밤이었다. 강남홍은 옥퉁소를 가슴에 품고 산에 올라 명군의 진영을 살피며 한 곡조를 불어 보았다. 이 퉁소 소리를 듣자 명나라 진영은 일대 혼란을 일으켰다. 장수·졸병 할 것 없이 고향 그리운 우수에 잠겨서 눈물을 훌쩍거리는 자까지 있었다.

이 광경을 본 양원수는 언젠가 벽성선이 준 옥퉁소를 꺼내서 한 곡조를 불어 보았다. 이상한 일이었다. 그랬더니 당장에 장수와 병졸들은 명랑한 기분을 회복하고 사기가 충천해지는 것이 아닌가. 옥퉁소 소리, 어여쁜 여인 같으면서도 용맹무쌍한 적장, 양원수는 날이 갈수록 의심을 풀 길이 없었다.

마침내 양원수와 강남홍은 일 대 일로 대결하지 않으면 안 되게 되었다. 양원수 진두로 내달았을 때 강남홍도 말을 타고 칼을 휘두르며 가까이 덤벼들다가, 일견해서 명나라 진영의 휜수가 바로 양창곡, 양공자임을 똑바로 알아차렸다.

양원수는 아직도 강남홍을 알아보지 못하고 창을 높이 들어 찌르려고 덤벼드는 아슬아슬한 찰나.

"상공께선 강남홍을 잊으셨나이까?"

구슬같이 맑은 강남홍의 음성, 이 말에 양원수는 깜짝 놀라 눈이 휘둥그래졌다. 강남홍은 오늘 밤에 단 둘이서 만날 것을 넌즈시 약속하고 말고삐를 돌려 자기 진영으로 돌아갔다. 그날 밤 강남홍은 손삼랑에게만 알리고 명나라 진영으로 살며시 건너와서 양원수를 만났다.

양원수는 강남홍의 모습을 두 눈으로 또렷이 쳐다보면서 꿈인지 생시인지 분간치 못하고 어리둥절하였다.

"홍랑! 그대 죽어서 혼이 나타난 것이 아니요? 정말 산 사람이 날 찾아온 것이요? 그대 죽은 것을 잘 알고서야 어찌 살아왔다고 믿으리요!"

강남홍은 흐느껴 울며 목멘 소리로 대답하였다.

"첩은 상공께서 사랑해 주신 덕택으로 수중고혼(水中孤魂)[1]이 되지 않고 다시 살아나게 되었나이다. 여러 사람의 눈이 두려우니 그것만이 근심되나이다."

양원수는 누가 볼까 두려워하여 즉시로 장막을 쳐서 가리우고 그제서야 강남홍의 손을 덥석 잡았다. 강남홍도 양원수의 손을 마주 잡고 오열(嗚咽)[2]에 젖을 뿐.

"모든 것이 꿈만 같사옵나이다."

"이상하도다, 홍랑은 여자의 몸으로 이다지 먼 곳까지 나타났을 뿐만 아니라, 명장(名將)이 되어서 만왕을 구하러 나섰으니."

여기서 강남홍은 지금까지의 경과를 비로소 자세히 양원수에게 설명해 들려 주었다.

날이 밝아올 때까지 양원수와 강남홍은 진영 장막 속에서 옛정을 못 잊어하며 감격적인 시간을 보냈다. 동녘이 훤하게 밝아오는 것을 보더니 강남홍은 일어서면서 이렇게 말하였다.

"이제 장수의 복장을 갖추신 상공을 비오니 실로 문무 겸비하신 분, 첩은 정남도원수(征南都元帥)의 소실로서 천하에 부끄러움이 없사오나, 역시 규중 여자의 본색이 아님이 원망스럽사오니, 다시 산 속으로 자취를 감추었다가 상공께서 오랑캐를 평정하신 후 그 수레를 따라갈까 하옵나이다."

양원수는 차마 강남홍과 헤어지기 안타까와 조용히 달래 보았다.

"그대 진실로 나의 백년지기(百年知己)라면 원컨대 이역에서 외롭고 싸움에 부족한 점이 많은 나를 도와서 내 곁을 떠나지 말아 주기 바라노라."

이 말을 듣자 강남홍은 빵긋 웃어 보이면서 이렇게 대답하였다.

---

1) 물 속의 외로운 넋이란 뜻이므로, 곧 물에 빠져죽은 넋을 가리키는 말.

2) 목이 메도록 욺.

"상공께서 첩을 장수로 삼으시려면 한 가지 약속을 지켜 주시기 바라옵나이다."

"그건 어떠한 약속인고?"

"첫째로 군사를 거두어 돌아가실 때까지 첩을 가까이 하시지 마시옵고, 둘째로 첩의 행적을 여러 장수에게 누설치 마시도록 조심하시옵고, 셋째로 남방을 평정하신 뒤에도 만왕 나탁을 저버리지 마시도록."

양원수가 당장에 이 세 가지 조건을 쾌히 승낙하자, 강남홍은 다음과 같이 말하고 나서 또다시 무엇인지 귀엣말을 남겨 놓고 쌍검을 높이 들고 표연히 나가 버리는 것이었다.

"군중에서 서로 만난다 하옴은 진지(陣地)의 규율을 무시하는 소행이오니, 반드시 출입을 밝혀야 할 것이므로, 첩이 돌아간 후 상공께서는 이렇게 하옵소서."

강남홍을 돌려보내 양원수는 즉시로 소사마 장군을 불러들였다.

"만장 혼혼탈(紅渾脫)은 본래 중국 사람으로, 나탁의 부하가 된 것을 부끄러이 여기고 우리에게로 돌아올 뜻이 있는 듯하오. 장군은 연화봉(蓮花峰) 아래로 가 보라. 거기서 홍혼탈이 서성거리고 있을 것이므로 기회를 보아 잘 구슬려 데려오도록 하라."

소사마는 깜짝 놀라 물었다.

"홍혼탈이란 누구를 가리키시는 말씀이시오니까?"

"만진(蠻陣)에서 쌍검을 휘두르며 날쌔게 싸우던 소년 장군이로다."

이것은 부하들 앞에서 대의명분(大義名分)[1]을 세우고 강남홍을 받아들이자는 양원수와 강남홍의 아무도 모르는 계교였다.

소사마가 양원수의 명령대로 연화봉으로 조심조심 가 보니 홍혼탈은 처음에는 일개 적장(敵將)으로서 위신을 뽐내고 응할 것 같지 않은 완강한 태도를 보였으나, 마침내 소사마는 강남홍을 데리고 명진으로 돌아오는 데 성공하였으며 양원소는 여러 장수 앞에서 위엄있게 홍혼탈의 귀순(歸順)[2]을 소개하였다.

"홍장군은 본래 중국 사람으로서 강남 땅에 흘러왔다가, 이제 다시 우리 명군의 장수가 되어 우리와 더불어 고락을 함께 하기로 되었노라."

강남홍은 지극히 자연스러운 순서와 체면 속에서 명진(明陣)에 가담하게 된 것이다. 한편 만왕 나탁이 강남홍의 행방을 찾다가 적진에 귀순하였음을 알고 노발대발하였음은 물론이다. 그는 한 장수의 소개로 천하의 영웅이라는 운남동(雲南洞) 축융국(祝融國)의 한왕을 찾아가기로 결심하고, 뒷일은 철목탑 · 아발도(兒拔都) 두 장수에게 맡기고, 돌아올 때까지 동문을 굳게 닫고 싸우지 말도록 신신당부하고 길을 떠났다.

이 틈을 타서 양원수와 강남홍은 또 한 가지 기묘한 작전을 세웠다. 그것은 가장 자연스러우면서 쌍방 진영을 다 같이 놀라게 하는 사실이었다.

다른 계교가 아니라, 강남홍과 운명을 같이 하기로 하고 따라온 손야차와 강남홍 사이에 갈등이 생겨서 강남홍이 손야차의 목을 베게까지 되었다는 사실이었다. 모든 장수들이 보는 앞에서 손야차도 홍분하였다.

"장군이 스승의 분부를 생각하신다면 어찌 만왕을 배반하고

---

1) 인륜 중 중요한 의리와 명분.

2) 반항심을 버리고 순종함.

투항할 수 있으리요? 소장은 본래 이 땅의 사람이니 다시 산으로 돌아가 배신하는 자의 손에서 벗어나려 하나이다."

이리하여 손야차는 강남홍의 배신에 격분하여 그를 버리고 명진(明陣)에서 이탈하여 만병측에 가담하는 체하고 그들의 진영 가까이 접근해 갔다.

이런 정보를 탐지하게 된 만진 편에서는 철목탑이 깊은 의심을 품은 채로 손야차를 내하였나.

"손장군의 거동은 이해할 수 없는 점이 있도다. 홍장군과 한 산에서 내려온 이상, 어찌 젊은 사람과 한때 말다툼으로 그를 버리고 갈 수 있으리요? 이는 대장부의 도량이라고 볼 수 없도다."

"소장은 어차피 싸움을 버리고 심산 속으로 파묻히러 돌아가는 사람이요. 장군들이나 부디 많은 공을 세우시라."

손야차는 어디까지나 거짓이 없는 태연스러운 태도였다. 모든 것을 체념한 것 같은 손야차의 태도에 아발도도 철목탑도 다 같이 그의 소매를 붙잡고 술이나 한잔 같이 하자고 권하였다.

손야차는 못 이기는 체하고 술잔을 받아들었다. 술잔을 받는 품이며 말하는 태도며 철목탑은 자세히 손야차의 일거일동을 조심해서 보다가 진심으로 홍혼탈을 버리고 돌아가는 심정 같은지라, 빙그레 웃으며 술 한 잔을 더 권하며 이렇게 말하였다.

"그렇게 용감한 결단성을 가진 장군이 적막한 산 속에서 평생을 마칠 까닭이 무엇이리요? 오히려 그것은 대장부로서 비겁한 태도인가 하노라."

"장군의 뜻은 소장을 이곳에 머물러 두고 싶으신 듯하오나, 소장은 이제 백발이 된 신세로 다시 후회될 일은 하지 않기로 결심하였나이다."

"무엇이 후회되는 일이라 하는고?"

"소장의 신세 이 지경에 이르러 만왕께서 용납하지 않으신다면 또다시 뉘우쳐야만 되는 일이 아니리까?"

이 말을 듣더니 철목탑은 손야차의 손을 덥석 잡으며 하는 말이,

"염려할 일은 없도다. 우리 대왕의 도량이 넓으시니 반드시 받아들이실 것이며, 또 장군은 이 고장 사람이시니 이곳에서 부귀를 누리심이 좋을까 하오."

손야차는 마지못하는 체 어물어물하다가 슬쩍 만왕이 돌아온 다음에 태도를 결정하겠노라 대답을 하였다.

바로 이 때, 북문 밖에서 난데없는 고함 소리 들려오더니, 명진에서 쳐들어오는 기세가 분명하였다. 아발도와 철목탑이 대경실색하고 대군을 동원하여 북문을 막으려 하였을 때, 손야차는 싱글벙글 미소를 띠우면서 말하는 것이었다.

"과히 놀란 일이 아니로다. 이는 홍혼탈이 항시 잘 쓰는 수법이니, 남문을 치러들면서 거짓 함성을 질러서 북문으로 상대편을 유인하려는 술법이니라."

손야차의 말을 믿지 않고 철목탑이 국문으로 군사를 몰고 가보니, 과연 북문에는 아무 일도 없고 서문에서 다시 요란한 함성이 일어났다.

철목탑이 다시 군사를 몰아 그 편을 막으려 하였을 때 손야차는 또 이렇게 말하였다.

"이것은 동문을 차자는 작전이로다."

철목탑이 이 말도 믿지 않고 그대로 서문과 북문을 방비하고

있노라니, 과연 서북문은 아무 일도 없고, 이번에는 동문에서 또다시 요란한 함성이 일어났다. 철목탑과 아발도는 그제서야 손야차의 말이 틀림없다 생각하고 군사를 거두어 두 패로 나누어 가지고 양문을 막으려고 필사적으로 서둘렀다.

이렇게 되자, 손야차는 갑자기 날쌘 동작으로 말에 올라 창을 휘두르며 북문으로 달려가서 문을 지키던 만병들을 물리치고 문을 활짝 열어 놓았다. 문이 열리자 명군이 질풍같이 진격해 들어왔음은 더 말할 나위도 없는 일이었다. 손야차는 다시 서문으로 달려가서 꼭 같이 만병들을 헤치고 문을 활짝 열어 놓으니 명군의 명장 동초와 마달이 군사를 거느리고 날아들었다.

대세는 결정되었다. 철목탑은 그제서야 손야차에게 속은 것을 알아차리고 흥분한 나머지 창을 들어 손야차를 찌르려 하였으나, 손야차는 약삭빠르게 그것을 피하여 말을 달려 그 자리를 뜨면서 더욱 분통이 터지게 하는 것이었다.

"소장은 깊은 산 속으로 돌아가 속세를 잊으려는 사람이로다. 과히 노하실 일은 아닌가 하나이다."

하고 남문으로 달음질치더니 그 문마저 활짝 열어 버리는 것이었다. 열려진 남문으로 질풍같이 쳐들어오는 양원수와 홍혼탈 장군.

만장 철목탑과 아발도는 그야말로 진퇴양난, 간신히 하나 남은 동문을 제 손으로 열고는 도망치고 말았다. 태을동에서 빠져나와 철목동까지 달아나온 아발도는 대왕에게 면목없음을 한탄하고 제 손으로 제 목을 찌르려 하였으나, 철목탑이 왕이 돌아오기를 기다려 벌을 받자 위로해서 겨우 말렸다.

축융동으로 구원을 청하러 간 나탁은 가는 길에 백운동에 이르러 먼저 백운도사를 찾았으나 도사의 간 곳을 알 수 없었다.

나탁은 마침내 원군을 청하는 데 성공하였다. 축융은 욕심 많은 인물인지라, 가지가지 재물을 흠뻑 받고 나니 기뻐서 어쩔 줄 모르며, 삼척모(三脊矛)를 잘 쓰는 천화장군(天火將軍) 주돌통(朱突通), 개산대부(開山大斧)를 잘 쓰는 촉산장군(觸山將軍) 첩목홀(帖木忽), 언월도(偃月刀)[1]를 잘 쓰는 둔갑장군(遁甲將軍) 가달(賈韃) 등 세 장군을 거느리고 떠나겠다고 하였을 때, 나탁은 더 많은 재물을 바치면서 축융의 딸마저 원군에 가담시켜 달라고 졸라댔다.

축융의 딸은 일지련(一枝蓮)이라 하였다. 나이 비록 13세에 불과하였으나 총명한 자질과 미모를 갖추었으며, 절묘한 무예에 능통한 아가씨로서 평생을 중원 구경이 소원이던 차인지라, 아버지의 명을 받고 쾌히 따라 나섰다.

나탁은 이런 원군을 얻어 기뻐하며 본진으로 돌아왔으나 실망 낙담하지 않을 수 없었다. 진문 밖에서 죄를 기다리고 있는 철목탑 · 아발도에게서 홍장군이 양원수에게 귀순하였다는 소리를 듣고 그는 풀이 죽었으나 한편 축융대왕은 자신만만한 소리를 하며 나탁을 격려하고 힘이 되어 주었다.

명나라 진영에서는 강남홍이 연약한 여자의 몸으로 무리를 한 탓인지 늘 몸이 편치 않았다. 그런데도 싸움을 어느 때보다도 치열해졌다. 싸움은 물론 만왕 나탁 편에서 먼저 걸어 왔다.

양원수는 우선 선천음양진(先天陰陽陣)으로 대결하고자 하였

---

1) 옛날의 무기로, 대도(大刀)의 한 가지. 자루의 길이 여섯 자 네 치, 날의 길이 두 자 여덟 치로 날은 끝이 넓고 뒤로 젖혀서 초승달같이 되었으며, 칼등은 두 갈래가 지고 밑에 용의 아가리를 물렸고, 자루는 붉은 칠을 해서 끝에 물미를 맞추었음.

다. 싸움은 실로 어느 때보다도 가관이었다. 저마다 재간을 뽐내며 굴하기 싫어하는 맹장들만 모였기 때문이다.

홍건(紅巾)을 머리에 쓰고 구리 갑옷을 입고 손에 흉기를 들고 큰 코끼리를 타고 유유히 진두에 내닫는 축융, 삼척모를 호기있게 휘두르며 내닫는 천화장군 주돌통, 거기 대항해서 벽력부(霹靂斧)를 들고 나타나 크게 소리치는 뇌천풍, 개산대부를 휘두르며 덤벼드는 촉산장군 접목홀. 이 광경을 보자 명진에서 창으로 춤을 추듯 호기 있게 내닫는 백일표(白日豹) 동초, 언월도를 휘두르며 달려드는 둔갑장군 가달, 명진의 손야차가 뛰어나와 만진의 가달을 대적하여 싸우느라니, 가달은 칼을 옆에 끼고 별안간 몸을 날려 재주를 넘었다. 가달은 어느덧 큰 백호로 변해서 입을 벌리고 손야차에게 덤벼들더니 이윽고 그 백호는 다시 산더미 같은 두 마리의 대호(大虎)로 변하여 입을 크게 벌리고 부르짖으며 덤벼들었다.

양원수는 이 때 적진의 환술(幻術)[1]을 알아차리고 자기편 장수가 상할까 두려워하여 우선 속히 군사를 거두도록 명령하고 진문을 굳게 닫아 버렸다. 비록 진문을 당은 양원수를 당장에 쳐부수지는 못할망정, 축융은 무서운 재간을 발휘하였다. 그가 한번 주문을 외면 당장에 하늘과 땅이 어두워지고 비바람이 크게 일어나며 모래와 돌이 데굴데굴 구르는 것이었다.

전세가 양원수 편에 불리함을 깨달은 강남홍은 병석에 누웠다가 마침내 자리를 걷어차고 밖으로 내달았다. 양원수가 깜짝 놀라 가로막았으나 강남홍은 듣지 않으며 말하였다.

---

1) 남의 눈을 어리어 속이는 기술. 마법을 써서 하는 기술. 칼을 삼키고 불을 토하는 것 등이 있음.

"전세를 살펴보오니 양원수의 선천음양진을 가리고는 스스로를 지킬 수 있사오나 적군을 이겨 내기는 힘들까 하옵나이다. 이에 소장이 후천진을 쳐서 사로잡을까 하오니, 북치며 홍기를 들면 정방군이 응하고 흑기를 들면 간방군이 응하도록 하여주옵소서!"

이렇게 수배를 해놓고 강남홍은 아무도 모르게 목욕재계한 후 혼자 장막으로 들어가 둔갑법(遁甲法)을 써 볼 결심을 하고 법을 이루었지만, 바깥 사람은 아무도 알지 못하였다.

일대 격전이 또다시 벌어졌다. 양편 진영의 매장들, 뇌천풍 · 동초 · 마달 · 주돌통 · 가달 등 여섯 장수가 일진일퇴 서로 뒤범벅이 되어서 생사를 걸고 재간과 실력을 겨루고 있었으나 좀체로 승부가 나질 않았다.

이 때 강남홍이 북을 울리고 흑기를 휘두르며 부용검을 들고 오방을 향하여 술법을 쓰자, 문득 일진 청풍이 칼끈에서 일어나더니, 축융이 불러낸 무수한 귓병(鬼兵)[2]들을 풀뿌리와 나뭇잎으로 변하게 해서 꽃잎처럼 공중에서 떨어지게 하고 마는 것이었다. 접목홀 · 주돌통 · 가달 세 만장은 깜짝 놀라서 갈팡질팡하며 몸둘 곳을 모르게 되었다.

강남홍이 또다시 부용검으로 남쪽 하늘을 가리키니, 별안간에 화광이 충천하고, 다시 북쪽을 가리키니 망망한 대해가 나타나고, 동서를 가리키니 천둥과 빗발이 크게 일어나서 앞을 가로막는 것이었다.

이 광경을 보고 있던 둔갑장군 가달도 재주를 넘어서 변시법

2) 귀신들을 둔갑시켜 만든 병사.

(變身法)을 쓰려고 하였다. 그것을 알아챈 강남홍이 부용검을 높이 들어 휘두르니 이번에는 칼끝에서 붉은 기운이 일어나며 가달의 머리를 눌러 버렸다. 가달은 수차 재주를 넘어왔으나 끝끝내 변신법을 쓰지 못하고 마침내 외마디 소리를 지르며 말 위에서 떨어지고 말았다. 이것을 보자 주돌통 · 첩목홀이 하늘을 우러러 탄식하고 칼을 뽑아 스스로 제 목을 찌르려 하였다.

이 때 강남홍은 손야차를 시켜서 진두에서 큰소리로 외치게 하였다.

"만장들이여! 그대들의 목숨만은 살려 줄 것이니 돌아가 축융에게 항복하도록 권고하라! 불연이면 후회막급이리라!"

세 만장들은 이 무서운 기세을 눌려 당장에 꼬리를 갖추고 달아나 버렸다. 그들은 축융에게 돌아가서 홍장군을 이겨 볼 도리가 없으니 싸움을 단념하라고 권고하였으나 축융은 노발대발하여 다시 칼을 높이 들어 12방위(方位)를 가리키며 주문을 외기 시작하였다.

그랬더니 별안간 공중에서 포소리 하늘을 흔들며 사면팔방에 살기 충만하더니 어디선지 수많은 신장들이 몰려나왔다. 그들은 제각기 무기를 들고 명진으로 비호같이 쳐들어갔으나 강남홍은 태연자약하게 수기(手旗)를 높이 쳐들더니 명령을 내리는 것이었다.

"모든 군사들은 이 수기만 응시할지어다!"

"만일 전후 좌우 어디로든지 고개를 돌리는 자 있다면 즉각에 목을 베리라!"

모든 장수와 병졸 들이 강남홍의 명령대로 수기마 쳐다보고 있노라니, 자연 군중은 죽은 듯이 조용하고 추호도 동요가 없게 되었다.

이쯤 되고 보니, 축융도 무슨 재주나 술법을 더 부려 볼 용기가 나질 않았다. 결국 패하여 자기 진영으로 돌아가는 수밖에 없게 되었다. 축융이 수치스럽고 분함을 참을 길 없어 칼을 뽑아 자결하고자 하였을 때 그것을 말리며 내달은 것은 딸 일지련(一枝蓮)이었다. 일지련은 아버지 축융을 위하여 한번 싸워 볼 결심을 하고 간곡한 권고도 아랑곳이 아니라는 듯 말을 타고 분연히 진두로 나가 싸움을 걸었다.

이 광경을 진두에서 바라다보고 있던 강남홍은 뜻하지 않은 여장(女將)이 내닫는 데 놀라서, 즉시 소야차에게 나가서 대적하라고 명을 내렸다. 그러나 손야차의 재간을 가지고는 일지련을 대적하기는 힘들었다. 불과 얼마 싸우지도 않았을 때 일지련은 서슴지 않고 쌍창을 옆구리에 끼더니 선뜻 손야차를 사로잡아 가지고 본진으로 유유히 돌아가는 것이었다.

다음에는 뇌천풍이, 그대로 일지련을 당할 수 없어 그 다음에는 동초와 마달이 일시에 내달아 대적하였으나 일지련은 추호도 흔들림이 없었다. 강남홍이 울분을 못 이기어 당장에 세 장수를 불러들여 그 무능함을 꾸짖고, 양원수의 말리는 말도 듣지 않고 몸소 쌍검을 춤을 추듯 휘두르며 진두로 내달으니 일지련도 또한 쌍창을 휘두르며 달려들어 일장의 놀라운 싸움이 벌어졌다.

두 여인들의 재간은 실로 가관이었다. 늙은 용이 구름을 희롱하듯 강남홍이 어지럽게 쌍검을 휘두르면, 일지련은 가을 새가 산에서 내려오듯 쌍검을 휘두르면, 일지련은 가을 새가 산에서 내려오듯 쌍검을 휘두르며 날쌔게 덤벼들어서 일진일퇴, 마지막 육박전이 시작되었다. 쌍검과 쌍창이 맞부딪친 것이었다. 그러나 웬일일까?

창에서는 번개가 일고 칼에서는 서릿발이 이는 품이 마치 광풍이 백설을 휘날리는 것 같더니, 별안간 사람과 쌍검은 간 곳이 없어지고 두 줄기를 푸른 기운만이 허공에서 어우러져서 교룡(蛟龍)[1]이 하늘을 날 듯 싸우는 것이었다.

마침내 일지련이 쌍검을 거두고 말머리를 돌려 달아나려고 하였을 때, 강남홍은 부용검을 옆에 끼고 팔을 뻗어 일지련을 사로잡아 가지고 본진으로 돌아왔다.

일지련이 강남홍의 실력이나 재간에 탄복하였음은 물론이었지만, 강남홍 역시 일지련의 뛰어난 모습과 놀라운 재간은 알아주지 않을 수 없었다. 마침내 일지련은 명진에 투항하여 그 휘하가 되기를 굳게 맹세하고 부친의 목숨만을 보전케 해주기를 간곡히 부탁하였으며, 강남홍도 양원수도 그 뜻을 기특히 여기어 쾌히 승낙하였다.

딸을 구하지 않을 수 없게 된 축융도 드디어 자기의 세 장수들을 거느리고 손야차를 앞장 세우고 명진으로 건너가 투항하였다. 인지련은 유달리 총명한 아가씨였다. 양원수의 비범한 용모 · 풍채를 보고 강남홍의 모습을 비교해 봤을 때, 문득 그들의 사이가 이상한 사이가 아닌가 하는 것을 의심하였고 강남홍이 여자로서 변장(變裝)하고 양원수를 따라 싸움터에 나왔다는 것을 여러모로 단정하고야 말았다.

과연 그렇다면 시기 · 질투를 버릴 수 없는 여자의 천성을 생각

---

1) 전설상의 용의 한 가지. 모양이 범과 같고 길이가 한 길이 넘으며 네 개의 넓적한 발이 있다고 함.

할 때 강남홍이 일지련을 사랑하는 품은 도무지 알 수가 없었다.

'홍장군이 여자임에는 틀림없는데, 무슨 까닭으로 종군하였을꼬? 내 맹세코 중국까지 따라가 보리라.'

일지련은 이런 결심까지 하는 것이었다. 궁지에 빠진 것은 나탁이었다. 양원수의 놀라운 전략과 홍장군의 용맹도 당하기 어렵거늘, 이제 기둥처럼 믿고 있던 축융과 그의 딸 일지련마저 적군에 투항하고 말았으니 무슨 힘으로 명진을 대적해 낼 수 있으랴.

여러 만장들도 풀이 죽어서 나탁 앞에 머리 숙이고 처참한 모습으로 한시바삐 명진에 투항하기를 권하였다. 그러나 그렇게 쉽사리 수그러질 나탁은 아니었다. 그는 칼을 뽑아 상을 치며 호통을 쳤다.

"우리 동중(洞中)에 아직도 10년 먹을 군량이 있고 철통 같은 방비 흔들림이 없거늘 동문을 닫고 사수(死守)한다면 아무리 재간이 놀랍다는 명나라의 원수인들 감히 어찌할 수 있을 것이랴. 만일에 두 번 다시 항복하라는 뜻을 입 밖에 내는 자 있다면, 서슴지 않고 이 상을 치듯 즉각에 목을 날리리라."

서슬이 시퍼런 나탁의 호령에 여러 만장들은 더 다른 말을 못하고 죽은 듯이 서로 얼굴만 쳐다볼 뿐이었고, 이날부터 나탁은 동문을 단단히 닫고 수비하기에만 전력을 기울였다.

이 때, 뜻밖에도 명진에 투항에 갔던 축융이 난데없이 동문을 요란스럽게 두드리며 면회하기를 청하였다. 나탁이 쉽사리 동문을 열어 줄 리 없었다. 그는 노발대발하여 선뜻 문루(門樓)로 뛰어 올라가더니 찌렁찌렁 울리는 무서운 음성으로 호통을 쳤다.

"대장부의 기개조차 없이, 좀도둑같이 한 목숨만을 위하여

신의도 헌신짝같이 집어던지는 사람 같지 않은 놈이여! 내 마땅히 네 놈의 머리를 통쾌하게 베어서 이 천하에 의리 없는 놈들을 징계하고야 말리라."

호령이 끝나자, 나탁은 서슴치 않고 활을 잡더니 바로 아래를 내려다보고 쏘아 버렸다. 그 화살을 축융의 갑옷에 꽂히니, 축융 또한 크게 노하여 화살을 선뜻 뽑아 던지고 칼을 높이 들어 나탁을 가리키며 고함을 질렀다.

"네 목숨이 경각에 있는 줄도 알지 못하고 이다지 무모무도(無謀無道)[1]하니 실로 어리석은 놈이로다."

말을 마치자 축융은 말고삐를 돌리고 급히 몰아 명진으로 되돌아가고 말았다. 명진으로 돌아온 축융은 양원수에게 이렇게 청하였다.

"정병 5천 기만 내려 주옵신다면 즉시로 철목동(鐵木洞)을 쳐부수겠나이다."

이 때 일지련이 당황한 얼굴로 내달으며 그것을 가로막았다.

"아직도 만왕이 항복하지 않고 수비에만 전념하고 있음은 믿는 바 있는 까닭인 듯하오니, 부왕께선 경솔히 대적하실 생각을 버리시기 바라나이다."

그러나 축융은 딸의 말도 듣지 않고 마침내 세 부하 장수들을 앞장세우고 5천 기를 거느리고 떠나고 말았다. 자기의 실력과 재간과 가지가지 요술을 써 가며 공격을 가해 봤으면 철목동은 추호도 흔들림이 없었다. 축융은 어쩔 도리가 없이 되돌아왔다. 양원수에게 이렇게 보고하였다.

---

1) 지혜와 슬기가 없고 인도에 어긋나서 무지함.

"철목동은 천험지지(天險之地)인 까닭에 인력으로 어찌할 도리가 없사옵나이다."

양원수는 즉각에 강남홍을 불러 대책을 강구하였으나, 강남홍에게도 묘책이 없었다. 강남홍은 무엇인지 꽤 오랫동안 묵묵히 궁리하더니 문득 이렇게 말하였다.

"단지 한 가지 묘책이 있기는 하오나, 상공께서 어찌 생각하실지 의심스럽소이다."

"그 묘책이란 무엇이뇨?"

양원수는 초조한 심정으로 반문하는 것이었다. 강남홍은 힘을 힘으로 대적하느니보다는 깜찍스런 계책을 써 보자는 생각이었다. 강남홍인 대답하기를,

"옛적에 위(魏)[2]나라의 오기(吳起)[3]란 사람은 아내를 죽여서 장수가 되려고 하였사오며, 당(唐)나라의 장순(張巡)이란 사람은 애첩을 죽여서 군사들을 먹였사오니, 상공께서도 소장의 머리와 적장(敵將)의 머리를 바꾸시는 것이 어떨까 하옵나이다."

양원수 하도 어처구니없어서 어리둥절 강남홍의 얼굴을 쳐다볼 뿐, 강남홍은 또 이런 말을 하였다.

"철목동을 쳐부수고자 하오면 밤중에 칼을 품고 침입하는 도리밖에 없사옵나이다. 우선 나탁 앞에 있는 금합(金盒)을 훔쳐낼 것이오니 이것이 바로 소장의 계교로소이다."

침통한 얼굴로 무엇인지 묵묵히 생각하고 있던 양원수 한참만에 강남홍을 꾸짖었다.

---

2) 중국 전국 시대의 위사·한건과 함께 진(晋)나라를 삼분해서 세운 나라.

3) 중국 전국 시대 위나라의 병법가. 그의 병술서를 《오자》라고 해서 옛부터 《손자》와 더불어 유명함.

"계집을 죽여서 장수가 되고자 한 것은 오기의 잔인한 행위였으며, 애첩을 죽여서 굶주린 군사들을 먹인 것은 장순이 고성(孤城)[1]에서 궁지에 빠져서 마지막으로 쓴 비루한 수단이었도다. 이것은 낭이 원수를 격려함이 아니라 조롱함인가 하노라."

"천만에, 소장에게 쌍검이 있사오니 철목동에 들어가 나탁의 목을 베는 것은 지극히 쉬운 노릇인가 하옵나이다."

양원수는 끝끝내 강남홍의 계책에 반대하고 이튿날 삼군을 거느리고 나탁의 성 밖을 에워싸고 화포(火砲)를 마구 쏘았으나, 나탁은 만병을 지휘하여 성 머리를 굳게 방비하게 하고 독화살로서 이에 대항하였으며, 성은 좀체로 격파되지 않았다.

강남홍은 마침내 나탁을 성 위로 불러내는 데 성공하였다. 큰 목소리로 속히 항복하여 후일에 후회함이 없도록 하라고 외쳤다. 그러나 나탁이 그렇게 고분고분 말을 들을 리 없었다. 양원수는 마침내 축융을 시켜 대목동에 몰래 침입하여 나탁의 목을 베는 자객(刺客)의 방법까지 취해 보려 하였다. 이 때 강남홍은 이에 반대하면서 이렇게 말하였다.

"자객을 보내어 그 머리를 베는 것은 백만 대병을 거느린 명장의 본의가 아니오니 나탁의 머리는 베지 말고 다만 그의 머리에 꽂혀 있는 산호 동곳[2]만을 뽑아 오되, 나탁의 머리 위에 칼자국만 남겨 주어 대왕이 다녀가신 것만 알려 주심이 마땅할까 하나이다."

이런 사명을 띠고 철목동으로 달려갔던 축융은 험한 성벽과 삼엄한 경비에 꼼짝 못 하고 사자방(獅子尨)이라는 짐승 두 마

---

1) 아무런 도움도 없이 고립된 성.

2) 상투를 짠 뒤에 풀어지지 않도록 꽂는 물건.

리와 싸우다가 여러 군사에게 발각되어 쫓겨 왔을 뿐이었다. 이 역시 강남홍의 계책이었다. 먼저 축융을 다녀오게 한 것은 나탁을 놀라게 해서 방비를 더욱 공고하게 하도록 함이었다.

마침내 강남홍은 나탁의 머리 위에 꽂혀 있는 산호 동곳을 자기가 뽑아 올 결심을 하고 양원수의 권고도 물리치고 단숨에 철목동으로 달려갔다. 강남홍이 철목동에 도달하여 성을 넘어가려고 하였을 때, 휘황한 불빛 속에 수많은 만병들이 무시무시하도록 창검을 짚고 늘어서 있었다. 성문은 굳게 닫혔고 좌우 양편으로는 사자방이라는 괴상한 짐승이 으르렁대고 있었다.

그러나 강남홍에게는 이 따위가 두려울 리 없었다. 즉시 붉은 기운으로 몸을 변해 가지고 성문 틈으로 기어 들어가 나탁의 궁중에 이르렀다.

밤이 이슥하였을 때, 이상하게도 불빛이 약간 흔들리는 듯하더니 나탁의 머리 위에서 쟁그랑하고 칼 소리가 일어나는 것이었다. 나탁이 대경실색, 장검을 들어 허공을 치려 하였으나, 다시 고요해졌을 뿐 아무런 동정도 없었다. 이 때 궁문 밖에서 벽력 같은 소리가 일어나기에 만병들이 뛰어나가 보니 그 무서운 사자방 두 마리가 피투성이가 되어 죽어 자빠져 있지 않은가.

이런 일이 있은 지 얼마 되지 않아서 강남홍은 마침내 나탁의 산호 동곳을 뽑아 가지고 유유히 명진으로 들어왔다. 양원수는 크게 기뻐하며 강남홍에게 편지 한 장을 쓰게 하여 그것을 화살에 꽂아서 철목동으로 쏘아 보내게 하였다. 철목동에서 화살에 꽂혀 들어온 편지를 나탁이 읽고 있을 때, 무엇인지 편지 속에서 쟁그랑! 쇳소리를 내고 떨어지는 물건이 있었다. 그것은 바로 산호 동곳이었다. 나탁은 대경실색하여 급히 머리를 만지며,

"내 머리가 있나, 잘 보아라."

마침내 나탁은 항복을 결심하였다. 백기(白旗)와 소차(素車)[1]로서 군사를 거느리고 명나라 진두에 나서서 군법으로 항복하였다.

양원수는 즉시로 이 첩보(捷報)[2]를 천자에게 아뢰려고 집으로 보내는 편지까지 동봉하였을 때 강남홍은 윤소저에게 보내는 편지를 따로 동봉해 달라고 하였다. 편지 심부름은 동초가 맡아 가지고 황성으로 달려갔다. 천자는 자진전(紫震殿)에서 동초를 인견하고 여태까지의 경과를 일일이 보고 듣자, 크게 놀라 물었다.

"양원수의 전략은 이미 아는 바이거니와, 그 홍혼탈이란 사람은 어떤 사람이기에 무예와 지략이 그다지 탁월하단 말인고?"

"홍혼탈은 본래 중국 사람으로 남방에 흘러가서 산중에서 도(道)와 술법을 닦았다 하나이다. 나이 16세이며, 용모 풍채도 뛰어났사옵나이다."

바로 이 때였다. 또 하나 다른 급보가 날아들었다. 그것은 교지왕(交趾王)의 상소였다. 교지(交趾)남방 천리 밖에 있는 홍도국(紅桃國)이 반란을 일으켰으니 급히 군사를 보내어 평정하도록 해 달라는 급보였다. 상소를 본 천자는 크게 놀라서 두 각로에게 대책을 물었다.

황각로가 먼저 앞으로 나서면서, 이런 큰 적세를 물이치기 위해선 평범한 장수로는 어려우니 양창곡과 홍혼탈에게 시급히

---

1) 장식과 무장 따위를 장치하지 않은 차.

2) 싸움에서 승전했다는 보고.

조서(詔書)[3]를 내려서 또다시 그쪽을 치도록 하자고 주장하였다. 윤각로는 홍혼탈의 정체를 자세히 모르니 경솔히 중임(重任)을 맡기기 어렵다 주장하였으나, 황각로는 무엇 때문인지 자기의 고집을 꺾으려 들지 않았다.

이리하여 마침내 천자는 양원수와 아울러 홍혼탈 두사람에게 조서를 내려 명령하였다. 그것은 홍도국의 급보를 듣고 보니 적세(敵勢)가 경시할 수 없는 것 같은 고로 회군(回軍)치 말고 즉시 교지로 향하여 그곳마저 평정하고 돌아오라는 것이었다.

특히 홍혼탈에게 내려진 천자의 조서는 간곡하기 이를 데 없었다. 병부시랑(兵部侍郎) 겸 정남부원수(征南富元帥)라는 요직을 주니, 원수 양창곡과 협심합력하여 대군을 거느리고 다시 교지 땅에 나아가 큰 공을 세워 달라는 것이었다.

이러는 동안에도 한편에서 죄인을 자처하고 두문불출, 억울하게 누명을 쓰고 죄인으로 자처하며 호소할 곳 없이 쓸쓸히 세월을 보내고 있는 벽성선(碧城仙)! 선랑은 반 년 동안이나 눈물로 세월을 보내고 있었다. 가지가지 간교한 음모와 계략을 써서 선랑을 해치려던 위씨(衛氏) 모녀는 양원수가 싸움에 이기고 개선장군이 되어 돌아온다는 소문을 듣고 놀라지 않을 수 없었다. 당자인 황소저보다도 어머니 위부인은 더욱 초조하였다.

'장차 내 딸은 어떻게 될 것이냐? 벽성선이란 년이 앙심을 품고 오랜 세월을 괴롭게 지냈으니, 반드시 양원수가 돌아오기만 한다면 황가(皇家)에 대해서 보복을 하지 않고는 견디지 못할 것이로다.'

---

3) 제왕의 선지를 일반에게 알리는 문서.

이렇게 생각을 하였기 때문이다. 이럴 때마다 힘을 빌리는 것은 시비 춘월이었다. 당장에 춘월이를 불러들였다. 위부인은 초조한 얼굴빛을 감추지 못하여 졸라 댄다.

"춘월아, 소저는 본래 마음이 약한지라 아무런 일도 꾸며 내지 못하시니 네가 대신 무슨 묘한 계교를 꾸며 보도록 하라."

춘월은 이런 일이 있으면 언제나 당돌하고 자신만만하였다. 거침없이 대답하는 것이었다.

"화근을 송두리째 깨끗이 뽑아 버림이 근본지책인가 하옵나이다. 화근이 깊이 뿌리박혀 있사온데 그것을 그대로 파묻어 두옵시고 어찌 계책만 꾸미라 하시나이까?"

"그 뿌리를 송두리째 뽑다니? 무슨 방법으로 할 수 있겠는고?"

춘월은 한편 눈도 깜짝하지 않으며 말똥말똥 위씨 부인의 얼굴을 훑듯이 쳐다보며 생글생글 웃기만 하였다. 위부인은 또 초조하고 불안한 마음에 일각이 삼추같이 졸라 대는 것이었다.

"춘월아, 어서 속시원히 말하라. 남의 일같이 여기지 말고, 무슨 방법인지 말이나 들어 보자."

"선랑을 아주 죽여 없애지 않았기 때문에 오늘날까지 온갖 풍파가 일어나는가 하옵나이다. 부인께서 백금만 아끼시지 않고 내려 주신다 하오면, 소녀 장안 넓은 천지를 두루두루 돌아다녀서라도 날카로운 칼 한 자루를 구하여 이 일이 성사되도록 하옵기로 맹세하나이다."

옆에서 이 말을 듣고 몸이 아픈 체 꾀병을 하고 있던 황소저가 그래도 무슨 생각을 하였음인지 춘월의 계교에 반대하는 뜻을 표시하였다.

첫째로 예의범절을 생명같이 아는 재상의 집안에 자객(刺客)을 들여보내기 어렵다는 이유가 하나요, 또 둘째는 자기가 선랑을 모함하여 해치려는 것은 그 미모를 시기하고 애정을 질투하기 때문인데, 선랑을 죽여 없앤다면 그 흔적이 뚜렷해서 도리어 여러 사람의 이목 앞에 자기의 소행을 변명키 어렵다는 점이었다. 황소저의 반대하는 의사를 듣고도 여전히 춘월이는 위부인에게 극도의 충동을 주는 말만 꺼내는 것이었다.

"원수께서 한번 돌아오시는 날이면, 자나깨나 잊지 못해 하시던 선랑의 이처럼 처참한 모습을 목격하시게 되어 동정은 모조리 그 편으로 쏠리실 것이옵고, 그것이 더욱이 지극한 애정으로 변하실 것은 물론이오니, 그때에는 소저의 신세야말로 반중(般中)에서 굴러 떨어지는 구슬이나 다름없으리다."

과연 이치가 그럴 듯한 말이었다. 이 말을 듣고 얼굴빛이 당장에 핼쑥해지는 황소저를, 춘월은 연거푸 자극만 하는 것이었다.

"벽성선은 요즘 비록 죄를 가장하고 자리에 누워 두문불출하고 있사오나, 역시 기고만장(氣高萬丈)[1]한 말을 입에 담고 있다 하옵나이다. 두고 보자. 한번 원수만 돌아오신다면……. 황소저는 따위는 본래부터 근거가 없는 몸이니 조만간에 스스로 고개가 수그러질 것이요, 양원수와 벽성선의 애정은 더욱 철석같이 굳어질 것이라고 호언장담하고 있다 하옵나이다."

이런 말까지 듣고 보니 지각 없는 황소저는 도무지 그 이상 더 참고 있을 수가 없었다. 발끈하고 이마에 새파란 핏줄을 세

---

1) 일이 뜻대로 잘 될 때에 기꺼워하거나 성을 낼 때에 그 기운이 펄펄 나는 일.

우고 당장에 백금을 춘월에게 주면서 그 계책을 실행하라 하는 것이었다.

"그런 더러운 계집과 일시라도 한 지붕 밑에 살고 싶지 않도다. 즉시 네 계책대로 실행할지어다."

자신만만하게 백금을 받아 든 춘월은 즉일로 변복을 하고 장안 넓은 천지를 두루두루 돌아다니며 자객을 구하기에 골몰하더니, 하루는 괴상하세도 70 노파 한 사람을 데리고 들어왔다.

노파는 키가 5척이나 되고 눈동자가 무섭게 반짝이며 얼굴에서 정말 의협심(義俠心)이 불타오르고 있는 것 같은 모습이었다. 이 70 노파는 이미 일을 해치우려고 결심을 단단히 하였다는 듯 위씨를 보고 이런 말을 하였다.

"이 천한 몸은 불쾌한 일을 들으면 그대로 배기지 못하는 성미온지라, 이번에 우연히 춘월이를 만나게 되었사와 부인과 소저의 일을 알게 되옵고, 힘을 다해서 나쁜 인간을 처치해 버리고자 왔소이다. 그러나 사람의 목숨을 빼앗는다는 것은 가장 중대한 일이오니, 여기에 추호라도 협잡[1]이 섞여 있다 하오면 일후에 도리어 부인과 소저에게 화가 미칠 것이오니 백번 신중히 고려하소서."

위부인은 능청스런 대답을 곧잘 하였다.

"부녀자들의 질투에 어미된 신분으로서 심히 어려운 일인 줄은 아오만, 내 딸의 일만은 천고에도 드문 일인가 하오. 내 딸은 워래 둔하게 생겨 시기도 질투도 무엇인지 모르는 위인으로, 한번 그년의 독을 마신 후, 병석에 누워 사지(死地)에 이르렀으

---

1) 그릇된 짓으로 남을 속임.

니…… 어찌 어미 된 마음에 이 간악한 요기(妖妓)의 집안을 망치는 꼴을 그대로 눈을 뜨고 볼 수 있으리요. 생각타 못해서 내 딸의 평생 화근을 없애 주면 내 천금으로 그 은덕을 갚겠소."

위씨가 선뜻 백금을 내주려 하니 웬일인지 그 노파는 그것을 물리치며 일이 성공한 뒤에 받겠노라 하면서 자리를 뜨고 말았다. 며칠이 지난 뒤, 어느 날 밤에 이 70 노파는 위씨 모녀에게 사전 연락을 해 놓고 오늘 밤중으로 일을 해치우겠다는 결심으로 양씨의 집으로 달려갔다. 춘월에게 자세히 들은 바 있었는지라 서슴지 않고 담을 넘어서 돌층계를 지나고, 다시 안에 있는 담을 뛰어넘어 마침내 선랑의 방에까지 침범해 들어갔다.

밖에서 창틈으로 엿보자니, 방 안에는 몸종 둘이서 촛불 아래 잠들어 있으며 한 미인이 자리에 누워 있는데 더 자세히 보자니 거적 위에 남루한 옷을 걸뜨린 채로 뒹굴고 있으며, 가냘프고 아름다운 얼굴이 초췌하기 짝이 없었다. 생각하던 바와는 딴판인지라, 노파는 몹시 의심쩍은 생각이 들었다.

'저런 미인이 어찌 그런 악독한 짓을 저지를 수 있었을꼬?'

또 한 번 자세히 동정을 살펴보느라니, 그 미인은 한숨지며 한편으로 돌아눕더니 팔을 들어 이마를 짚는데 그 희고 고운 팔에는 한 점의 앵혈(鶯血)이 분명히 드러나지 않는가.

'아차, 이것은 잘못된 질투에서 일어난 일이로다. 의협심을 생명같이 여기는 나로서 어찌 이런 미인을 구하지 않고 죽일 수 있으리요?'

이렇게 마음을 고쳐먹은 노파는 큰 칼을 한 손에 든 채로 선뜻 미인의 방 안으로 뛰어들었다. 선랑이 난데없이 침범하는 노파를 보자 대경실색하였음은 물론, 즉시 외마디 소리를 지르며 몸종을 불렀다. 이 때 노파는 인자스런 미소를 때며 칼을 한편으로 선뜻 던져 버리고 이렇게 말하였다.

"낭자는 놀라지 마오. 어찌 의협심 있는 자 죄 없이 고생하는 낭자 같은 분을 구원치 않으리이까."

선랑이 도리어 괴이히 여기며 이렇게 물었다.

"노랑(老娘)[1]은 누구이기에 이 밤중에 이곳에 뛰어들었소?"

"노신(老身)은 황씨 집에서 보낸 자객이로소이다."

선랑의 놀라움은 점점 더 컸다. 그러나 도리어 태연자약한 태도로 노파에게 반문하였다.

"황가의 명을 받고 이곳에 침입한 자객이라면 어찌하여 선뜻이 머리를 베러 들지 않느뇨?"

노파는 자신의 처지를 말하려 하지 않고 먼저 선랑의 처지만 캐어 물어 봤으나 선랑도 그 물음에 응하지 않았다. 그제야 노파는 어쩔 수 없이 자기의 처지와 형편을 실토하였다.

"노신은 본래 낙양(洛陽)[2] 사람으로서 연소할 때부터 일찍이 청루 주변에서 놀며 검술을 공부하였소. 이제 몸이 늙어 찾아주는 손이 없으나 한 줄기 가슴에 서리어 있는 의협심을 버릴 길 없어 세상에 불의와 간악에 사는 악인을 하나라도 죽여서 옳은 사람의 원수를 갚아 주는 일을 업으로 삼고 있소. 황가의 흉계를 잘못 알고, 하마터면 무죄한 낭자를 까닭없이 살해할 뻔하였으니 실로 몸서리쳐지는 일인가 하오."

선랑은 기쁨과 슬픔이 한데 엉클어지는 기막힌 심정으로 입을 열었다.

---

1) 늙은 여자를 말함.

2) 중국 하남성에 있는 도시, 후한 · 진(秦) · 수 · 후당의 도읍지였음.

"첩도 또한 낙양 청루에 있던 몸이로소이다. 혈혈단신(孑孑單身)[3] 떠돌아다니다 이곳에 이르러 일개 천기의 몸으로 대죄를 졌으니, 의기 있는 사람의 칼 끝에 고혼(孤魂)이 될지라. 노랑(老娘)이 첩을 용서함은 잘못이로다."

이 말을 듣더니 노파는 크게 놀라며 물었다.

"낭자의 이름이 혹시 벽성선이 아니오이까?"

"어찌 첩의 이름을 아나뇨?"

노파는 일찍부터 선랑의 이름을 잘 기억하고 있는 사람이었고, 그 굳은 지조에 감탕하고 있던 사람이었다. 생각하면 생각할수록 위씨 모녀가 요부(妖婦) 간녀(姦女)[4]임에 흥분하여 당장에 그 칼을 도로 품고 황가로 달려가려고 서둘렀다. 선랑은 급히 노파의 소매를 잡았다.

"노랑은 잘못이로다. 처와 첩의 분수는 군신(君臣)의 의(義)와 같으니 어찌 신으로서 군을 해할 수 있으리요. 이는 의리에 벗어나는 일이로다. 노랑이 만일 끝내 고집한다면 우선 첩의 목의 피로써 노랑의 칼을 더럽히겠노라."

당당한 기세로 말하는 품이 서릿발 같았고 해와 같이 밝았다. 노파는 다시 탄식하며 말하였다.

"낭자의 이름 과연 헛되이 전하여졌음이 아니로다. 10년 동안 아껴온 이 칼을 한번 황부(黃婦)에게 쓰지 못하니 마음의 불평 참을 길 없되, 낭자의 체면을 보아 그 늙은 년을 용서하거니와 낭자는 천만 보중(保重)하소서."

노파 말을 마치더니 다시 칼을 들고 표연히 나가니 선랑은 재

3) 거리낄 것 없는 혼자 몸.

4) 간통한 여자.

삼 부탁하였다.

"노랑은 신중히 생각하라. 만일 첩의 주모(主母)를 해한다면 첩의 목숨도 그날로 떨어질 것이니 간절히 저버리지 말기 바라노라."

노파는 돌아다보고 미소를 띠며,

"노랑이 어찌 두 가지 말을 하리이까."

하며 칼을 짚고 바람처럼 담 너머로 사라져 버렸다. 노파가 칼을 그대로 품은 채 황부(黃府)에 나타났을 때는 동녘 하늘이 피빛으로 붉어지고 있을 무렵이었다. 춘월은 초조하게 기다리다가 노파가 돌아오는 것을 보자 반색을 하고 내달으며 급히 물었다.

"왜 이다지 늦었으며 천기 선랑의 머리는 어디 있소?"

노파는 싸늘한 냉소를 띠우더니 대뜸 왼편 손으로 춘월의 머리채를 움켜잡고 오른손으로 서릿발 같은 칼을 들어 위부인을 가리키며 한참 동안이나 노려보다가 악을 썼다.

"간악한 늙은 년이 편협(偏狹)하게도 요부를 도와서 숙녀 가인을 모해하니, 내 이 수중의 3척 검으로 네 목을 당장에 끊을 것이로되, 선랑의 간곡한 충심(忠心)을 저버릴 길 없어 용서하노라. 너희들 들어 봐라. 선랑의 재예절조(才藝節操)[1]는 백일이 비치어 주고 창천이 알아주는 바라. 10년 청루에 일편 홍점(紅點)은 자고로 구하려도 보기 어렵도다. 앞으로 또 다시 선랑을 해코자 한다면, 내 비록 천리 밖에 있을지라도 이 칼을 갈아 두고 기다리겠노라."

이렇게 꾸짖더니 단숨에 춘월을 문밖으로 끌어냈다. 황부 상

---

1) 재능과 기예, 그리고 절조.

하가 대경실색하여 수십 명의 하인배들이 요란스럽게 날치며 노파를 잡으러 달려들었다. 그러나 노파는 하인배들을 크게 꾸짖으며 호통치니 좌우에서 감히 난 놈도 덤벼들지 못하였다.

"너희들이 만일에 내게 달려들면 먼저 이 계집의 목숨부터 끊어질 줄 알라."

노파는 춘월의 머리채를 잡아끌고 유유히 큰길가로 나왔다. 그리고 길 가는 사람들에게 목청이 터지도록 외치는 것이었다.

"만일 이 천하에 열성의기(熱性義氣)[2] 있는 사람이 있거든, 잠시 나의 말에 귀를 기울이라. 황각로 부인 위씨가 그 간악한 딸을 위하여 모진 폭군이 되어 시비 춘월로 하여금 천금으로서 노신(老身)을 매수하여 양승상(楊丞相)의 소실인 선랑의 목을 베게 하였도다. 즉시 노신이 양부(楊府)로 가서 선랑의 침실에 이르러 동정을 엿보니, 선랑은 남루한 베옷을 입고 거적자리 촛불 아래 누웠는데, 팔 위에 붉은 점이 아직도 완연하였다. 노신이 평생에 의기(義氣)를 좋아하다가 간사한 것들의 말을 듣고 하마터면 숙녀 가인을 살해할 뻔하였으니 어찌 모골(毛骨)이 송연(竦然)[3]치 않으리요. 노신이 이 칼로서 위씨 모녀를 죽여 선랑의 화근을 없애 버리려 하였으나, 선랑이 지성으로 만류하였도다. 10년 청루에 앵혈이 분명한 여자로서 음녀(淫女)로 지목받고 또한 원수의 처참한 해독을 받을 뻔하였으면서도 처와 첩의 분수를 굳게 지키려는 의리에 밝은 부녀를 간악한 사람으로 몰았으니, 어찌 한심한 일이 아니랴. 노신은 선랑의 충고에 감

2) 정의의 마음에서 일어나는 기개가 열렬한 마음.

3) 터럭과 뼈란 뜻으로 모골이 송연하다는 말은 아주 끔찍한 일을 당하거나 볼 때에 두려워 몸이나 털끝이 으쓱해진다는 말.

격하여 위씨 모녀를 내버려두거니와, 만일 일후에 무모한 자객이 있어 황씨의 천금을 탐내고 선랑을 해하는 자 있다면, 내 반드시 나타나 재미롭지 못한 일이 있으리로다."

구경꾼들이 산처럼 모여들어 노파와 춘월을 에워싸고 자초지종(自初至終)[1] 이야기를 자세히 듣고 있었다. 노파는 다시 칼을 들어 춘월을 가리키더니,

"너는 본래 전한 계집이라, 가이 써 말할 것도 없다마는, 또한 오장육부(五臟六腑)[2]를 가진 사람이며 여자가 아니뇨? 네 어찌 하늘의 해가 두려운 줄 모르고 현숙한 가인을 해코자 하였나뇨? 내 이 칼로 너를 죽이고 싶되, 다시 생각하니 다음날 황씨가 흉악한 절차를 증거할 수 없을까 하여 한 줄기 잔명(殘命)[3]을 붙여 두노니 그런 줄 알라."

하고 칼이 서릿발처럼 번쩍하자 춘월은 외마디 소리를 지르고 땅에 엎드러지고, 노파는 어디론지 바람처럼 행방을 감추어 버리고 말았다. 좌우에 모였던 사람들이 크게 놀라서 춘월을 일으켜 보니, 피가 낭자하게 흐르는데 춘월의 양편 귀와 코가 없어졌다.

이런 후로부터 노파의 소문이 읍 안에 자자하게 퍼지고, 선랑의 억울함과 위씨 모녀의 각악함을 모르는 사람이 없게 되었다. 황부의 하인배 하나가 춘월을 등에 업고 부중으로 들어왔다. 위씨 모녀는 노파의 기세에 겁을 집어먹고 있다가 업혀 들어오는 춘월의 처참한 모습을 보자 더욱 놀라고 질렀다. 급히 약을 찾

---

1) 처음부터 끝까지 이르는 동안, 또는 그 일.

2) 내장의 총칭. 곧 오장과 육부.

3) 거의 죽게 된 쇠잔한 목숨.

아서 치료해 주면서 한편으로 위씨는 이런 생각을 곰곰이 하고 있었다.

'천지신명(天地神明)께서 우리 모녀를 도와 주지 않으심일까? 또는 위의 경륜(經綸)[5]이 서투른가? 어찌 우리가 보낸 자객이 도리어 우리를 해하고 오히려 원수를 두둔하는가? 더욱 분통한 것은, 세 번이나 계책을 써 가지고 한 번도 뜻대로 이루지 못하였으니, 딸을 위해서 눈 속의 바늘을 뽑으려다가 도리어 불미한 이름만 입고 소문이 낭자하게 되었으나 어미 된 몸으로 어찌 부끄럽지 않으리요. 만일 선랑이 이 세상에 있는 한 오히려 우리 모녀가 먼저 죽어서 모든 걸 잊는 것이 나으리로다.'

위씨는 춘월을 자기 침실에 뉘고 각로가 내실에 들어오기만 기다리며, 다시 대책을 생각하고 있었다. 아무것도 모르고 내실로 들어온 황각로는 부인과 소저가 실심(失心)하고 앉아 있는 것을 보자 이상하게 생각하고 물었다.

"부인은 무슨 불평불만이라도 있으시오?"

위씨는 기막힌다는 듯, 이맛살을 찌푸리며 날카로운 음성으로 대답하였다.

"상공은 실로 귀머리거나 소경에 다름없소이다. 한 집안 속에 사시면서도 밤 사이에 일어난 풍파를 모르시나이까?"

각로는 그제야 대결실색하여 되물었다.

"풍파라니? 무삼 풍파요? 속히 말하라."

부인은 어처구니없다는 듯 한참 동안이나 각로를 쏘아보고만 있더니 누워 있는 춘월을 가리키며 말하였다.

---

5) 일을 조직적으로 잘 계획함.

"상공은 이것도 보이시지 않는단 말씀이오?"

각로가 두 눈이 휘둥그레져서 자세히 살펴보자니, 누워 있는 여자의 얼굴이 온통 피투성이인데, 두 귀와 코가 없어 차마 바라볼 수 없는 처참한 광경인지라, 대경실색하여 다시 물었다.

"이 아이는 대관절 누구요?"

위씨는 하도 기가 막혀 선뜻 대답도 못 하고 있는데, 옆에 있는 사람이 대신 대답을 해주었다.

"시비 춘월이로소이다."

황각로가 당황한 얼굴로 그 까닭을 물었더니, 위씨는 슬픈 표정을 해 보이며 지금까지와는 딴판으로 앙큼스런 대답을 하였다.

"세상에서 가장 무서운 것은 간악한 인간이라. 딸자식이 아직도 철이 없어 공연히 벽성선과 혐의를 져서 스스로 화를 입었으니, 악독한 꾀와 흉악한 소행이 이 지경에 이를 줄이야 어찌 생각인들 하였으리요. 도리어 애당초에 독약을 마시었을 때 그대로 말없이 죽었으면 좋았을 뻔하였소이다."

"그게 무슨 소리요? 어찌 된 일이요?"

"지난 밤 삼경에 한 자객이 우리 모녀의 침실로 들어왔소이다. 도망치는 자객을 춘월이 쫓아갔으므로, 우리 모녀 비록 생명은 보전하였으나 춘월은 이렇듯 중상을 입었으니, 고금에 이런 변괴(變怪)가 어디 또 있으리요. 생각만 하여도 몸이 벌벌 떨리는 일이요."

황각로는 얼빠진 사람처럼 다시 물었다.

"어찌 그것이 선랑의 소행인 줄 아오?"

"첩인들 어찌 알리까마는, 춘치자명(春雉自鳴)[1]이란 말과 같이 그 자객이 문을 나가며 큰소리로 말하기를, 나는 자객이라,

황씨를 구하고 선랑을 죽이고자 양부에 갔으나, 도리어 선랑의 죄 없음을 알고 위씨 모녀를 죽이러 왔다 하였으니, 이 어찌 천기 벽성선의 요사스럽고 악독한 계책이 아니며, 또한 그년이 자객을 보내서 소원대로 되었다면 우리 모녀를 죽이고, 만일 일이 여의치 않았을 때엔 그 악독한 마음으로 죄를 우리 모녀에게 슬쩍 뒤집어씌우려는 배짱이 아니고 무엇이겠소?"

위씨는 과연 그럴듯한 까닭과 경과를 청산유수(青山流水) 같은 언변으로 늘어놓았다. 이 말을 듣더니 황각로는 대경실색, 펄쩍 뛰면서 당장에 형부(刑部)에 통지하여 자객을 잡도록 명령하고, 다시 천자께 주달(奏達)[2]하여 선랑을 처치하겠다고 야단법석을 하고 서둘렀다. 각로의 서두는 품을 보고 있던 위씨는 무엇을 생각하였음인지 슬그머니 말리는 것이었다.

"전에도 선랑의 일로 상공이 천자께 주달하였으나 마침내 그 죄를 다스리지 못하였음은 다름아니라, 그 말이 공사(工事)가 아니라 사사로운 일이었으므로 의심받은 까닭이라. 상공의 체면으로 이제 또다시 구차스러운 소회(所懷)를 앙달(仰達)[3]함은 옳지 못할 듯하오이다. 지금 간관(諫官)[4]으로 있는 왕세창(王世昌)은 첩의 이질(姨姪)[5]인지라. 조용히 불러 상의해 봄이 좋을까 하나이다. 이번 일이야말로 법망(法網)[6]에 관한 일이며, 또

---

1) 봄철의 꿩이 스스로 운다는 뜻으로, 시키거나 요구하지 않아도 제출물로 함을 가리키는 말.
2) 임금에게 아뢰는 일.
3) 높은 웃어른에게 아뢰는 일.
4) 사간원 · 사헌부 관원의 총칭.
5) 여자 자매의 자녀.
6) 범죄자가 범률의 제재를 벗어날 수 없음을 물고기나 새가 그물을 벗어날 수 없음에 비유한 말.

한 풍속[1]에 손상되는 일이오니, 장표(章表)[2] 한 장 올려서 기강을 바로잡음이 간관 된 사람의 직분이 아니겠나이까."

황각로는 두말없이 위씨의 말에 순종키로 결심하고 머리를 끄덕일 뿐이었다. 이리하여 간관 왕세창이 불려 나왔다. 황각로가 경과를 설명하고 상의해 봤더니 왕세창은 본래가 뚜렷한 주견이 없는 사람인지라, 쉽사리 승낙하고 돌아갔다.

한편으로 위씨는 이것만으로도 부족하였든지, 즉시로 가궁인(賈宮人)을 청해 들여서 그에게 이 처참한 광경을 과장해서 설명하고 드디어 그를 궁내로 들여보내는 데 성공하였다. 자세한 경과를 모두 듣고 난 가궁인은 자못 놀라는 체하면서 이렇게 물었다.

"황부의 환란이 이다지 놀라우신데 어찌하여 자객을 잡고 간악한 사람을 조사하여 앞날을 바로잡고자 하시지 않나이까?"

위씨는 속으로는 앙큼스럽게 웃으면서도 겉으로는 탄식하는 체를 해 보였다.

"모든 것이 우리 딸아이의 실수라, 어찌 벗어날 수 있으리요. 항차 상공은 나이 많고 기력이 부쳐서 집안 일을 조정에 알리고자 하시지 않으니 할 수 없노라."

가궁인은 마침내 모든 사정을 잘 알았다는 듯 머리를 끄덕이며 궁내로 돌아가자, 즉시 춘월을 치료할 좋은 약을 보내고, 태후에게 황부의 변괴를 아뢰었다,

"황씨 비록 부덕(婦德)[3]이 부족하오나, 선랑도 또한 간사함이

---

1) 옛부터 행하여 온 그 사회의 생활 습관.

2) 조선 시대 초기에 중앙 군제인 오위의 군사들의 소속을 나타내던 인식표.

3) 부녀자가 지켜야 할 덕의 또는 부인의 아름다운 덕행.

없지 않은가 하오니, 위씨는 낭랑(娘娘)께서 사랑해 주시던 바이오니 어찌 살펴 주시지 않을 수 있으리까."

이 말을 듣더니 태후는 기색이 자못 불쾌해지더니,

"어찌 한편 말만 꼭 믿을 수 있으리요."

하였을 뿐 더 말이 없었다. 그 이튿날, 천자가 조회에 나오게 되자 간관 왕세창이 일장의 표문(表文)을 올렸다.

'풍속 교화(敎花)와 법강(法綱)은 국가의 큰 정사(政事)라. 출전한 원수 양창곡의 천첩(賤妾) 벽성선이 간악한 마음과 음란한 행실로 주모(主母)를 죽이려 하여 처음엔 독약을 쓰고 나중에는 승상 황의 병의 부중으로 자객을 보내어 시비 춘월을 잘못 알고 찔러 그 생명이 경각에 있으니, 일이 듣기에 해괴하고 흉악하고 참혹하나이다. 하물며 중첩(衆妾)이 주모를 모해한다 함은 풍속 교화를 손상함이며, 더구나 자객이 규문(閨門)[4]에 드나든다 함은 법강에 없는 일이오니, 엎드려 바라건대 폐하께옵서는 형부(刑部)에 신칙(申飭)[5]하시와 우선 자객부터 서둘러 잡게 하옵시고, 다시 벽성선의 죄악을 다스리사, 풍속 교화의 법강을 바로 잡으소서."

천자는 이 표문을 보자 크게 놀라 황각로를 돌아다보며 물었다.

"이는 경의 가중지사(家中之事)[6]인데 어찌하여 말이 없었나뇨?"

황각로는 그제야 머리 숙여 절하며 이렇게 대답하였다.

"신이 늙은 몸으로 외람되어 대신의 몸에 처하와, 능히 물러

---

4) 부녀자가 거처하는 방.

5) 단단히 타일러서 경계함.

6) 집안의 사사로운 일.

설 줄 모르고 가중지사의 불미한 일로 감히 자주 아뢰옵기 황송하였나이다."

천자는 한동안 묵묵히 무엇을 생각하더니 이렇게 말하였다.

"비록 여항(閭巷) 백성집[1]의 사소한 일이라 할지라도 자객이 출입한다면 이는 놀라웁고 탄식할 일이거늘, 하물며 원로대신의 문중에 이런 변괴가 있을 수 있겠는가? 졸지에 자객을 잡기 어려우니, 어찌 수색해야 어떤 자인지 알 수 있을꼬?"

황각로가 또 아뢰었다.

"신이 전날 벽성선의 일로서 탑전(榻前)[2]에 주달하였삽더니, 조정의 의론이 신을 협잡이라 돌렸으나, 신은 헛된 나이 이미 칠순(七旬)이오라, 어찌 규중 부녀의 사소한 사정으로 자주 천청(天聽)[3]을 번거롭게 하오리까. 이제 벽성선의 간악무도하옴은 도성(都城)에 소문이 자자하옵고, 그 자객이 서랑의 보낸 바라, 적이 소문이 분분한 바 있사오니, 엎드려 바라건대 폐하께옵서는 호생지덕(好生之德)[4]을 베푸사 그 죄를 밝히옵소서."

천자는 이 말을 듣더니 크게 노하였다.

"자고로 투기(妬忌)지사 사람의 집안에 없지 않으나 어찌 자객과 결탁하여 이렇듯 어지럽게 굴 수 있으랴. 먼저 자객을 잡고 벽성선은 본부(本府)에서 쫓아내도록 하라."

곁에 있던 전전어사(殿前御使)가 또 아뢰었다.

"벽성선을 본부에서 쫓아낸다 하오면 둘 곳 없사오니, 금의

---

1) 보통 세상의 살림집.
2) 임금의 자리 앞.
3) 제왕이 듣는다는 뜻.
4) 사형에 처할 죄인을 특사해서 목숨을 살려주는 제왕의 덕.

부(禁義府)에 가두어 둠이 좋을까 하나이다."

천자는 다시 무엇인가 한참 동안 묵묵히 생각하더니 이렇게 하교(下敎)하였다.

"그는 다시 처분할 수 있는 일이니, 그렇다면 벽성선은 잠시 그대로 두기로 하고 우선 자객부터 잡게 하라."

조회가 끝난 다음에, 천자는 태후에게로 건너가서 선랑의 일을 말하고, 심히 사정이 난처하다는 속소리를 하였다. 그 말을 듣더니, 태후는 웃으면서 이렇게 대답하는 것이었다.

"나도 또한 들은 바 있으니 이는 규문(閨門)의 질투에 불과함이라. 비록 일은 크다 하오나 나라에서 간섭할 바 아니오니 부질없고 세세한 일에 어찌 조정에서 참여하리요. 하물며 억울한 일을 당하게 되면 여자란 편협한 생각으로 생사를 돌아보지 않는 수가 있사오니, 어찌 화기(和氣)를 상케 하고 성덕(聖德)에 누를 끼치게 하리이꼬."

천자도 따라 웃으며 또 이렇게 말하였다.

"모후(母后)의 하교하심 이다지 간절하시니, 소자 한 계책으로 잠시 풍파를 멈추고, 양창곡이 회군한 후 조처하리이다."

"무슨 계획이 있으시오?"

"벽성선을 고향으로 보냄이 어떠하오리까?"

"폐하께서 그처럼 생각하시니 이보다 더 좋은 방법이 없으리다. 참으로 노신(老身)이 미처 생각하지 못한 바요."

천자가 또 웃으며 말하기를,

"소자는 황씨 집안 일이라면 사정(私情) 없지 않거늘, 모후께선 조금도 동정치 않으시니 그들이 억울타 하리이다."

"이는 위씨를 불쌍하게 여기는 까닭이라. 위씨 모녀가 벌써 교만하여 부덕(婦德)을 닦지 아니하니, 다만 그들이 앞으로 노신만 믿고, 교만방자할까 걱정되는 까닭이다."

천자는 태후의 이 말을 듣고 그 깊이 생각하는 뜻에 탄복하지 않을 수 없었다. 그 이튿날 다시 조회에 나온 천자는 황 · 윤 두 각로에게 이렇게 하교하였다.

"이번 벽성선의 일이 해괴하기 이를 데 없으나, 양창곡이 대신의 위치에 있고 짐이 대례(待禮)[1]하는 바이니, 어찌 그의 첩을 형부에 내릴 수 있으리요. 짐이 좋은 도리를 교시할 것이니 경들은 창곡과 또한 친척지간이니 환난(患難)을 서로 구함이 한 집안 일과 같으리로다. 경들은 금일 퇴궐하는 길에 양현(楊賢)을 찾아가, 벽성선은 일시적 방편으로 고향으로 돌려보냄으로써 집안 풍파를 잠시 멈추게 하고 창곡이 돌아오기를 기다려 처치하도록 하자는 짐의 하교를 전달하라."

윤각로는 황각로의 협잡을 모르는 바는 아니었지만, 서로 그 이상 다투기도 싫었고 또 한편으로는 선랑을 고향으로 보내어 잠시라도 편히 지내게 하는 것이 좋을 듯해서 다음과 같이 대답하고 그 자리를 물러나갔다.

"성교(聖敎)[2] 이와 같이 간곡하시니 신들은 즉시 양현에게 가서 성지를 전달하리이다."

이 말을 듣고 황각로는 끝까지 불쾌한 생각을 금치 못하였으나, 한편으로 가만히 이런 생각을 하고 있었다.

'내 딸아이를 위하여 통쾌하게 설욕은 못 하였으나, 선랑을 고향으로 쫓아 보내게 된 것만도 다행한 일이니 우선 목적의 울

---

1) 예의로써 대우함.

2) 임금의 교명.

분은 씻은 셈이다. 그러나 성교대로 양가(楊家)에 전달하리라.'

양부(楊府)로 달려간 황각로는 원외(員外)를 보자마자 대뜸 소리를 질렀다.

"노부(老父) 이미 황명(皇命)을 받잡고 왔으니, 천기 벽성선을 내쫓고야 돌아가리라."

황각로가 한바탕 설치고 있을 때 윤각로가 나타났다. 윤각로는 조용히 원외에게 말하였다.

"오늘 황상의 처분은 전후 풍파를 안정케 하시고 양원수의 돌아오기를 기다리심이니, 형은 조용히 조처하여 성상의 간곡한 뜻에 어긋남이 없도록 하시오."

이렇게 말하고 조용히 다리를 떠 돌아갔다. 원외는 하는 수 없이 내실로 들어가 선랑을 불렀다.

"내 귀와 눈이 어두워 능히 수신제가(修身齊家)[3] 못 하고 엄교(嚴敎)[4]를 받자 왔으니 신하의 도리로서 천자께 지극히 황송하도다. 그러니 너는 잠시 고향으로 돌아가 원수가 회군할 때까지 기다리라."

이 말을 듣더니 선랑은 구슬 같은 눈물을 흘릴 뿐, 감히 머리를 들어 무슨 말을 묻지도 못하였다. 원외는 측은함을 견딜 수 없어서 거듭거듭 위로할 뿐이었다. 드디어 원외는 조그만 수레에 하인배 몇 명을 따르게 하고 행장을 수습토록 하였다. 그리고 시비 자란(紫鸞)은 부중에 두고 소청(小蜻)만 딸려 보내기로 하였다.

이윽고 선랑은 부인과 윤소저에게 하직하고 축대를 내려서

---

3) 심신을 닦고 집안을 다스리는 일.

4) 엄격한 가르침. 남의 가르침의 경칭.

니, 붉은 뺨에는 눈물이 비 오듯 흘러 나삼이 축축히 젖을 지경이었다. 양부 상하 사람들이 기막힌 정경에 눈물을 뿌렸을 뿐만 아니라, 윤 · 황 양부의 시비들도 구름처럼 몰려들어서 흐느껴 울었다.

마침내 양부에서 쫓겨나다시피 된 선랑은 수레를 타고 강주로 뻗은 길을 가느라니 낙교(洛橋) 푸른 구름은 점점 멀어지고 친리 미나민 길은 첩첩산천이었다. 처량한 심사와 고단한 행색은 흐르는 물에 임하고 산에 오를 적마다 간장이 끊어지는 듯, 문득 광풍이 휘몰아 일어나더니 급한 소낙비가 후리치며 천지를 분별할 수 없게 되었다.

불과 30리 길을 갔을 때 객점(客店)[1]에 투숙하지 않을 수 없게 되니 잠인들 제대로 올 리가 없었다. 주인과 종, 둘이 외로운 등불 밑에 앉아서 처량히 바라볼 뿐, 선랑은 혼자 속으로 비참한 신세 한탄만 하고 있었다.

'쾌재(快哉)라, 내 신세여. 조실부모(早失父母)하고 비참한 신세로 떠돌아다니던 몸이 의탁할 곳조차 없다가, 다행히 양한림을 만나게 되어 일편지심(一片之心)을 대해(大海)같이 기울이고 이 몸을 의탁하고자 태산처럼 믿었더니, 오늘날 이렇게 떠나감은 어찌된 까닭이리요? 강주에 친척의 무덤 없으니 누구를 바라고 돌아가며, 내 그곳을 떠난 지 1년도 되지 못하였는데, 이제 다시 돌아가니 무슨 낯으로 이웃 사람들을 대할꼬? 슬프도다. 이제 내가 가는 길이 그 명색이 무엇이뇨? 나라의 죄인일진댄 조정에 죄진 일 없고 가정에서 쫓겨난다면 실로 군자의 본의

1) 길손이 술과 음식을 사 먹거나 쉬는 집.

에서 이루어진 것 아니니, 진퇴행장(進退行藏)[2] 비할 길 없고나. 차라리 이곳에서 주어서 천지신명(天地神明)께 사죄함이 떳떳하리라.'

선랑은 행장에서 조그만 칼 한 자루를 꺼내서 당장에 자기 목을 찌르려 하였다. 이걸 보더니 소청이 방성통곡(放聲痛哭)[3]하며 대들었다.

"낭자의 빙설같이 깨끗한 지조는 하늘이 내려다보시고, 백일(白日)도 알고 계시나이다. 만일 여기서 자결하신다 하오면 마침내 간악한 사람의 소원을 이루어 주시는 것이오며, 또한 천고의 누명을 뒤집어쓰시는 것과 진배없나이다. 바라건대, 너그러우신 마음으로 심사를 억제하시고 승니도관(僧尼道觀)[4]이나 찾아가시어 잠시 일신을 의탁하시고 때를 기다리심이 옳거늘, 어찌 이런 거동을 하시려 하나이까."

선랑은 땅이 꺼지도록 한숨만 내쉬다가 객점의 할멈을 불러서 물어 보았다.

"나는 낙양으로 향하는 사람이라. 객관에서 꿈자리 뒤숭숭하니 혹 이 근처에 승당(僧堂)[5] · 도관(道觀)[6]이라도 있으면, 향화를 올려 기도나 드리고자 하니 주인은 명교(明教)해 달라."

점객 할멈의 대답이,

"이곳에서 다시 황성으로 10리 가량 돌아가면 한 승당이 있사옵고, 이름을 산화암(散花庵)이라 하오니, 관세음보살께 공양

---

2) 나아가고 물러가는 행동거지.
3) 목을 놓아 몹시 섧게 울음.
4) 중들이 수도하는, 산의 깊은 곳.
5) 중이 좌선하며 거처하는 집. 대개 절의 안쪽 오른쪽에 있음.
6) 도사가 수도하는 산의 깊은 곳.

하시면 영험 있다고 하더이다."

이 말을 듣자 선랑은 크게 기뻐하고 바로 그 이튿날 행장을 수습해 산화암을 찾아갔다. 그 암자에는 10여 명의 여승이 있고, 탑상(榻上)[1]에는 금빛 찬란하게 삼불(三佛)[2]을 모시어 놓았으며, 좌우 양편으로는 채화(彩花)가 꽂히어 향내로 그윽하였다.

암자 안의 여승들은 선랑의 옥같은 모습을 보자 서로 다투어 흠모하며 자못 정중하게 다과를 대접하였다.

저녁 재(齋)[3]가 끝난 후에, 선랑은 주지(住持)[4] 여승을 만나보고 조용히 말하였다.

"첩은 본래 낙양 사람으로 집안의 환란을 피하여 절간을 찾아왔음은 수월(數月) 동안 머물고자 함이라. 보살의 뜻이 어떠하시오니까?"

여승은 합장하고 대답하였다.

"우리 불가(佛家)는 자비로서 마음 삼나이다. 이렇듯 낭자께서 한때 액운을 피하사 누추한 우리 절간에 머물고자 하시니 어찌 영행(榮幸)[5]이 아니오리까."

서랑은 주지 여승의 인자한 대답에 감사하면서 마음놓고 행장을 풀었다. 그리고 하인배와 수레를 돌려보내는 길에, 편지 한 통을 써서 윤소저에게 대강 심정을 통지하였다. 이 때 본부로 돌아온 황각로는 가장 자랑스러운 듯 말하였다.

---

1) 교의 위.
2) 극락세계에 있는 아미타불과 관세음보살과 대세지보살.
3) 명복을 비는 불공.
4) 한 절을 주관하는 중.
5) 영광스러운 일.

"내, 오늘 너의 원수를 갚았노라."

선랑을 강주로 쫓아보낸 형편을 자세히 말해 주었다. 그랬더니 웬일인지 위씨는 찬바람이 일 듯 쌀살스럽게 비웃으며 대꾸하였다.

"독사와 맹수 같은 것을 능히 죽이지 못하고 오히려 화근을 남겼으니, 도리어 후환(後患)만 더하게 하였음이라. 어찌 송구하지 않으리까."

황각로는 심히 불쾌한 기색으로 대답도 없이 외당(外堂)으로 나가고 말았다. 또 한 달이 되니 상처는 다소 아물었으나, 전잘과 같이 완전할 수는 없었다. 보기도 끔찍끔찍한 전날의 춘월과 같을 수 없었다. 춘월은 거울에 제 모습을 비추어 보고 이를 바드득 갈면서 맹세하는 것이었다.

"전날의 벽성선은 소저의 적국(敵國)이더니 오늘날의 벽성선은 춘월의 원수로다. 천비 반드시 이 원수를 갚고야 말리니 구경이나 하소서."

위씨는 탄식하는 체하면서 슬그머니 충동시키는 것이다.

"그 천기년이 이제 강주로 돌아가 몸 편히 먹고 자고 하니, 양원수 돌아오면 반드시 일을 뒤집고야 말리라. 그러니 우리 모녀의 목숨이 장차 어찌될지 아득하고나."

그러나 춘월은 언제나 지산만만해서 또랑또랑한 음성으로 말하는 것이다.

"부인께선 근심 마소서. 소비가 먼저 선랑의 거처부터 탐지한 후에 마땅히 계책을 생각하오리다."

이럴 무렵에 하루는 황태후가 궁인 가씨(賈氏)를 불러서 이런 분부를 하였다.

"내 황상을 위하여 해마다 정조상원(正朝上元)[1]이면 불사(佛事)[2]를 올리나니, 오늘 산화암에 가서 향불과 과일을 갖추고 상원일(上元日)[3]에 지성껏 기도드리라."

가궁인은 이런 명령을 받고 곧 산화암으로 갔다. 가궁인이 불공을 마치고는 두루두루 암자를 구경하다가 동편 행각(行閣)[4]에 이르니 한 군데 깨끗한 방이 있고 문이 닫혀 있는지라, 가궁인은 구경도 할 겸 열어 보려고 하였나. 곁에 따라오던 여승이 이렇게 말하였다.

"이 방은 객실옵니다. 일전에 어떤 낭자가 이곳을 지나다가 신상이 불편하다 하여 이곳에 머무르고 있으나, 그 사람은 천성이 졸하여 몹시 외인을 싫어하나이다."

가궁인이 웃으면서 말하였다.

"만일 남자가 거처하는 곳이라면 내 마땅히 피하겠으나, 같은 여자라고 하니 잠시 대면한들 어떠리요."

말을 마치자 그대로 문을 열었다. 방 안에는 한 미인이 종과 더불어 쓸쓸하게 앉아 있는데, 달 같은 태도며 꽃 같은 용모가 참으로 경국(傾國)[5]의 절색이라고 할 만하였다. 우수를 띤 눈썹이며, 부끄러움과 난처한 빛이 감도는 붉은 빰이며, 그 요조(窈窕)하고 단아함은 이루 형용키 어려웠다. 가궁인은 내심 깜짝 놀라면서 앞으로 나서서 물어 봤다.

"어이한 낭자이신데 저렇듯 고운 자태로 승방(僧房)에 머무시

---

1) 정월 보름날.
2) 불가에서 행하는 모든 일.
3) 정월 보름달.
4) 궁궐 또 절간 등의 정당 앞이나 좌우 두 옆에 지은 장랑.
5) 나라를 위태롭게 함.

니이꼬?"

선랑은 추파를 보이며 얼굴을 붉히더니 가궁인을 쳐다보고 꾀꼬리같이 아름다운 음성으로 나지막하게 대답하였다.

"첩은 지나가는 길손이온데 신병으로 인하여 객점의 번잡을 피하와 이곳에 머무르며 조섭하고 있나이다."

가궁인은 선랑의 말을 듣더니 그 아리따운 용모가 볼수록 사랑스러워 자리를 같이한 후 단정히 앉아서 이어서 말하였다.

"첩은 잠시 암중에서 기도 올리는 사람이라. 성은 가씨(賈氏)니, 이제 낭자의 미모를 보고 또 단아한 언사를 들어 보니 향모지심(向慕之心)[6]이 숙친한 사이나 다름없노라. 어이한 까닭인지 나도 또한 아지 못할 일이로다. 낭자의 연세는 몇이시며 존성(尊姓)은 누구시오?"

선랑은 회색이 만면해서 대답하였다.

"첩도 또한 가씨(賈氏)오니 천한 나이 16이로소이다."

가궁인은 더욱 기뻐서 어쩔 줄 몰라하였다.

"동성(同姓)은 백대지친(百代之親)[7]이니, 첩은 마땅히 하룻밤 자고 가려 하노라."

이렇게 말하고 가궁인은 곧 자기 금침을 선랑의 침소로 옮기게 하였다. 선랑은 객지의 감회가 자못 고적하던 차인지라, 가궁인의 깨끗한 성품과 간곡한 뜻을 알게 되자, 다만 흠탄(欽歎)[8]할 뿐 아니라 또한 동원이류(同源異流)[9]인고로, 비록 자세

6) 자꾸 사모하는 마음.
7) 먼 조상 때부터 친하게 지내오던 친분.
8) 아름다운 점을 탄상함.
9) 근원은 같지만 지류가 다르다는 뜻.

한 형편을 호소하지는 않았으나 은근한 정회를 금할 길이 없었다. 가궁인은 본래 총명하고 지혜 있는 여자인지라, 선랑의 언어 동작이 비범함을 보고 또 이렇게 조용히 물었다.

"첩과 이미 동성지친(同姓之親)이니, 어찌 사귄 것이 오래지 않다 하여 속마음을 감추리요. 낭자의 비범한 동작을 보니 시상한 여항(閭巷)의 사람이 아니로다. 어이하여 이곳에 와 있는지 숨김없이 통성하라."

선랑은 가궁인의 다정함을 알고, 자세한 사정을 호소할 필요는 없다 해도 그렇다고 지나치게 속일 일도 아니라 생각하고 대강 이야기만 들려 주었다.

"첩은 본래 낙양 사람으로 조실부모하고 또 집안의 환란을 만나 갈 바를 알지 못하고 잠시 이곳에 의탁하는 동시, 집안의 재앙이 진전되기만 기다리고 있나이다. 첩이 비록 나이 어리나 지내온 경력을 생각하오니 초로 같은 인생이오며 고해(苦海)[1] 같은 세상이라다만 사세(事勢)와 기회 보아 머리 깎고 승려나 되어 도사(道士)의 길이나 닦고자 하나이다."

선랑은 말을 마치더니 두 눈에 구슬 같은 눈물이 가득 고이며 참담하기 이를 데 없는 기색이었다. 가궁인은 선랑이 이야기하기 난처한 점이 있는 줄로 짐작하고 더 묻지는 않았으나, 그 정경이 몹시 측은하여 간절히 위로해 주었다.

"첩이 비록 낭자의 형편을 알지는 못하나, 낭자의 용모로 보아 전정(前程)[2]이 반드시 적막치 않으리로다. 어찌 한때의 액운을 참지 못하고 스스로 평생을 그르치려 하나뇨? 이 암자는 첩

---

1) 고뇌가 많은 이 세상. 이 세상이 괴로움과 근심이 많아 그치지 않음을 바다에 비유한 말.
2) 앞길. 곧 앞으로 있을 일.

이 왕왕 왕래하는 곳이니 내 집이나 다를 배 없으며, 암중의 여승들도 모두 심복이니 내 낭자를 위하여 잘 부탁하리라. 바라건대, 낭자는 뜻을 관대히 갖고 불길한 생각을 버리라."

이튿날 가궁인이 돌아갈 때 선랑의 손을 잡고 하룻밤 사이에 정이 들어 차마 서로 이별을 못 하고 서운해 하더니 모여든 여승에게 일일이 부탁을 하였다.

"가낭자(賈娘子)의 조석 진지는 내 뒤를 봐줄 것이니, 극진히 대접하라. 만일 연소한 부인의 일시 편협한 생각으로 비록 원한다 할지라도, 푸른 귀밑머리와 구름 같은 머리에 한번 삭도[3]를 댄다면 모든 보살들은 두 번 다시 나와 대할 면목 없으리라. 나의 부탁을 믿지 않고 혹시 실신(失信)하면 크게 죄로써 다스리겠으니 각별히 명심하라."

모든 보살들은 가궁인에게 합장하고 공손히 그 명령을 받았다. 선랑도 그 고마움에 감격이 넘쳐서 가궁인에게 극진히 사례하였다. 가궁인은 즉시 궁으로 돌아가 태후께 복명하고 침실로 돌아왔으나 도무지 선랑을 잊을 수가 없었다.

며칠 후에, 가궁인은 시비 운섬(雲蟾)을 불러서 수십 냥의 은자와 찬합을 건네 주면서 그것을 산화암에 있는 선랑에게 전하라고 명령하였다. 분부를 받은 시비 운섬은 곧 산화암으로 달려갔다.

한편 춘월은 선랑의 거처를 탐지하려고 변복을 하고 날마다 장안을 쏘다녔다. 흉칙스럽게 변한 제 얼굴이 부끄러워서 푸른 수건으로 목과 양편 귀를 싸고, 고약한 조각으로 얼굴과 코를

3) 중의 머리털을 깎는 칼.

가렸다. 춘월은 간사스런 웃음을 띠우면서 위씨에게 이렇게 말하였다.

"옛적에 예양(豫讓)은 문동병이라 하며 조양자(趙襄子)의 원수를 갚고자 하였다더니, 이제 춘월은 부모께서 주신 몸을 소중히 하지 않고 일편고심(一片苦心)으로 선랑을 해코자 하니 이는 과연 누구를 위함이리까?"

위씨는 따라 웃으며 능청스럽게 위로를 해주었다.

"네가 만일 성공한다면 마땅히 천금으로 상 주어 일평생을 쾌락하게 지내도록 하리로다."

춘월은 웃으며 문을 나와 곰곰이 생각해 봤다.

'우물 속 고기가 큰 바다에 놓였으니 누구에게 그 간 곳을 물으리요. 내 듣건대 만세교(萬世橋) 다리 아래 장선생(張先生)은 점술이 놀라와서 황성에서 제일 가는 명복[1]이라 하니, 우선 그곳에 가서 점부터 쳐 보리라.'

춘월은 은자 몇 냥을 품에 지니고 점쟁이 장선생을 찾아갔다.

"나는 자금성(紫金城)[2]에 사는데, 전부터 원수(怨讐) 있었으나 어디로 갔는지 알 수 없으니 바로 가르쳐 주소서."

장선생은 한참 동안이나 묵묵히 산통만 흔들더니 이윽고 괘(卦)[3]를 뽑았다.

"성인의 팔괘(八卦)는 흉을 피하고 길한 데로 나아가게 하여 사람을 구하라는 것이거늘, 이제 괘상(卦象)을 보니, 그대의 금년 신수 몹시 불길하도다. 십분 조심하여 남과 더불어 혐의(嫌疑)를 짓지 말라. 원수라 할지라도 의(義)로서 감화하면 도리어

1) 이름이 난 점쟁이.

2) 중국 북평 내성에 있는 명 · 청나라 때의 궁성.

은인이 되리로다."

춘월은 그 따위 말은 귀에도 들리지 않는다는 듯이 싸늘하게 냉소하였다.

"선생은 쓸데없는 잔소리 마시고 그 원수의 간 곳이나 말해 주소서."

하면서 품속에 지녔던 은자 몇 냥을 점쟁이의 눈앞에 내놓았다. 그제서야 점쟁이의 하는 말이,

"그대의 원수는 처음에는 남쪽으로 가다가 다시 북쪽으로 돌아왔으니, 산 속에 숨지 않았으면 반드시 죽었으리라."

이 말을 듣고, 춘월은 더 자세히 묻고자 하였으나 각처에서 점치러 온 사람들이 문 밖에 답지(遝至)[4]하는고로 본색이 탄로 될까 겁내어 그냥 나와 버리고 말았다. 공교롭게도 춘월은 돌아오는 길에 가궁인의 시비 운섬을 우연히 만났다. 전날 운섬이 위부(衛府)에 드나든 까닭에 춘월과 여러 차례 대면한 일이 있었다. 춘월은 즉시 운섬을 부르면서 인사 겸 이렇게 물었다.

"운랑(雲娘)은 어디서 오는 길이오?"

그러나 운섬은 춘월을 당장에 알아볼 수가 없어서 이상하다는 듯 대답을 망설이고 있을 뿐이었다. 물론 춘월의 용모가 전일과는 딴 사람이 되었기 때문이었다. 춘월은 앙큼스럽게 둘러대는 것이었다.

"나는 요즘 괴질(怪疾)에 걸려서 얼굴이 이렇게 흉칙하니 운랑이 알아보지 못함이 심히 당연하도다. 만세교 아래에 유명한 의원(醫員)이 있다 하기에, 약을 구하러 갔다 오는 길이로다. 바

---

3) 점괘.

4) 한 군데로 몰려들음.

람 쐬는 것이 병세에 좋지 못하므로 잠시 남복을 바꾸어 입었으니 어찌 우습지 않으리요. 이에 운랑은 조금도 괴이하게 여기지 말라."

운섬은 한편 놀라고 한편 이상하게 여기며 이렇게 물었다.

"춘랑(春娘)의 면복이 전일과 다르니 무슨 몹쓸 병에 걸렸기에 이런 지경에 이르렀는고?"

춘월은 손으로 코를 가리며 탄식하였다.

"세상만사가 신수(身數) 아님이 없음이라. 오히려 생명에 별고 없으니 스스로 만행이라 할지로다."

그제야 운섬은 사실대로 대답하였다.

"나는 지금 우리 낭자의 명령을 받들고 남쪽 산화암에 가노라."

"무슨 일로 가느뇨?"

"우리 낭자께서 기도하러 산화암에 가셨다가, 한 낭자를 만나서 알고보니 동성(同姓)인지라, 십년지기같이 친해져서 오늘 서신 일봉(一封)과 약간의 은자를 보내는고로, 내 분부 받고 가는 중이로다."

춘월은 본래가 감흉하고 총명한 계집이었다. 이 말을 듣더니, 갑자기 무슨 생각을 하였음인지 일변 놀라고 또 일변 수상히 생각하여 자세한 내막을 뽑아 내 보려고 간드러지게 웃어 가며 슬쩍 수작을 걸었다.

"운랑이 나를 속이는도다. 나도 또한 지난날에 산화암으로 불공을 간 일이 있었으나 그런 낭자는 보지 못하였으니 알지 못게라. 그 낭자가 언제부터 산화암에 왔다던고?"

"춘랑은 곧잘 사람을 속이지만 나는 한 번도 남을 속인 일이 없노라. 내 여승의 전하는 바를 들어 보니, 그 낭자가 암자에 온 지 불과 반 달이라 하는데, 한 시비와 함께 객실에 거처하며 외인의 출입을 싫어한다 하니 반드시 그 천성이 옹졸한 낭자인 듯하나, 꽃 같은 용모와 달 같은 태도는 짝이 드문 자색(姿色)이라. 오죽하여 우리 낭자께서 그 낭자와 한 번 대면하고 돌아오시와 오늘까지 잊지 못하여 위로코자 나를 보내시니, 내 어찌 거짓말하랴."

'흥! 이는 틀림없는 선랑이로다.'

여기까지 말하는 운섬이의 이야기를 듣더니 눈치빠른 춘월은 단번에 이렇게 알아차리고, 심중 여간만 기쁘지 않아서 곧 운섬과 작별하고 집으로 돌아갔다. 춘월이 돌아오기가 무섭게 오늘 일의 자초지종을 자세히 말하였더니 위씨 부인이 깜짝 놀라며 말을 꺼냈다.

"가궁인이 이번 일의 기미를 안다면, 어찌 태후께서도 모르실 리 있으며, 태후께서 이를 아신다면 황상께서 어찌 하문(下問)치 않으실 리 있으리요?"

그러나 춘월은 태연자약하게 앙큼스런 대답을 하는 것이다.

"부인께선 근심치 마소서. 선랑은 본시 정숙한 여자인지라 가궁인에게 그 실정을 말하지 않았사오리니, 천비가 비밀히 그 종적을 탐지한 후에 묘한 계책을 쓰리이다."

이튿날 춘월은 다시 변장을 해서 유산객[1] 차림을 하고 날이 저물 무렵에 산화암에 당도해서 날이 저문 핑계를 하고 하룻밤 투숙하기를 청하였다. 여승은 수상한 유산객이라고 생각하면서

1) 산으로 놀러 다니는 사람.

도 어쩔 수 없이 객실 한 칸을 정해 주었다.

밤이 깊었을 때 춘월은 소리 없이 밖으로 나와서 가만히 정당(政當)과 행각(行閣)을 돌아서 창 밖에서 귀를 기울이니, 도처에서 염불하고 불경 외우는 소리뿐이었다. 다시 동편에 객실이 한 군데 있음을 발견하고 그곳에 가 보았더니 등불이 깜빡깜빡할 뿐 인적이 없었다. 춘월이 밖에서 오랫동안 동정을 살피다가 다시 창틈으로 엿보자니, 미인 하나가 벽을 향하고 누워 있는데 시비 하나가 촛불 아래 앉아 있지 않는가.

두 번 보지 않아도 그것이 바로 소청임을 알 수 있었다. 춘월은 나는 듯이 몸을 돌이켜 객실로 돌아오자 당장에 자취를 감추어 버렸다. 이튿날 날이 밝기도 기다리지 않고, 춘월은 여승과 작별하고 부중으로 돌아가 위씨 부인과 소저 앞에서 자못 만족한 듯이 웃었다.

"양원수의 부중은 심히 깊어서 추월의 수단으로도 어찌할 수 없더니, 이제 황천(皇天)[1]이 도우사 선랑을 지옥에 가둬 두었습니다. 이제야 춘월이 계책을 쓰기 자못 쉽게 되었소이다."

황소저가 조급해서 깜짝 놀라며 물었다.

"선랑이 과연 그 암자에 있더냐?"

춘월은 선뜻 탄식하면서 주워 댔다.

"선랑이 양부에 있을 때에는 소비 선랑을 생각하기를 절대가인인 줄로만 알았더니이다. 이번 산화암 불등(佛燈) 아래서 보니 이야말로 속세의 인간이 아니라 하늘나라 옥경(玉京)서 내려온 선녀 같더이다. 양원수의 철석 같은 간장일지라도 어찌 흔들

1) 하늘을 주재하는 신.

리고 빠지지 않으리요. 우리 소저의 신세는 개밥 그릇에 도토리나 다름없으리로다."

옆에서 이 말을 듣고 있던 위씨 부인은 춘월의 손을 덥석 잡고 하는 말이,

"소저의 평생이 또한 너의 평생이라. 소저 만일 득의치 못한다면 또한 너도 득의치 못하리니, 네 깊이 명심하고 경솔히 굴지 말라."

애걸하듯 사정을 하는 위씨 부인의 태도에 춘월은 의기양양해서 좌우의 사람들을 물리치게 하고 계책을 또 다시 꾸며 내는 것이었다.

"천비의 오라비 춘성(春城)은 방탕무뢰(放蕩無賴)[2]하여 널리 장안 사람들과 교제가 깊나이다. 그들 중에 한 방탕자 있으니 성은 우(虞)요 이름은 격(格)이라. 힘이 절인(絶人)[3]하고 주색 앞에서는 생사를 헤아리지 않는 위인이로소이다. 그러니 춘성을 시켜서 아름다운 꽃의 향기를 누설케 하면, 봄바람에 미친 나비가 어찌 꽃을 탐하여 날아가지 않으리까. 과연 일이 여의하게 되면 선랑의 아리따운 자질도 측간(厠間)[4] 속의 꽃이 되어 평생을 마칠 것이나, 만일에 또 한 일이 여의케 되지 않을지라도 실낱 같은 잔명이 칼머리의 외로운 혼을 면치 못하리로다. 이리하면 둘러치나 메치나 소저의 눈 속의 가시는 뽑아지는 것이 아니오리까."

위씨 부인은 춘월의 말을 듣더니 기쁨을 참지 못하고 속히 이

2) 술과 계집에 빠져 난봉을 부림.

3) 남보다 아주 뛰어남.

4) 뒷간. 변소.

계책대로 주선하라고 재촉하였다. 춘월은 더욱 신바람이 나서 웃음을 참지 못하며 문 밖으로 나갔다. 이 무렵에 방탕무뢰한 우격(虞格)이란 위인은 자주 법망에 걸려 들어서 더욱 무뢰배들과 결탁하고 변성명(變姓名)까지 하여 때 없이 출몰하였다.

하루는 우격이 이런 불량배 소년 10여 명과 작당하여 십사가두에 모여 술을 마시고 떠들다가 춘성과 만났다. 우격은 춘성의 손을 잡고 다시 술집으로 들어가서 자못 노도한 수흥으로 권커니 마시거니 하였다. 문득 춘성이 탄식하며 말을 꺼냈다.

"사내 대장부 세상에 태어났다가 절대가인을 지척에 두고 취하지 않는다면 어찌 호한(好漢)[1]이라 하리요"

우격은 두 눈이 휘둥그레져서 물었다.

"그게 무삼 말이뇨?"

그런데도 춘성이 좀처럼 대답을 하지 않으므로 우격은 점점 몸이 달아서 자꾸만 캐물었다. 그제야 춘성은,

"이곳이 몹시 번잡하니 오늘 밤에 우리 집으로 오라."

하고 뜻 깊은 웃음을 띠워 보였다. 두말 없이 응낙한 우격은, 그날 어둘 무렵이 되기를 기다려 춘성의 집으로 급히 달려갔다. 춘성은 싱글벙글 웃으며 우격이 자리에 앉히고 이렇게 말하였다.

"내 자네를 위하여 장차 경국지색(傾國之色)을 중매코자 하나, 자네는 수단이 몹시 서툴러서 능히 성사하지 못할까 걱정이로다."

"그런 염려는 말고 어서 말이나 하게."

"내 듣자니, 강주 청루에 한 명기 있으니, 달 같은 태도와 꽃

1) 의협심이 많은 사람.

같은 용모가 고금에 드물다더군. 뿐만 아니라, 가무풍류도 당대의 독보(獨步)라네. 서시(西施)[2] · 양귀비(楊貴妃)[3]도 감히 따르지 못할 미인이라니, 자네 같은 사람이 이런 가인을 능히 도모할 수 있을까?"

이 말을 듣더니 우격이 춘성의 손을 뿌리치고 따귀를 철썩 때렸다.

"이놈, 춘성아. 내 비록 방탕하나 상중하(上中下) 삼판(三板)에 걸릴 게 없거늘 네 불과 황부의 노속(奴屬)으로서 어찌 나를 농락하려 하느뇨? 잔소리 말고 우선 여기서 강주까지 몇 리나 되나 그것부터 생각해 보라."

처음에는 영문을 몰라서 깜짝 놀랐다가 그제야 춘성은 화난 체를 하면서 뿌루퉁한 입으로 대답하였다.

"속담에 중매를 잘못 들면 뺨이 세 대라 하거니와, 내 진정으로 말하는데도 자세히 듣지도 않고 이렇게 설치니 내 다시 말하기 싫도다."

그제서야 우격이 웃어 가며 부드러운 말로 춘성을 달랬다.

"그렇다면 내 사죄할 것이니 자세히 말해 주게."

춘성도 자못 도량이 너그러운 체하고 너털웃음을 치면서 다시 우격의 손을 잡아끌며 귀 속에다 대고 속삭이듯 말하였다.

"그 미인이 황성에 왔다가 돌아가는 길에 산화암에서 신병을 조섭하고 있으니 그대는 속히 찾아가서 진진한 재미를 보라."

---

2) 중국 월나라의 미인. 월나라 왕 구천이 오나라에게 패한 후에 미인계로 서시를 오나라 왕 부차에게 보내자 부차는 서시에게 혹해 고소대를 짓고 정사를 돌보지 않아 드디어 구천과 범소백의 침공을 받아 망했음.

3) 중국 당나라 현종의 귀비. 본래는 여도사였으나 재색이 겸비해서 궁녀도 뽑혔다가 당 현종의 총애를 받았지만 뒤에 안녹산의 난에 죽음.

우격은 크게 기뻐하여 자신만만하게 팔을 뽐내며 말하였다.

"내 당장에 달려가서 이 밤을 넘기지 않고 손아귀에 넣고야 말리라."

"그러나 그 미인이 지조가 고상하여 겁탈하기 어려울까 걱정되노라."

"그것은 내 수단에 달렸으니 걱정 말라."

우격은 호기 있게 대답하고 곧장 산화암으로 달려갔으나, 방탕무뢰한 우격에게 걸린 선랑의 운명은 풍전등화(風前燈火)[1] 같다고 아니할 수 없게 되었다. 이 때 한편에서 양원수는 동초에게 첩보(捷報)를 전달시켜 놓고 주소(晝宵)[2]로 성지(聖旨)[3]가 돌아오기만 고대하며 즉시로 회군할 준비에 분망하였다.

동초가 황명(皇命)을 받고 돌아오기는 하였으나 홍혼탈에게 1만 군사를 나눠 주어서 홍도국(紅桃國)을 치게 하고, 원수만 회군하라는 성지에는 자못 놀라지 않을 수 없었다. 양원수가 강남홍을 불러서 조칙(詔勅)[4]을 보였더니 강남홍은 아연실색(啞然失色)[5]하며 말하였다.

"소장이 무슨 군략으로 이 중대한 임무를 맡으리요."

원수도 한참 동안이나 입을 열지 모하고 곰곰이 생각하다가 간신히 말하였다.

"이미 날이 저물었으니 모든 장수들은 각각 막차(幕次)[6]로 돌

---

1) 사물이 오래 견디지 못하고 매우 위급한 자리에 놓여 있음을 가리키는 말.
2) 밤과 낮.
3) 임금의 뜻. 성의.
4) 제왕의 선지를 일반에게 알릴 목적으로 적은 문서.
5) 뜻밖의 일에 너무 놀라서 얼굴빛이 변함.
6) 막을 쳐서 임시로 만들어 주련하던 곳.

아가라."

양원수는 모든 장수들이 물러간 뒤에 다시 강남홍을 장중(帳中)으로 불러 들여놓고 등잔 심지를 돋구며 옷깃을 여미고 정색하여 명령을 내렸다.

"내 낭과 함께 반 년 동안이나 풍진 속에서 온갖 고초를 겪었노라. 이제 황천(皇天)이 말없이 도우사 개선하게 되었으므로 같은 수레에 나란히 앉아 돌아갈까 하였더니, 뜻밖에도 황명이 다시 이렇듯 정중하신지라 어찌할 도리가 없도다. 그러나 각기 길을 나누어 나는 명일 장안으로 향하고, 낭은 군사를 독려하여 교지(交趾)에 공을 세우고 즉시 회군하라."

잠자코 듣고만 있던 강남홍은 간신히 눈을 쳐들어 원수의 기색을 살피더니, 구슬같은 눈물을 떨어뜨릴 뿐, 입을 열지 못하고 앉아 있을 따름이었다. 양원수 다시 엄숙하게 정색하고 말하였다.

"양창곡이 비록 용렬하고 어리석으나 사사로운 정으로써 군명(君命)을 거역할 수 없으니, 낭은 속히 물러가 행장을 수습하라."

그제야 강남홍은 눈물을 씻어 가며 구슬픈 음성으로 대답하였다.

"첩이 혈혈단신으로 100만 대군의 대열에 참가하여 칼을 휘둘러서, 창을 잡고 오늘에 이르도록 풍진을 무릅쓰고 부끄러움도 돌보지 않은 것은, 진실로 공명(功名)에 마음이 있어 작위(爵位)[7]의 부귀를 바랐음이 아니로소이다. 다만 이 몸을 상공께 맡

---

7) 벼슬과 지위. 관작과 위계.

겨 생사고락을 함께 하고자, 오로지 상공만 믿었나이다. 그런데 오늘날 상공께서 첩을 버리시고 가시겠다 하오니, 이는 첩이 스스로 택한 재앙이리라. 첩이 만일 고문대족(高門大族)[1]의 예절을 지켰다면, 또 상공께서 100냥으로서 첩을 배필로 삼으셨다면 어찌 이런 일이 있을 것이며 이런 말씀인들 하시리이까? 첩은 비록 청루의 천한 몸이오나 마음씨만은 결백코자 하여 빙성 같은 지조를 원하오니 오히려 군령(軍令)을 어김으로써 연약한 몸이 도부수(刀斧手)[2]의 형을 받을지언정, 고단한 종적으로 장부의 열애 참례하여 홀로 가지는 못하겠나이다."

강남홍은 말을 마치자 그 아리따운 얼굴, 또렷한 눈썹 사이로 정렬(貞烈)[3]의 기운이 넘쳐흐르며 옥같이 흰 두 볼을 처량한 눈물로 적실 뿐이었다. 그제야 양원수는 빙그레 웃으며 이렇게 말하였다.

"천자께서 홍혼탈의 연약함을 하촉(下燭)[4]치 못하시고 이런 중임을 맡기시니 조정의 처사가 어찌 한심치 않으리요."

강남홍은 이 말을 듣고야 비로소 양원수가 지금까지 자기를 농락한 것임은 알아차리고 부끄러움에 젖어 아무 대답도 못 하였다. 강나홍을 한참 동안 응시하고 있던 양원수는 여러 장수들을 불러 놓고 소사마를 시켜서 대서토록 하여 한 통의 표문(表文)을 작성하고, 마달에게 우익장군(右翼將軍)을 내려 그것을 가지고 복으로 행하게 하였다. 그 표문의 내용인즉, 황제 폐하가

1) 부귀하고 번성한 집안.
2) 큰 칼과 큰 도끼를 쓰던 군사.
3) 여자의 행실이나 지조가 곧고 매움.
4) 웃어른이 아랫사람을 살핌.

홍혼탈로 하여금 수천기(數千騎)를 거느리고 홍도국을 치라 함은 그 책임이 너무 무거운 것 같으니 빨리 성지를 다시 거두어서 국가대사에 후회 없도록 하기를 바란다는 것이었다.

한편 산화암에 몸을 의탁한 선랑은 두문불출 세상을 등지고 쓸쓸히 지내다가 하룻밤에는 양원수가 산호 채찍을 휘두르며 공중으로 떠오르는 이상한 꿈을 꾸고 시왕전(十王殿)[5]에 나아가 분향하고 여승과 함께 사문(寺門)을 나와 돌층계로 올라서려 하였을 때, 난데없이 10여 명이나 되는 강도의 무리 같은 자들이 습격해 들어왔다. 바로 이 위험한 찰나에, 어디선지 말발굽 소리 요란하더니,

"도둑놈들은 꼼짝 말고 게 서 있거라."

하는 우렁찬 음성이 들려오더니, 한 장군이 장창(長槍)을 들고 달려들어 도둑을 쫓고 그 뒤에는 갑사(甲士)[6] 10여 인이 칼을 휘두르며 뒤를 쫓았다. 그 장군은 바로 마달이었다.

양원수의 표문을 폐하께 올리고 돌아가던 도중 문득 길가에서 여자의 곡성이 들리고 불빛 속에 무수한 도둑들이 쫓는 것을 발견하고 도둑을 쫓은 다음 선랑을 구해 주게 된 것이었다.

마달은 또 선랑이 바로 양승상의 소실임을 알게 되자 선랑을 이곳에 그대로 머무르게 하면 후환이 있을 것을 염려하여 교자 한 채를 주선하여 동쪽 산속에 있는 유마산(維摩山) 점화관(點火觀)이라는 도관에 자리잡아 주고 다시 길을 떠났다. 선랑을 겁탈하려고 산화암을 습격하였던 도둑은 물론 우격이었다. 그는 마장군의 칼에 찔려 얼굴에 피투성이가 되어 가지고 춘성에게

5) 십왕(十王)을 모신 법당.

6) 갑옷 입은 병사.

로 달려갔으며, 춘성은 즉시로 이 일을 춘월에게 알렸다. 그러나 춘월은 앙큼스런 말을 할 뿐이었다.

"도둑들이 길을 가다 선랑을 알고 갔으니, 선랑의 빙설 같다는 지조도 하루아침에 짓밟혔으리, 우리 황소저의 화근만은 깨끗이 없어졌도다."

그러나 그뿐이랴. 춘월은 우격이 주워 온 선랑의 수놓은 신 한 짝을 가슴에 품고 위씨 부인과 황소저에게로 가서 터무니없는 거짓말을 해서 천금을 더 옭아 내는 데 성공하였다.

"선랑이 절조 있는 체하고 말을 듣지 않는지라, 우격이 분노를 참지 못하고 선랑을 칼로 찔러 죽이고 시체를 깊이 묻어 버리고 이 수놓은 신을 저에게 증거로 가지고 왔나이다. 이제 길이 소저의 화근도 사라졌나이다."

한편 양원수가 마달이 돌아오기만 기다리고 있을 때 먼저 천사(天使)가 황명을 가지고 나타났다. 양원수를 그대로 대도독(大都督)을 삼고 홍혼탈을 부원수(富元帥)로 삼는다는 명령이었다. 홍혼탈이 부원수의 군례(軍禮)[1]를 성대히 거행하고 있을 때, 마달이 황명을 받고 도착하였으며, 벽성선의 편지까지 한 통 가지고 왔다.

대군이 교지(交趾)로 옮긴다는 소식을 알고 나니 앞으로는 더욱 소식도 멀어지겠고, 남쪽 하늘을 바라보는 눈이 뚫어질 듯하다는 애절한 내용이었다. 도독은 불쌍하다 탄식할 뿐, 이튿날이 되자 행군을 시작하였다. 나탁은 축융과 양도독의 권고를 따라 의형제를 맺고 주육(酒肉)을 갖추어 수십리 밖까지 전송하였으

1) 군대에서 행하는 예식.

나, 일지련(一枝蓮)은 양원수를 떨어져서 뒤에 처지고 말았다.

양도독은 교지사병(交趾士兵) 5천 기를 거느리고 오계동(五溪洞)으로 행군을 계속하였다. 홍도왕(紅桃王)으로 있는 탈해(脫解)란 자는 원래 만인(滿人)의 족속으로 천성이 흉악해서 그 아비를 찬탈(簒奪)[2]하였고, 그 계집인 소보살(小菩薩)은 요술에 능통해서 경솔히 대적하기 어려운 존재였다. 또 이 일대의 땅은 거칠고 풍토가 괴상하여 마침내 홍원수가 이것을 못 이기어 병석에 신음하게 되었고, 뒤를 이어 양도독까지 병으로 막차(幕次)에서 쓰러진 것이었다.

비참한 장면이 전개되었다. 양도독이 병들어 덜컥 쓰러진 채 정신을 잃은 것이었다. 역시 정신을 잃고 자리에 누웠던 홍원수가 대경실색하여 장중(帳中)으로 달려갔을 때에는, 말도 잘 못하는 양도독은 홍원수에게 붓과 벼루를 달라 하여 유서를 간신히 쓰는 것이었다.

'내 불효불충하여 절역(絶域)[3]에서 병들었으니 성주(聖主)의 추곡(推轂)하신 은혜와 양친의 불효자를 생각하시와 의려(倚閭)하신 정에 대하여 장차 어찌할꼬. 병이 심상한 증세 아니요, 조물(造物)[4]이 대공(大功)을 저희(沮戲)[5]하니 혀가 마르고 정신을 차릴 길 없어, 1필(筆)도 기록하기 어려웁도다. 이제 만사를 원수에게 부탁하노니, 원수는 절세의 영재(英才)요, 초인(超人)의 지략(智略)이라. 비록 종적은 규중에서 자랐으나, 관작(官爵)이

---

2) 신하가 임금의 자리를 빼앗는 것.
3) 멀리 떨어져 있는 지역이나 또는 나라.
4) 조물주가 맡는 것. 천지간의 만물.
5) 남을 지근덕거려 방해함.

이미 조정에 뚜렷하게 빛나니, 나를 대시하여 3군을 총독하고 높이 개가 부르며 고국에 돌아가 임금과 어버이를 위로하고, 창곡의 불충불효한 죄를 그 만 분의 일이라도 덜어 주면 이는 평생지기의 뜻을 저버리지 않음이라 하리로다. 부유인생(蜉蝣人生)[1]이 자고로 이러한 것이니, 낭은 과히 슬퍼 말고 자애(自愛)하여 다음날 후천(後天)[2]에서 이 생에서 미진한 인연을 다시 계속할지로다.'

강남홍이 싸늘하게 식어 들어가는 양도독의 몸을 쓰다듬고 있는 위기일발의 순간에 구세주가 나타났으니, 그는 바로 백운도사였고, 그가 강남홍에게 준 금단(金丹) 세 알로서 도독은 병세를 회복하게 되었다. 군사들도 사기를 회복하고, 홍원수의 지략으로 철계(鐵溪) · 도화계(桃花溪) · 아계(啞溪) · 황계(黃溪) · 탕계(湯溪) 등 5계(五溪)의 험난한 난관을 돌파하였으나, 자고성(鷓鴣城)을 지키는 만왕 탈해의 기세는 여간 완강한 것이 아니었다. 마침내 어떤 장수를 가지고도 대적하기 어려움을 깨닫자, 홍원수는 분연히 일어섰다.

"소장이 허리에 찬 세 개의 화살로 만장을 취하지 못한다 하오면 마땅히 군령을 받겠나이다."

말에 뛰어오르는 홍원수의 모습은 꽃송이같이 아름다웠다. 손에 활을 하나 들었을 뿐, 다른 무기도 없이 내닫는 소년 장수의 모습을 바라보던 탈해의 아우 소대왕(小大王) 발해(拔解)는 강남홍을 향해 조롱을 하였다.

"네 얼굴을 보니 귀신이 아니면 경국(傾國)가인이라. 내 너를

---

1) 하루살이와 같은 인생이란 뜻으로, 곧 덧없고 허무한 인생.

2) 죽은 후의 세상.

사로잡으리라."

홍원수는 활을 쏘았다. 화살은 보기좋게 발해의 왼편 눈에 들이박혔다. 그러나 그 화살을 뽑아 버리곤 갑옷까지 벗어 버리고 덤벼드는 발해. 두 번째 화살은, 발해의 무서운 철추를 묘하게 피하면서 발해의 입을 맞췄다. 세 번째 화살은 발해의 가슴을 쏘아 등까지 꿰뚫고 말았다. 발해는 전신을 하늘 높이 솟구치더니 비명을 지르며 땅에 떨어져 뻗어 버리고 말았다.

황혼이 다가들 무렵, 양도독과 홍원수는 싸움이 한가한 틈을 타서 단둘이서만 자고성 동편에 있는 성대(城臺)로 올라갔다. 둘이서 몇 잔 술을 주고받고 하였을 때, 홍원수는 양도독의 귀중한 몸을 걱정하고 과음을 삼가기 위해서 더 따르라는 술을 따르지 않았다.

이상하게도 양도독은 이 대수롭지 않은 일로 성미를 부리며 홍원수를 홀쩍 뿌리치고 혼자서 장중으로 돌아갔으며, 자기가 부르기 전에는 임의로 장중에 드나들지도 말라고 손야차를 시켜서 명령하였다.

홍원수는 아무리 생각해도 까닭을 알 수 없었다. 거울을 가져다가 자기 얼굴을 비쳐 보기도 하였다. 자기 얼굴이 다소 험해진 것도 같았으니 양도독이 이것을 싫어함인가 홍원수는 그날 밤잠을 제대로 이루지 못하였다.

날이 밝아서 홍원수는 양도독의 막차로 향하였으나 양도독은 물러가라 명령하였다. 그러나 이것은 양도독이 진심으로 화가 난 때문이 아니었다. 홍원수를 사랑하고 아끼는 마음에서였다. 연약한 여자의 몸을 계속해서 싸움터에 내보낸다는 것이 불안하기 짝이 없어서, 뒤에 남아 몸을 조섭케 하고 싶은 생각에서였다.

"오늘은 원수의 힘을 빌지 않고 불민한 양도독이 혼자 감당해 보리라."

이렇게 강경한 말까지 하니 홍원수는 뒤에 처지는 수밖에 없었다. 그날은 오계동(五溪洞)의 싸움이었다. 손야차가 군령을 전하고 나니, 소사마가 홍원수가 출전 못 해 불안하다는 뜻을 말하니, 홍원수는 몇 마디를 점잖게 할 뿐이었다.

"홍혼탈이 열 명 있기로 어찌 양도독 한 분을 당하리요. 장군은 도독을 잘 모시고 위급한 일이 있을 때는 나에게 알려 달라."

자고에서 오계동까지는 불과 20리의 거리였다. 양도독은 대군을 5대(隊)로 나누었으니, 각 대의 통솔자는 다음과 같았다. 제 1대 선봉(先鋒) 장군 뇌천풍, 제 2대 좌익(左翼) 장군 동초, 제 3대 우익(右翼) 장군 만달, 제 4대 우사마(右司馬) 소유경(蘇裕卿). 양도독 자신은 중군(中軍)을 담당하였다. 자고성을 출발한 대군은 오계동 앞에 이르러 진을 쳤는데, 그것은 장사진(長蛇陳)이라 하였고, 그 형세가 어쩐지 엉성해 보였다.

이런 진법의 중간을 공격당한다면, 머리와 꼬리가 끊어지리라는 근심을 한 소사마는 진세(陣勢)를 그려서 홍원수에게 보내어 대책을 물었다. 한편 진을 치고 난양도독은 격문을 화살에 매어서 적군의 동중(洞中)으로 날려 보냈다.

"내 정도(正道)로 싸우고 괴상한 술법을 쓰지 않으리니 홍도왕은 속히 나와 승패를 결단하라."

탈해의 군사는 바람같이 사납게 명진(明陣)의 허리를 치려고 하였으나 그것은 허사였다. 양도독의 지휘로 동서 양진을 합쳐 버리니 원진(圓陣)이 되어 탈해의 군사는 포위를 당하고 말았다. 명진의 모든 장수들은 용맹히 싸웠다. 나중에는 궁노수를 불러 활까지 쏘게 하였다. 그러나 탈해는 여러 대의 화살을 맞고도 조금도 굴하지 않고 포위를 헤치고 자기 동중으로 들어가 버렸다.

손야차가 달려왔다. 홍원수의 편지를 가져온 것이다. 장사진을 가지고는 조금도 염려할 것이 없다는 답장이었다. 양도독이 성으로 돌아갔을 때, 홍원수는 성문 밖까지 영접하였으나 도독은 냉랭하게 혼자서 장중으로 들어갔을 뿐이었다. 홍원수는 도독의 뒤를 따라 들어갔다. 그제서야 양도독은 진심을 토하였다.

"100만 진중의 장수 되기는 쉬우나 한낱 가장(家長) 되기는 어렵도다. 내 오계동 싸움에 출전하기 전에 불쾌한 기색을 보였음은 낭을 종군(從軍)치 말게 하여 병을 조섭시키고자 하였음이니. 내 계략이 부족하여 마침내 뜻을 이루지 못하였도다."

양도독은 이렇게 말하면서 조용히 홍원수의 손을 잡아 자리에 앉혔다. 그리고 손야차를 불러 분부하였다.

"홍원수는 오늘 밤 군사를 토의할 일이 있어 밤이 깊은 후에 돌아갈 것이니 가서 막차를 잘 지키도록 하라."

그날 밤 양도독과 홍원수는 단 둘이서 같은 막차 안에서 보냈다. 홍원수도 이 극직한 사랑 앞에 말없이 순종할 뿐이었다. 손야차와 같이 남아 있던 홍원수는, 대군이 오계동으로 떠난 후에 역시 궁금함을 이기지 못하여 자고대(鷓鴣臺)에 올라서 오계동을 바라보다가 크게 놀라며 손야차를 불렀다.

"오늘은 날씨가 냉랭하니 도독께 호백구[1]를 보내드리게

---

1) 여우의 겨드랑이 흰 털이 있는 부분의 가죽으로 만든 갑옷.

하라.”

이렇게 말하고, 그 속에 간단한 쪽지 한 장을 넣어 보냈다. 호백구와 편지쪽지를 가지고 손야차가 달려들었다. 양도독이 그거을 받고 편지를 펼쳐 보니 다음과 같은 사연이 적혀 있었다.

‘소장이 동남방을 바라보오니 괴이한 기운이 가득찼으니 소보살이 요술을 부림인가 하옵나이다. 대적하기 어려울 것이오나, 소상이 일찍이 배운 한 가지 진법이 있사오니 그 이름을 강마진(降魔陳)이라 하오며, 이 진법을 쓰시면 마왕도 감히 침범하지 못할까 하옵나이다. 호백구를 올림은 다른 뜻이 아니오라 기밀의 누설을 염려하온 까닭이옵나이다.’

편지 외에 또 하나의 봉한 것이 들어 있었으니 그것은 바로 강마진의 진세도(陣勢圖)[1]였다. 싸움에 대패하여 동중(洞中)으로 돌아간 탈해는 소보살과 더불어 명진을 타도할 계책을 의논하고 있었다. 소보살이 싸늘하게 비웃으며 말하였다.

“대왕께서는 평소에 자못 용맹을 자랑하시더니 이제 한낱 백면서생(白面書生)[2] 하나를 대적하지 못하시고 이렇듯 낭패하시니…… 원컨대 첩이 재주를 시험하여 대왕의 원수를 갚겠나이다.”

머리에는 붉은 수건을 쓰고 몸에는 오색 옷을 입고, 오른손에 큰 칼, 왼손에는 방울, 이렇게 요사한 품으로 진두로 내달은 소보살이 방울을 흔들고 칼을 휘두르니 난데없이 오색 구름이 일며 무수한 신장(神將)[3]들이 마왕(魔王)을 몰아다가 명병(明兵)을

1) 진영의 형세를 그린 그림.
2) 글만 읽고 세상 일에 경험이 없는 사람.
3) 신병(神兵)들을 거느린 장수.

꼼짝 못 하게 쳐부수는 것이었다.

이 광경을 본 양도독은 재빠르게 강마진(降魔陣)을 쳤다 홍원수의 진법은 틀림이 없었다. 과연 오백나한(五百羅漢)[4]과 이천금갑신(二千金甲神) 앞에는 마왕도 쳐들어오지 못하고 종적을 감추어 버렸다. 소보살도 큰소리를 치던 때와는 딴판으로 대경실색하여 동중으로 도망쳐 버리고 말았다.

한편 양도독은 밝은 날에 동학 앞을 흐르고 있는 물을 끌어서 동중으로 들여보낼 계획을 세우고 소사마 · 동초 · 마달 세 장수로 하여금 지형을 살펴 오도록 명령을 내렸다. 전략을 짜고 있던 탈해는 명장 세 사람이 동학 북편에 나타났다는 보고를 받고 당장에 말을 달려가서 그들의 목을 베겠다고 서둘렀다. 소보살은 웃으면서 그것을 가로막았다.

"대왕은 노하지 마소서. 지형을 엿보는 자 불과 세 사람이라 하오니, 그까짓 세 머리를 취해서 무슨 쾌할 바 있으리요. 첩이 듣건대 지혜 있는 자는 먼저 그 기회부터 살핀다 하더이다. 이제 명장(明將)이 지형을 엿봄은 필시 오늘 밤에 우리 성지(城池)를 빼앗으려 함이라. 그러니 대왕께서는 오늘 밤에 5천 기를 거느리시고 오계동 동편에 매복(埋伏)하시고, 첩은 5천 기를 거느리고 북편에 매복하였삽아다, 일시에 돌격하여 동서로부터 서로 합치게 하소서. 그리고 동중에 남은 군사와 약속하였다가 함성 일어나기를 기다려 일제히 쏟아져 나와 내외로 서로 응하오면 능히 명병을 격파하리이다."

이것도 모르고 양도독은 다시 친히 지형을 살피고자 뇌천

4) 석가의 제자인 500명의 나한. 부처가 죽은 후에 석가의 유교를 집결하기 위해 모였던 500명의 아라한.

풍 · 동초 · 마달 세 장수와 갑사 300명을 거느리고 오계동 동편으로 가보았다. 어찌 뜻하였으랴. 북편에서는 소보살이 5천 기를 거느리고 길을 막고, 동편에서는 탈해가 또한 5천 기를 거느리고 좌우로 포위하고 다시 동중으로부터 무수한 만병들이 공격하며 내달으니, 양도독은 빠져나갈 길이 없어 풍전등화 같은 처지에 빠지게 되었다.

이 때 잠이 들어 있던 홍원수는, 자고(鷓鴣)가 울면서 날아가는 이상한 꿈을 꾸게 되자, 불길한 예감에 즉시 밖으로 나와서 하늘을 우러러보니, 큰 별 하나가 광채를 잃고 검은 기운에 쌓여 있는데, 자세히 보자니 그것은 문창성(文昌星)이었다. 홍원수는 곧 손야차를 시켜서 전포(戰袍)[1]와 쌍검을 가져오게 한 다음, 즉시로 갑사 100여 명을 거느리고 오계동으로 달렸다.

그러나 양도독의 행방을 찾을 길이 없었다. 분노에 가득찬 홍원수는 행방을 찾을 길이 없었다. 분노에 가득찬 홍원수는 신출귀몰[2]한 검술로서 닥치는 대로 만병의 목을 베니 피는 강물을 이룰 지경이었다. 소보살은 이에 대항하기 어려움을 느끼자 독한 화살을 마구 쏘라 명령하였으나 귀신같이 몸을 날리는 홍원수의 몸에는 화살 하나도 맞지 않았다. 소보살은 마침내 이런 명령을 내렸다.

"저 장수를 살려두면 억만 대군이 있을지라도 소용이 없으리라. 양도독은 젖혀 놓고 저 장수를 포위하라."

홍원수에게 포위가 쏠리자, 양도독은 포위가 풀려서 몸을 뛰쳐나올 수 있겠으나 이번에는 홍원수의 행방을 알 도리가 없었

1) 옛날 장수가 입던 긴 웃옷.

2) 자유자재로 나타났다 사라졌다 해서 그 변화를 헤아릴 수 없는 일.

다. 이 때 홍원수의 행방을 찾아나선 소마사와 마주쳤다. 그 역시 홍원수의 행방을 찾아 돌아다니는 판이었다. 양도독은 하늘을 우러러 탄식하였다.

"내 평생 창을 잡아 보지 못하였지만, 홍혼탈을 찾지 못하면 어찌 살아서 돌아가리요."

양도독은 홍원수가 반드시 자기를 구하러 나왔다가 죽은 줄로만 알고, 물불을 헤아리지 않고 적진으로 돌입하였다. 여러 장수들이 가로막고 말리고 하였으나 양도독의 용맹을 막을 수는 없었다. 홍원수는 홍원수대로 적진 속을 이리저리 뛰어다니며 양도독을 찾아보았으나 끝내 보이지 않으므로 안타까운 심정에 눈물을 흘리며 방황하고 있을 뿐이었다. 이 광경을 바라보고 있던 소보살은 한동안 무엇을 생각하더니 이렇게 말하였다.

"내 저 장수의 거동을 보니 동서남북으로 돌아다니며 필경 무엇을 찾는 모양이로다. 필시 명나라 도독의 휘하의 장수로서 도독을 찾음이리라. 그러니 죽은 만병의 목을 끊어 진두(陳頭)에 높이 걸고, 명나라 도독은 이미 이렇게 죽었다고 외쳐라. 그러면 장수가 반드시 힘을 잃으리라. 그때는 쉽사리 사로잡을 수 있으리라."

그들은 드디어 만병의 머리를 달아매 놓고 고함을 질렀다.

"저 진중을 뛰어다니는 장수는 헛수고만 하지 말지어다. 그대가 찾은 도독의 머리는 이미 예 있노라."

홍원수 비록 총명하다 하지만, 또 달이 밝다 해도 밤중이고 보니 그것을 똑바로 알아낼 수 있었으랴. 이제는 두려울 것이 없었다. 살고 죽는다는 것이 티끌만도 못하였다. 홍원수는 쌍검을 들고 이렇게 말하였다.

"네 오늘날까지 나를 따라 일편지심(一片之心)을 바쳤으니, 오늘은 내 생사를 결정할 때라. 네 중보(重寶)로서 신령함이 있으리니 나를 돕고자 할진댄 쟁쟁한 소리를 일으키라."

말이 끝나자 두 개의 부용검(芙蓉劍)은 챙챙 소리를 내며 울었다. 이번에는 다시 설화마(雪花馬)에게만 이렇게 경계를 하였다.

"네 비록 한낱 주수(走獸)[1]라 할지라도 또한 천지지간의 영물(靈物)[2]이라 주인을 돕고자 할진대, 생사를 같이 할 때가 바로 오늘이로다."

말이 이 말을 듣더니 우렁차게 콧소리를 냈다. 용기를 얻은 홍원수는 칼을 높이 휘두르며 말을 채찍질하여 진상(陣上)으로 내달렸다. 이에 소보살은 탈해와 더불어 진두에 나서서 군사를 지휘하고 있었다. 좌우에 옹위(擁衛)[3]하고 있는 수많은 맹장건졸(猛將健卒)들.

눈발과 같은 창과 서릿발 같은 칼날. 이 어마어마한 광경 속에서 난데없이 칼소리와 말 달리는 소리가 바람처럼 일어나더니, 수 명의 만장의 머리가 땅바닥으로 굴러 떨어졌다. 탈해는 대경실색, 소보살을 겨드랑이에 끼고 몸을 솟구쳐 달아나기 시작하였다. 날쌔게 그 뒤를 쫓는 홍원수. 형세는 몹시 급박하였다. 그제야 보살은 애걸하며 달아났다.

"장군은 어이하사 이다지도 나를 죽이려 하시나이꼬? 내 일찍이 도독을 해한 일 없고, 잠시 장군을 속인 데 지나지 않으니

---

1) 길짐승의 총칭.

2) 신령스러운 물건이나 짐승.

3) 좌우로 부축함.

원수로 생각하지 마소서."

이 때 또다시 난데없이 몰려들어 홍원수를 포위하는 만장 10여 명. 위기일발에서, 또한 난데없이 요란스럽게 말을 달려 장을 휘두르며 내닫는 장군 한 사람 바로 양도독이었다.

"도독은 어디로 가시나이까? 홍혼탈이 여기 있나이다."

"원수는 어찌 지금까지 이런 위험한 곳에 머물러 있는고?"

이리하여 홍원수와 양도독은 말 머리를 나란히 하고 무사히 본진으로 돌아갔다. 홍원수는 다시 쌍검을 쓰다듬으며 양도독에게 이런 말을 하였다.

"만녀(蠻女) 소보살이 흉악한 말로 나를 놀라게 하여 아직도 몸이 떨리니 이 분통한 원한을 풀고 말리라. 첩이 오늘 밤으로 동중(洞中)에 물을 채워 반드시 탈해와 소보살을 사로잡으리이다."

"수거(水車)를 준비치 못하였으니 어찌할꼬?"

"첩이 수일 동안 자고성에 있으면서 온갖 준비를 마쳤으니 도독은 근심치 마소서."

홍원수는 즉시로 마달에게 분부하였다.

"장군은 곧 자고성으로 가서 관수기계(灌水機械)[4]를 가지고 오라."

마달이 가서 10여 척의 수거를 옮겨 왔는데, 그 정묘한 제도(制度)가 세속에서 쓰는 배와는 판이하게 놀라운 것이었다. 양도독은 이것을 보자 마음속으로,

'홍원수의 수거는 제갈무후(諸葛武候)[5]의 목우유마(木牛流

4) 논밭을 경작하는 데 필요한 물을 대는 기계.

5) 중국 삼국 시대 촉한의 정치가 제갈량의 존칭.

馬)[1]와 비하여도 못하지 않도다.'
하고 탄복하여 마지않았다. 홍원수는 군중에서 400명을 뽑아 그들에게 12척의 수거를 주어 오계동 수변(水邊)으로 옮기게 한 후, 지형을 세밀히 살펴보고 12방위(方位)에 배치하였다. 수거 한 대마다 군사 30명씩 배치하니, 이는 바로 삼십삼천(三十三天)에 응하는 작전이었다.

드디어 명령은 내려졌다. 수많은 수거들이 일세히 물을 끌어 올려 뿜으니, 마치 큰 고래가 강물을 모조리 마시는 듯, 은하수가 구천(九天)에서 떨어지는 듯, 우레 같은 물소리와 안개 같은 물기운이 하늘에 요란하며 장마비처럼 쏟아졌다. 파선(破船) 한 척으로 간신히 동중을 빠져 나온 탈해와 소보살은 남쪽으로 도망치기에 바빴다.

탈해가 도망치는 것을 보자, 홍원수는 급히 대군을 그쪽으로 휘몰아 가지고 추격을 하자니, 문득 저편 물 위에서 난데없이 무수한 해랑선(海浪船)이 순풍에 돛을 달고 복을 올리며 내달았다. 홍원수는 깜짝 놀랐다.

'탈해의 구원병이로다.'

이 때에 배의 선두에 앞장서 오던 소년 장군이 창을 높이 들고 큰소리를 외치는 것이었다.

"패적(敗賊)은 꼼짝 말라. 대명(大明) 원수, 일지군(一枝軍)이 예 왔으니 속히 항복하라."

앞뒤로 공격을 받게 된 탈해는 배를 몰아 언덕에 올랐다. 소보살을 거느리고 간신히 대룡동(大龍洞)으로 몸을 피해 버렸다.

---

1) 우마를 본떠서 기계 장치로 운행하는 군용 수송차.

조금 전에 난데없이 강으로부터 내려오던 배가 명신 앞에 이르자 선두의 소년 장군을 허리 굽혀 읍하며 말하였다.

"원수께서는 작별 후 안녕하셨나이까?"

홍원수가 자세히 보니 그 소년 장군은 바로 일지련(一枝蓮)이었다. 홍원수는 크게 기뻐서 어쩔 줄 모르며 일지련의 손을 잡고,

"철목동(鐵木洞) 앞에서 길이 갈려 장군은 고국으로 나는 남쪽으로 헤어졌으니 어찌 이렇듯 만날 수 있을 것을 뜻하였으리오."

일지련이 웃으며 대답을 망설이고 있을 때, 뒤를 따라 축융(祝融)이 나타나 그 후의 경과를 보고하였다. 축융은 그동안 딸 일지련을 데리고 해상을 순시하며 모든 바다에 임한 부락을 토벌하고 오는 길이니, 남쪽을 다시 근심할 필요는 없다는 믿음직한 말이었다.

드디어 소보살은 홍원수에게 사로잡혔으며, 탈해는 끝끝내 항복치 않으므로 목을 베었다. 홍원수가 소보살을 술법으로 다스리고 보니, 이는 바로 백운동(白雲洞)에서 술법을 엿들은 일이 있던 호정(狐精)인지라 다시 산 속으로 돌려보내고, 이로써 남방은 완전히 평정된 것이었다.

홍도국을 평정한 양도독은 축융에게 효제충신(孝悌忠信)[2]의 행실을 일러 주고, 문교(文敎)[3]를 펴도록 극진히 타이르고, 대군을 호상(犒賞)하여 이 땅의 정사를 섭리(攝理)케 하고, 고국산천을 향해서 회군의 길을 떠났다. 중국 산천을 보고 싶은 것이 평생 소원이던 일지련은 따라가기를 간청하므로 그것을 허락해 주었다.

2) 효우와 충신.
3) 문화에 대한 교육.

고국 강산을 향해서 돌아가는 명군의 행진은 매일같이 씩씩하게 계속되었다.

어느 날 마달이 말고삐를 돌려서 양도독에게 달려오더니, 손을 들어 먼 곳을 가리키며 말하였다.

"저 푸른 산이 바로 유마산(維摩山)이며 그 아래 점화관(點火觀)이 있나이다."

이 말을 듣자 양도독은 벽성선을 생각하는 측은한 마음에 유마산을 유심히 바라보고 있었다. 어느덧 해가 서산에 지고 밝은 달이 숲 사이로 얼굴을 뜰 때, 대군은 유마산 앞에 이르러 진을 치고 밤을 밝히게 되었다. 이곳 산 속에 벽성선이 있는 것을 알고 있는 홍원수는 양도독에게 말하였다.

"첩은 아직 벽성선과 안목 없사오나 서로 마음을 알기는 형제나 진배없으리라. 오늘날 이 때를 놓치지 말고 한번 희롱(戱弄)으로써 서로 그리워하던 정을 풀어 볼까 하나이다."

과연 홍원수는 어떠한 솜씨로 오래 사모하던 벽성선을 만나러 들 것인지, 양도독도 그것을 알지 못하면서 그저 홍원수의 하라는 대로만 따라갔다. 홍원수는 당장에 전포(戰袍)를 입고 쌍검을 휘두르며 설화마(雪花馬)를 타고 점화관(點火觀)으로 달려가서 벽성선을 겁탈하려는 소년 장군의 자세로 선랑의 침실에 침범하였다.

선랑이 대경실색하여 옥신각신하고 있을 때 갑자기 동구 밖이 소란해지며 일위(一位) 장군이 아장(亞將) 두 사람을 거느리고 엄연한 자세로 이 자리에 나타났다. 선랑은 얼빠진 사람처럼 장군의 얼굴을 바라보았다.

그것이 양도독임을 안 선랑, 어찌 갑자기 입이 벌어질 것이랴. 이리하여 비로소 서로 찾게 된 세 사람들은 무한한 감구지회(感舊之懷)[1]에 젖어서 그 기뻐하고 반가워하는 품은 이루 형언키 어려웠다. 그러나 대군의 도독이라는 귀한 몸으로, 개선하여 귀국하는 이 마당에 선랑을 데리고 갈 수는 없었다. 후일을 기약하고 선랑을 그대로 남겨 둔 채 길을 떠났다.

도독의 대군이 황성에 가까워지자 우선 반가이 영접하는 사람은 예부시랑(禮部侍郞)으로 있는 황여옥(黃汝玉)이었으니, 그가 바로 지난날 소주 자사(蘇州刺史)로서 강남홍에게 야심을 품고 마침내 강남홍을 물에 빠지게 하였던 황자사임은 두말할 것도 없는 일이었다. 그는 그 후 자기 잘못을 크게 뉘우쳐서 주색을 멀리하고 정사에 힘썼으므로 예부시랑이란 벼슬자리에 승진한 것이었다.

양도독의 대군이 황시랑의 영접을 받으며 다시 황성에 당도하니, 천자는 성밖에 제삼층단(第三層壇)을 쌓게 해서 친히 대군을 맞이하여 양도독과 홍원수의 공로를 크게 칭찬하였다.

"짐(朕)의 양창곡은 한나라 주아부(周亞夫)로도 능히 당하지 못하리라."

고 찬탄하였다. 황성에 돌아간 양도독은 우선 강남홍을 거느리고 양부(楊府)로 돌아갔다. 원외(員外)는 물론 윤소저, 연옥을 비롯하여 집안 사람들의 반가와하는 품은 이루 말할 수 없었다.

이튿날이 되자 천자는 문무백관을 거느리고 군공(軍功)[2]을 논하게 되었다. 양도독이 바야흐로 융복(戎服)을 입고 입궐하려 하였을 때 강남홍이 별안간에 나타나서 심중을 고백하였다.

1) 지난 일을 생각하는 마음.
2) 전쟁에서 세운 공적.

"첩이 일시 방편으로 장수 되어 적을 무찌르는 임무를 사하지 못하였사오나, 오늘날 공훈을 기록하는 자리에는 참석하고 싶지 않사오니 이제 상소를 올려 그 실정을 아뢰고자 하나이다."

양도독이 여러 장수를 거느리고 그대로 조반(朝班)에 올라가니 천자는 홍원수의 참예치 않는 까닭을 묻게 되었다. 홍원순이 자기 신세와 과거시사를 솔직히 고백한 상소문이 낭독되자, 천자는 찬탄하여 마지않으며 즉시 그 옳지 않은 점을 지적하여 비답(批答)[1]을 내렸다.

"기(奇)하도다! 주(周)나라의 난신(亂臣) 열 사람 중에 여자가 끼었다 하니, 국가의 사람 쓰는 법은 자못 그 재주를 취하는 법이다. 어찌 남녀를 논하여 가리고 버릴 수 있으리요. 경은 모든 것을 사양 말고 국가를 도웁되 대사 있거든 남복(男服)으로 조반에 오르고, 작은 일은 집안에서 처결하라."

천자는 아울러 이렇게 말하였다.

"짐이 홍혼탈을 인견하고 싶으나, 이는 대신의 소실을 대하는 예 아니므로 할 수 없거니와, 그 관직만은 사양치 말도록 하라."

이리하여 논공(論功)이 결정되었다. 양도독은 연왕(燕王)을 봉하여 우승상(右丞相)[2], 부원수 홍혼탈은 난성후(鸞城候)를 봉하여 병부상서(兵部尙書), 군사마(軍司馬) 소유경(蘇裕卿)은 형부상서(刑部尙書) 겸 어사대부(御史大夫), 뇌천풍은 상장군(上將軍), 동초 · 마달은 좌우장군(左右將軍), 이 외에 천자는 이런 명

1) 상소에 대한 임금의 하답.

2) 우의정과 같은 뜻.

령을 내렸다.

"난성후 홍혼탈은 저택이 없으니 자금성(紫金城) 제일방(第一坊)에 연왕부(燕王府)를 짓고, 또 난성부(鸞城府)를 짓도록 하라."

이리하여 남만을 평정한 후 잠시 외우(外憂)[3]는 없어졌으나 조정은 해이(解弛)[4]하고 사람들은 안일에 빠졌다. 더구나 참지정사[5] 노균(盧均)이란 자는 가풍을 습승(襲承)하여, 소인의 맘보로서 주인을 농락하고 권세를 마음대로 휘둘러 보고자 밤낮으로 날뛰었다.

그는 마침내 천자가 동홍(董弘)이란 미소년을 음악에 재주 있고 영리함을 사랑하여 벼슬을 준 것을 기화로, 그를 손아귀에 넣고 흉계를 꾸미게 되니, 어사대부 소유경이 그 부당함을 간하였으나, 천자는 도리어 화를 내고 소유경을 삭직(削職)[6]하라고 호령을 하였다. 그러나 양창곡 연왕(燕王)은 사세만 살피다가 마침내 참지 못하고 출반(出班)하여 아뢰었다.

"간관(諫官)은 조정의 이목이온데, 폐하께서 이렇듯 간관을 꾸짖으사 모든 이목을 막으시니 폐하께서는 앞으로 어떻게 허물을 들으시리이꼬. 설사 소유경의 상소가 과격할지라도 폐하께서는 너그러이 용납하시와 그 직책을 다하였음을 칭찬하실 것이거늘, 하물며 충직한 간(諫)을 올린 데 있어서리요. 어이 과격한 말씀으로 신자(臣子)를 억누르시어 능히 말도 못 하게

3) 외환과 같은 말. 외부에서 적이 침공해서 생기는 근심.
4) 마음의 긴장이나 규율이 풀려 느즈러짐.
5) 고려 때 중서문하성의 종2품 벼슬.
6) 죄인의 벼슬과 품계를 빼앗고 사판에서 깎아 버림.

하시나이까. 조정은 폐하의 조정이며 천하는 폐하의 천하라, 불초한 신하를 다스리시되, 폐하께서는 비록 십분 공심(公心) 있으시나, 신들이 받들어 도움이 이처럼 무능함이어늘, 이제 폐하께서도 재상가(宰相家)의 사람 쓰는 품을 본받으시와 사람을 쓰신다면, 이는 상하가 이기기만 다투고 서로 사정(私情)을 도움이니 앞으로 폐하의 조정과 천하를 뉘 다스리겠나이까. 엄하게 간관을 꾸짖으심은 인군(人君)으로서 실덕(失德)함이거늘, 이제 조정이 소유경의 죄를 논하는 동시, 폐하로 하여금 과실을 듣지 못하게 하니 신은 진실로 한심함을 이기지 못하겠나이다."

이 말에는 천자도 꼼짝 못 하고 연왕의 충직한 말에 감탄할 뿐이었다.

"경의 말은 가히 금석지론(金石之論)[1]이로다. 그러나 동홍(董弘)은 짐의 총애하는 자라, 이미 제택(第宅)[2]을 주었으니 어찌 도로 빼앗으리요. 그러니 소유경은 특히 용서하여 도로 직첩(職牒)[3]을 주도록 하라."

집으로 돌아간 연왕이 그 부친과 더불어 그날 일을 이야기하고 조정이 어지러워져 감을 한탄하고 있을 때 마침 찾아온 사람이 있으니 바로 소년 동홍이었다. 관옥(冠玉) 같은 얼굴, 도화 같은 빛깔, 눈썹은 춘산(春山) 같고 입술이 앵도같이 생겨서 마치 여자 같은 미소년이었다.

"군의 나이 이제 몇이뇨."

"19세로소이다."

---

1) 쇠나 돌처럼 굳게 변함없는 논리.

2) 살림집과 정자의 총칭.

3) 조정에서 주는 벼슬아치의 임명 사령서.

"천은(天恩)이 망극하사 이렇듯 군을 뽑으셨으니 군은 무엇으로 보답하려는고?"

"홍(弘)은 미천한 몸이오나 오직 각하의 교훈을 좇고자 하나이다."

"사람의 자식된 자로서 불효하며 인군의 신하된 자로서 불충하면, 그 죄 장차 어떠한 지경에 이를꼬. 마땅히 목을 부지하지 못하리니, 이 어이 그 몸을 잊는 것이라 아니할 수 있으리요."

연왕부에서 물러나온 동홍은 바로 노균을 찾아가서 이런 말을 하였다.

"연왕은 참으로 심상한 인물이 아니더이다. 한 마디 말을 청천벽력이 머리를 후리치는 듯하여 등에는 아직도 식은땀이 축축하나이다."

이러한 사실은 점점 더 간악한 노균을 충동시켰을 뿐이었고 조정을 어지럽게 하였을 뿐이다. 노균에게는 누이동생이 있어 일찍이 연왕과 통혼코자 하다가 실패한 사실이 있거니와, 노균의 누이동생은 부덕이 없어서 19세가 되도록 홀몸으로 있었다.

노균이 노린 것은 동홍이었다.

노균은 일신의 벼슬과 출세를 꾀하는 야심으로 자기 누이동생을 동홍에게 통혼하는 데 성공하여 마침내 혼례를 행하게 되었으며, 천자는 채단 100필을 하사하고 동홍에게 자신전학사(紫宸殿學士)라는 자리를 주었으니, 이는 조정에서 전례가 없는 일이었다. 이 동홍의 혼례식을 계기로 하여 조정의 백관들은 청당(淸黨)과 탁당(濁黨)으로 갈리게 되었다.

노균을 따라 아첨을 일삼는 자를 탁당이라 하였고, 연왕을 따라 청렴기백한 편을 청당이라 하였다. 그런데 천자는 이것을 분간 못 하는 바 아니면서도 청당은 겉으로만은 예대(禮待)하는 체하고, 탁당의 그릇됨을 알면서도 그 편을 두둔하게 되었으며, 동홍의 말이면 무조건 믿었고, 조정의 사람 쓰는 일까지 상의하게 되니, 이런 후로부터는 동홍의 문전에는 차마(車馬)가 구름처럼 모여들어서 재상과 귀인도 그를 한번 보기를 원할 지경이었다.

연왕은 누자 전자에게 극직한 충성심으로 간하였으나 그 성심은 도리어 통하지 않았다. 한번은 천자가 봉의정(鳳儀亭)에서 음악을 듣고 있을 때, 연왕은 폐부를 찌르는 간곡한 장문(長文)의 상소문을 올렸다. 그 마지막 구절을 보면 다음 같은 간절한 말이 있다.

"신이 비록 불초하기 이를데 없사오나, 견마돈어(犬馬豚魚)[1]의 심장은 아니라, 인군의 녹을 먹고 인군이 주신 옷을 입고, 특히 은애(恩愛)를 입사온만큼 오늘날의 실덕(失德)하신 거조(擧措)[2]와 망국의 기미를 차마 볼 수 없나이다. 영해부월(領海斧鉞)[3]을 두렵다 하여 손을 끼고 곁에서 구경만 한다면 이는 견마돈어보다 부끄러움이로소이다. 원컨대 폐하께서는 이런 짓을 권한 자부터 유사(攸司)[4]에 부치어 머리를 참(斬)하사 한 가지를 징계하심으로써 100가지를 격려하시고 이원(梨園) 악공(樂工)과 후원(後苑) 신정(新亭)을 철폐하소서."

그러나 천자는 도리어 크게 노할 뿐이었다.

---

1) 개와 말과 돼지와 그리고 물고기라는 뜻이니, 인간에 비해 미물들이란 뜻.
2) 행동거지.
3) 정벌 · 형육 · 중형의 뜻으로 쓰는 말.
4) 관청.

"요즘 조정에 군신의 분별 없고 각기 나뉘어 당(黨)에 치우쳤으므로 짐까지 탁당(濁黨)으로 몰아세우고 이렇듯 배척하느냐."

마침내 천자는 동홍과 노균의 계교에 빠져서 윤각로의 관직을 깎고, 소유경은 먼 곳으로 귀양을 보냈으며 연왕에게까지 친필로 전지(傳旨)를 내려 운남(雲南)으로 몰아내도록 하였다.

"짐은 나라를 망치는 인군(人君)이다. 짐의 허물이 더 커야만 연왕의 충성은 더욱 뚜렷하리니, 우승상 양창곡을 운남으로 찬배(竄配)[5]하라."

연왕은 양친 앞에 무릎 꿇어 이 뜻을 고하고 다시 난성(鸞城)을 찾아갔다. 어느 틈엔지 얼굴의 단장을 씻어 버리고 몸에 청의를 입고 밖에 서 있는 난성. 눈물이 글썽글썽하는 목메인 음성으로 뒤를 따라야겠다는 심정을 고백하는 것이었다.

"운남은 흉악한 곳이오며, 또 간악한 사람들의 함독(含毒)은 헤아릴 수 없나이다. 첩이 듣자옵건대 삼종(三宗)[6]의 의(義)는 중하나 몸은 경하다 하더이다. 상공께서 홍로 위지(危地)에 들어가심을 어찌 보고만 있을 수 있겠나이까? 이제 비록 엄격한 꾸중 입으시고 행차하옵신다 하오나, 반드시 한 가동(家僮)쯤은 따라갈 수 있을 것이오니, 원컨대 첩의 구구한 정을 허락하소서. 만일 이런 일로써 조정에 죄 짓는다 하오면 첩도 또한 부끄럽지 않나이다."

연왕은 난성의 뜻을 꺾기 어려움을 알아차리고 곧 행장을 수습하라고 재촉하였다. 마침내 가동 한 사람과 하인배 5명을 거

---

5) 정배의 옛말.

6) 봉건 시대의 여자가 지켜야 할 세 가지의 예의도덕. 어렸을 때는 어버이를 좇고, 시집가서는 남편을 좇고 남편이 죽은 뒤에는 아들을 좇으라는 것.

느리고 작은 수레를 몰아서 길을 떠났다. 그러나 같이 따라가는 한어사(韓御史)는 일찍이 난성을 본 일이 없었으므로 그를 가동으로만 알고 자주 돌아다보며 그 용모가 비범하다는 생각을 할 뿐이었다.

그런데도 연황에 대한 노균의 골수에 사무친 원한은 좀체로 풀리지 않았다. 연왕을 이미 만리타향으로 쫓았으니 목전의 근심은 줄었으나, 이 사람이 세상에 살아 있는 한, 자기가 베개를 높이 하고 마음 편히 살 수 없으리라는 생각으로 자기 심복지인인 하인배 한 사람을 한어사의 행중(行中)에 넣어 따라가게 하여 비밀리에 지시를 내리기까지 하였다.

그뿐이랴. 또다시 집안 사람 5, 6인과 자객(刺客) 한 사람을 보내어 중도에서 형편 봐 가며 처치해 버리라 하였으니, 그 흉악한 모략과 비밀의 계책은 진실로 상상할 수도 없는 바이었다. 이렇게 되자 좌익장군 동초와 우익장군 마달은 연왕이 멀리 귀양감을 보고, 조정의 처사를 탄식하고 둘이 같은 병이 났다 핑계하고 관직을 사하였다. 노균은 즉시로 두 장군을 불렀다. 구수한 말로 위로하면서 슬며시 유인해 봤다.

"장군들이 다같이 연왕의 문인(門人)임은 내 이미 아는 바로다. 이제 만일 두 장군이 연왕을 의지하듯 노부(老夫)를 따른다면 벼슬인들 어찌 좌우장군뿐이리요."

이 말을 듣고 마달은 생각할 여지도 없다는 듯 직통으로 쏘았다.

"소장들은 무부(武夫)라. 비록 독서는 못 하였으나 신의만은 아나니, 어찌 세력 잃은 옛 주인을 배반하고 세력 얻은 새 주인을 따를 수 있으리까."

동초는 또 이렇게 말하였다.

"소장은 본래 소주 사람이라. 고향을 떠난 지 이미 수년 되었으니 잠시 작록(爵祿)[1]을 떠나 부모의 무덤이나 성소(省掃)[2]하고 나서 다시 문하에 나와 오늘날의 대우하심을 잊지 않겠나이다."

두 사람은 무거운 짐을 벗어 버린 듯 홀가분한 마음으로, 필마단창(匹馬單槍)[3]으로 남쪽을 향하고 길을 떠났다. 둘은 연왕의 뒤를 따라 말고삐를 나란히 하고 가다가 동초가 마달을 꾸짖으며 그렇게 말을 너무 솔직하게 하지 말라고 타일렀다. 노균같은 간악한 사람이 한번 노하면 우리들도 또한 타향의 적객(謫客)[4]이 되어 고생을 할 것이 아니냐는 동초의 말이었다. 그러나 마달은 크게 웃으며 태연히 말할 뿐이었다.

"대장부 한번 불쾌한 말을 들었을진대 죽음도 또한 피하지 말지어다. 하물며 어찌 달콤한 말로써 간사한 사람을 설유할 수 있으리요."

두 사람은 손뼉을 치며 크게 웃고 말을 몰았다. 한참 가다가 또 동초가 말하였다.

"이제 연왕을 좇아가 일행에 가담하면 연왕이 반드시 좋아하지 않으시리니, 멀리 떨어져 뒤따라가면서 이상한 변이나 없을까 살핌이 묘하리라."

이리하여 그들은 혹 산과 들을 지나며 꿩과 토끼도 사냥하고,

---

1) 관작과 봉록.
2) 성묘와 청소.
3) 혼자서 간단한 무장을 하고 한 필의 말을 타고 간다는 말.
4) 귀양살이하는 사람.

또 힘껏 말을 달려 사냥하는 소년처럼 행세하여 연왕보다 먼저 가기도 하고 뒤쳐져서 천천히 가기도 하였다.

한편 연왕의 행차가 이르는 곳마다 점인(店人)들은 놀라서 까닭을 묻고, 연왕의 덕을 칭송하며 주찬(酒饌)[1]의 아낌이 없었으나 연왕은 일일이 물리칠 뿐이었다. 날이 갈수록 한어사는 연왕의 높은 덕과 한 마디 한 마디 언행에 자기의 잘못을 깨닫고 감탄하여 마지않았다.

"내 반생을 허송하고 군자를 보지 못하였더니 이제야 비로소 보는도다."

이리하여 한어사는 마침내 전비(前非)[2]를 뉘우치고 도리어 연왕을 보호하게 되었다. 하루는 해가 저물어서 일행이 객점으로 찾아드니 그곳은 황성으로부터 이미 4천 여 리나 떨어진 곳이었고, 객점의 이름은 황교(荒郊)라고 하였다. 이곳에서부터 서남은 교지(交趾) 방면이요, 동남편은 운남지계(雲南地界)였다. 연왕이 행장을 안돈하고 그날 밤을 쉬게 되었는데, 웬일인지 잠못 이루고 괴로워하는지라, 난성(鸞城)이 앞으로 나아가서 어디가 불편하냐고 물었다.

"군친(君親)께 이별을 고한 후 몸이 외로운 나그네 되었고, 또한 절서(節序)[3]가 바뀌니 심사 자연 편치 않을 뿐이로다."

난성이 행리(行李)[4] 속에서 술을 꺼내더니, 연왕은,

"요즘 황성에선 고기와 계(蟹)로 술안주할 때로다."

---

1) 술과 안주.
2) 이전의 잘못. 과거의 허물.
3) 절기의 차례.
4) 여행할 때에 쓰는 제구. 행장. 행구.

하면서 감구지회(感舊之懷)에 젖는 것이었다. 난성이 보기 딱해서, 조금 전에 점외(店外)에서 고기 파는 것을 본 일이 있었는지라. 점인(店人)을 내보내서 몇 마리의 산고기를 사 오게 하였다. 난성은 솥을 씻고 나무를 꺾어서 지피며 죽을 끓이려고 앉혀 놓았다.

난성의 하도 애쓰는 품이 딱해서 연왕이 하인배에게 맡기고 들어오라고 하였다. 잠시 방 안으로 들어와 담소(談笑)하고 난 다음에 난성은 밖으로 나가서 국을 떠 가지고 들어와서 다소 식기를 기다렸다. 연왕이 취한 김에 숟갈을 들어 그 국을 맛보려 하였을 때, 난성이 얼른 말리며,

"음식이 짜고 싱거운 것은 여자의 일이니 첩이 먼저 맛보리다."

하고 국그릇을 끌어다가 한 모금 마셨다. 그런데 이게 무슨 일일까. 국 맛을 보던 난성은 문득 국그릇을 던지고 급한 목소리로 부르짖었다.

"상공께서는 이 국을 마시지 마소서."

난성은 곧 전신이 새파랗게 변하며 입으로 시뻘건 피를 토하더니 졸도하고 마는 것이었다. 연왕은 너무나 뜻밖의 일을 당하자 당황하여 급히 해독용(解毒用)의 단약(丹藥)을 꺼내서 난성의 목에 흘려 넣고 동정을 살피는 수밖에 없었다.

더욱 당황한 것은 한어사였다. 자기가 거느린 종들을 일일이 조사해 보니 과연 그중에서 한 놈이 온 데 간 데가 없어졌기 때문이었다. 한어사는 천둥같이 크게 노하여 그놈을 당장 잡아들이도록 명령하고 연왕에게 죄송한 변명을 하였다.

"하관(下官)은 이미 각하의 문인이 되었사오니 어찌 심중에

감춤이 있으리이꼬. 하관이 길을 떠날 때 노참정(盧參政)이 하인배 한 사람을 보내며 하관에게 거느리고 가도록 하라 신신당부하기에 부득이 허락하고도 그 연유를 알지 못하였삽더니 오늘란의 일이 심히 수상하오이다. 하인배 어찌 무단히 도망하리요. 속히 잡아오도록 하오리다."

한편 동초와 마달은 길을 계속해서 걸어다가 하루는 사슴 한 마리가 난데없이 앞을 가로막고 날아나기에 창을 비껴 들고 그 뒤를 쫓았다. 그러나 끝끝내 사슴의 행방을 놓쳐 버리고 말았다. 문득 앞에 한 노인이 바위에 앉아 있는지라, 그 노인에게 사슴을 보지 못하였느냐 물으니 노인은 들은 체도 하지 않는지라, 마달이 크게 노하여 창을 휘두르며,

"늙은 것이 귀라도 먹었노? 어이 대답이 없느뇨?"

그런데 노인은 이상한 말을 하였다.

"그대들은 잠시 사슴을 쫓지 말고 속히 사람의 목숨을 구하라."

마달과 동초가 어리둥절해 있을 때 노인은 이렇게 가르쳐 주었다.

"그대들은 이 약을 가지고 남쪽으로 몇 리 더 가면 자연 죽어가는 사람을 볼 것이며, 이 약으로 그 사람을 구할 수 있으리라."

하고 단약 한 개를 내주더니 문득 행방을 감추고 말았다. 마달과 동초가 다시 큰길을 따라서 몇 리 길을 더 갔을 때, 어떤 한 놈이 허둥지둥 달려오다가 문득 두 장수를 보더니 깜짝 놀라 얼굴을 가리며 옆길로 달아나 버리는 것이었다.

"저 놈의 기색이 자못 수상하니 우리들이 붙잡아 가는 것이

어떨꼬."

두 장수는 말에 채찍질하여 단숨에 쫓아가 그놈을 잡아 버렸다.

"너는 어떠한 사람이기에 밤 깊은데 홀로 가는 것이며, 어찌하여 우리를 보고 놀라 달아나느뇨?"

그 수상한 놈은 당황해서 남방에 갔다가 돌아가는 길이라 하며 어물어물 대답을 흐려 버렸다. 그리고는 손을 뿌리치고 달아나려고 하였다. 이 때 문득 남쪽으로부터 6, 7명의 하인들이 쫓아왔다. 동초 · 마달 두 장수가 다시 깜짝 놀라 불빛 속에서 그 하인들의 얼굴을 알아보고 급히 연유를 물으니 그제서야 황교 객점에서 중독 사건이 일어났음을 말하였다.

"과연 이놈이 바로 그 고약한 놈이로소이다."

하인배들은 그놈을 끌고 두 장군과 함께 황교 객점으로 급히 되돌아갔다. 돌아가는 도중에 연부(然府)의 하인배들이 두 장군의 귀에다 입을 대고 가만 가만히 소근댔다.

"이번에 난성이 가동(家童)으로 변장하고 따라왔다가 점중(店中)에서 중독되어 다시 살아날 가망이 없나이다."

두 장수는 아연실색하여 서로 돌아보며,

"조금 전 노인은 과연 이인(異人)[1]이라. 이미 그곳에서 단약을 받았으니 급히 가서 구하리로다."

하고 풍우같이 말을 달려 황교점에 이르렀다. 이 때 연왕은 만리객지에서 평생 총애하고 뜻이 맞던 강남홍이 자기 대신으로 횡사(橫死)하고 불쌍한 마음을 억제치 못하고 하늘을 우러러 탄

1) 재주가 신통하고 비범한 사람.

식만 하고 있었다. 탄식하고 다시 이불을 헤치고 난성의 몸을 쓰다듬으니, 옥 같은 용모와 아리따운 모습도 잿더미같이 변해서 따뜻한 기운이 끊어진 지 이미 오래였다.

이러고 있을 때, 급히 문을 두드리는 소리 요란히 들리더니 허둥지둥 뛰어드는 두 사람은 바로 마달과 동초였다. 두 장수는 급히 사연을 이야기 듣고, 동초는 즉시 소매 속에서 단약을 꺼내서 연왕에게 바치고 노인에게서 받은 연유를 발하였다. 연왕은 동초에 말이 하도 기이하여 반신반의하면서도 급히 약을 물에 타서 난성의 입 속에 흘려 넣었다.

약을 먹은 지 얼마 안 되어서 난성은 불그스레한 물을 토하고 길게 숨을 몰아쉬더니 돌아눕는 것이었다. 연왕의 기쁨은 이루 측량할 수 없었다. 이윽고 밖이 떠들썩하더니 도망하였던 하인배 놈을 잡아오는 모양이었다. 연왕이 정색하고 엄격하게 물으니 그놈은 마침내 사실대로 고백하였다.

"소인은 노참정댁(盧參政宅)의 심복지하인(心腹之下人)[1]이로소이다. 주인의 명령을 어길 수 없사와 독약을 품고 한어사의 일행에 휩쓸려 오면서, 상공을 해치고자 백방으로 주선하였더이다. 그러나 가동(家童)이 잠시도 상공 곁에서 떠나지 않고 음식을 손수 시중드는 고로 감히 손을 대지 못하옵다가, 때마침 가동이 방으로 들어가고 불 때던 하인배도 곤히 잠들었기에, 독약을 한번 시험하였사오니, 그 죄 죽어도 아깝지 않겠나이다."

연왕이 곧 이놈을 한어사에게 보내어 처치하도록 명령하였더니, 한어사는 당장에 본현(本縣)으로 압송하고 옥에 넣어 두게

---

1) 마음놓고 믿을 수 있는 둘도 없는 하인.

한 후 조정에서 영이 내릴 때까지 기다리게 하였다. 난성은 신기하게도 단약을 먹고 정신이 맑아졌으며 전과 같이 건강을 회복하였다. 단약의 출처를 이야기 듣더니,

"그는 반드시 스승이신 백운도사로다."

하고 치사하며 슬픔을 이기지 못하고 눈물만 글썽글썽하였다. 연왕 일행은 오랜 고생을 겪어 마침내 운남 적소(謫所)에 도착하였으며, 연왕의 덕에 감동된 한어사는 자기 임무를 다 마치게 되었는지라, 작별을 서러워하면서 후일 그 문하(門下)가 될 것을 맹세하고 황성으로 돌아갔다.

한편 연왕을 조정에서 몰아낸 노균은 그 권세가 나날이 무서워 가니 누가 감히 항거하다가 다칠 사람도 없었다. 그런데도 그의 아첨에 눈이 어두운 천자는 더욱 그를 신용하여 노균과 그의 집안 사람들의 손아귀에서 헤어나질 못하였다.

운남에서 통쾌한 소식이 오기만 기다리고 있던 노균은, 보냈던 하인배들이 일을 낭패하고 돌아왔다는 소식을 듣고, 그 집안 사람들까지 엄중히 처벌하고 더욱 간교한 계책만 궁리하는 것이었다. 노균은 무슨 일이 있을 때마다 동홍을 이용하였다. 이번에도 급히 동홍을 자기 집으로 청하여 무슨 계책을 일러서 보냈다.

이 때에도 천자는 정사에는 마음이 없고 밤이면 노균과 더불어 동홍의 음악을 듣는 것이 일과였다. 천자의 탄신일을 맞아 황태후는 양창곡에 대해서 사전(赦典)[2]을 내리도록 권고하였으나, 천자는 기회를 보아서 하겠노라고 슬쩍 밀어 버렸다. 탄신

---

2) 국가적인 경사가 있을 때 죄인을 석방하는 은전.

일의 성대한 잔치가 벌어졌다.

천자는 의봉정(儀鳳亭)에 야연을 베풀게 하고 종친(宗親) · 근시(近侍) · 비빈(妃嬪) · 궁첩(宮妾)[1] 들도 잔치에 합석시켰다. 동홍이 한무제(漢武帝)[2]의 북산곡(北山曲)을 불러 천자로 하여금 인생의 허무함을 한탄하게 하면, 노균은 그것을 위로하는 듯 교묘한 말을 던지곤 하는 것이었다.

"진황(秦皇)[3] 한무(漢武)는 오직 성벌을 일삼아 형정(刑政)에만 힘쓰고 물욕에서 벗어나지 못하였으니 어찌 장생지술(長生之術)을 얻을 수 있으리까. 이제 폐하께서 즉위하신 이래라 덕정(德政)과 교화가 위로 천도(天道)도 맞고 아래로 인심을 얻으사 비와 바람이 순조롭고 민생이 안락하니, 마땅히 덕을 칭송하여 천지에 고하고 태산을 봉선(封禪)하여 장생지술을 구하신다면, 불사약(不死藥)인들 앉으신 채로 성취하시기에 무삼 어려움이 있사오리까."

이런 말을 들으면 천자는 한없이 기뻐하였다. 당장에 노균에게 자신전학사(紫宸殿學士) 겸 흠천관지례관(欽天官知禮官)이라는 어마어마한 직함을 내리고, 봉선을 위하여 지례지사(知禮知士)와 방술지사(方術之士)를 불러들이게 되었다. 노균은 자금성 안에 태청궁(太淸宮)을 지었으니, 그 제도(製度)가 굉걸하며 누각은 장엄하고 아름답기 이를 데 없었다. 노균의 문하에 운집한 방사(方士)[4] 중에 한 자가 이런 말을 하였다.

---

1) 궁녀와 같은 말.
2) 중국 전한의 7대 왕. 우만을 멸망시키고 한사군을 설치했음. 재위 기간은 기원전 159~87.
3) 진(秦)나라의 시황제.
4) 신선의 술법을 닦은 사람.

"물외(物外)의 도사(道士)를 청하여 먼저 황천(皇天)에 제사 지내고 그 수복(壽福)을 받음이 옳을까 하노이다."

그리고 높은 방사로서 청운도사(淸雲道士)를 천거하였다. 청운도사로 말하자면, 전일에 백운도사를 모시고 백운동에 있었을 때 강남홍은 산을 내려갔고, 백운도사가 그 도술을 살펴보자 아직도 부족하니 함께 돌아갈 수 없다 하여 남겨 놓고 서천으로 돌아간 일이 있었다. 청운도사는 스승의 분부대로 백운동에 머물러 있었으나, 문득 하루는 자기의 도술도 시험하고 견문을 넓혀 보겠다는 야심을 품게 되었다.

그래서 그는 처음에는 보잘것없는 걸인으로 화하였고 나중에는 방사로 변해 가지고 자기를 어디서든지 모셔 가기만 기다리고 있었다. 좋은 기회는 그에게 오고야 말았다. 노균의 문하의 방사들이 도사를 찾으려 남쪽으로 향하는 것을 알고, 그들을 가지가지 술법으로 희롱하여 자기의 위대성을 발휘하고, 마침내 노균이 세운 고대(高臺) · 망선대(望仙臺)에 속세를 떠난 신선의 모습으로 위엄 있게 나타났다. 그는 천자 앞에서 갖은 도술을 다 부려서 그의 마음을 흡족하게 해주었다.

천자는 청우도사의 선술(仙術)[5]을 굳게 믿었다. 정사에는 마음이 없고 매일같이 태청궁에서 방사들과 더불어 선술만 숭상하고 있었다.

조정이 이렇게 어지럽게 되니 나라의 기강(紀綱)은 해이(解弛)하여 민정은 물 끓듯 하고 나라의 재정은 점점 궁박해 갔다. 아무리 매관매직하고 세금을 올려도 허구헌날 부족하여 태청궁

---

5) 신선이 행하는 술법.

의 비용조차 계속해서 공급할 수 없을 지경에 이르렀다. 조정에는 득세한 노균의 무리들만이 차 있었으나 상장군 뇌천풍만은 아직도 남아 있었다. 그는 기울어져 가는 나라의 운명을 슬퍼한 나머지, 도끼를 들고 예궐(詣闕)[1]하여 땅에 고꾸라지며 통곡하였다.

"우리 태조 황제가 창업하시어 형국(亨國)[2]한 지 수백년이 지났으나, 오늘날 간신의 손에 멸망하게 될 줄이야 뉘라서 생각인들 하였으리요. 그렇거늘 폐하께선 돈연(頓然)[3]히 깨닫지 못하시오니, 신은 원컨대 이 도끼로 요사한 도사와 간신의 머리를 베어 천하에 사죄하리이다."

이 말을 듣자 천자는 발연대노(勃然大怒)[4]하여 호령하였다.

"이 장수 이렇듯 무례하니 곧 군율(軍律)로서 처벌하라."

이 때 마침 노균이 한 옆에 서 있다가 이맛살을 찌푸리며 크게 노하여 꾸짖는 말이,

"노장(老將)은 연왕을 위하느냐? 국가를 위하느냐? 어찌 감히 방자하고 무례함이 이럴 수 있을까."

이 말을 듣더니 뇌천풍도 크게 노하여 서릿발 같은 머리털이 위로 곧추 서면서 벽력같이 고함을 질렀다.

"이놈! 노균아. 네 은총을 탐하여 어진 사람을 모해하고, 요탄(妖誕)한 술법과 간악한 계책으로 조정을 어지럽고 더럽게 하니, 종사(宗社)[5]는 위태롭고 국가가 망하면 네 장차 어디로 갈

1) 대궐에 들어감.
2) 임금이 즉위해서 나라를 계승하는 일.
3) 조금도 돌아보는 일이 없음.
4) 왈칵 성을 내어 크게 노함.
5) 종묘와 사직. 곧 나라의 복조를 가리키는 말.

것인고?"

노균은 별안간 안색이 흙빛으로 변하더니 천자 앞에 엎드려 아뢰는 것이었다.

"뇌천풍은 연왕의 심복이오며, 다만 연왕만을 알고 군부(君父)를 모르므로 무례함이 이 같사오니, 가히 용서할 수 없나이다. 청컨대 관직을 삭탈하시고 멀리 귀양 보내소서."

천자는 즉시로 노균의 의사대로 뇌천풍을 폄(貶)[6]하여 북방의 돈황지(墩煌地)[7]에다가 충군(充軍)[8]시키라고 명령을 내렸다. 천자의 향락은 점점 심해졌다. 바다 위에 행궁(行宮)[9]을 짓고 여러 신선들을 모으게 한 후, 주목왕(周穆王)과 진시황(秦始皇)이 8방을 주류(周流)하고 바다 위에 다시 놀려던 것과 같은 뜻까지 품고 있었다.

천자가 하루는 행궁에서 곤히 잠이 들었다. 그리고 꿈을 꾸자니, 천자는 하늘나라로 올라가 옥황상제를 모시고 균천광악(勻天廣樂)을 듣는데, 우연 실족(失足)하여 공중에서 떨어지게 되었다. 천자는 떨어지면서 정신이 아찔하였으나, 이렇게 떨어지는 천자를 받들어 위기를 구하는 소년이 있었다. 그 소년은 얼굴에 분을 발랐고 볼에는 화장까지 하였는데, 여자의 기상이 있고 손에 악기를 들고 있었다.

잠이 깬 천자는 이 꿈이 상서롭지 않다 하여 노균에게 해몽

---

6) 남을 깎아내려 나쁘게 말함.

7) 중국 감숙성의 서북부에 있는 현. 남쪽에 천불동이 있으며, 고래로 서역과의 교통의 요지로 중국 내지에서는 볼 수 없는 벽화 소상이 있어 불교 예술의 귀중한 유적임.

8) 군대에 편입함. 죄를 지은 벼슬아치를 군역에 편입시키거나 죄를 지은 평민을 천역군에 편입시키던 형벌의 일종.

9) 임금이 거동할 때에 머무는 별궁.

(解夢)을 시켰더니, 노균은 온갖 아첨의 말로 천자의 마음을 유인하고, 꿈속의 소년은 바로 동홍이며 이는 더없은 길몽(吉夢)이라고 하였다. 이 말에 미혹한 천자는 꿈에 본 소년이 동홍인 줄만 믿고, 그에게 의봉정태학사(儀鳳亭太學士) · 균천협률도위(勻天協律都尉)라는 어마어마한 벼슬을 주고, 이원제자(梨園弟子)란 명칭을 균천제자(勻天弟子)라 고치고 누구를 막론하고, 민간에서 음악을 할 줄 아는 소년이라면 모조리 골라 들여 좌우에 시종케 하여 몽조(夢兆)[1]에 응하려 하였다.

이와 같이 자고로 듣지도 보지도 못한 일을 하게 되니 항간의 연소하고 모습이 아름다운 소년들은 감히 길에 나타나지도 못하게 되었다. 노균과 동홍은 천자의 비위를 맞추기에 여념이 없는지라, 즉시로 균천제자의 수효를 채우고자 심복을 원근 각지로 파견해서 마땅한 소년만 있으면 누구나 모조리 데리고 오라고 분부하였다.

한편 벽성선(碧城仙)은 점화관(點火觀)에 있다가 연왕의 소식을 알게 되어 마침내 연왕을 찾아가리라 결심하고 서생(書生)으로 남장(男裝)을 하고 시비 소청을 서동으로 변장을 시켜서 황성에서는 900리를 떨어졌으며, 산동성까지 100리 남짓한 지점에까지 당도하였다.

이곳에서 객점에 들게 된 선랑은 우연한 기회에 소년 몇 명을 만나게 되어, 그들이 자기의 행적을 수상히 여길까 겁내어, 그들의 소청대로 단소(短簫)[2]를 불어 본 것이 인연이 되어 조그만

1) 꿈자리. 꿈을 꾼 내용.
2) 동양 음악의 관악기의 한 가지. 오래 된 대(竹)로 만들되, 통소보다 좀 짧고 구멍이 앞에 다섯 개, 위에 한 개 있음.

수레를 타고 어디론지 바람처럼 끌려가게 되었다. 끌려간 곳은 다른 곳이 아니었다.

노균과 동홍이 균천제자를 모집하러 나온 바로 그 자리였다. 노균은 사실(私室)을 꾸며놓고 먼저 여러 소년들의 재주를 시험하고 심복이 될 만한 소년을 골라서 천자에게 내놓자는 야심으로 악기를 나눠 주면서, 굳이 사양하는 선랑에게도 그 틈에 끼라고 하여 호락호락 놓아 주질 않았다.

이렇게 되니 눈치빠른 선랑인지라, 누가 무슨 짓을 하고 있는지를 알아차리지 못할 리 없었다. 이때 천자는 행궁에 있다가 수삼인의 근시(近侍)를 거느리고 달 아래 거닐고 있었다. 문득 바람결에 한가닥 사죽(絲竹)[3] 소리가 들려왔다. 천자가 물었다.

"이 소리가 어디서 나느뇨?"

"노참정(盧參政)과 동협률(董協律)이 균천제자를 뽑고자 이제 사사로이 연습하고 있사오나이다."

"짐이 미행(微行)으로 가 보려고 하니 누설치 말라."

천자가 자기 신분을 감추고 노참성의 사실로 들어서니, 여러 소년들은 그가 바로 천자인 줄을 알지 못하였지만 총명한 선랑은 당장에 짐작하였다. 천자는 시치미를 뚝 떼고,

"동학사(董學士)는 주인이라, 먼저 한 곡조를 듣고자 하노라."

천자가 이렇게 청하자, 동홍은 곧 몸을 일으켜 비파를 잡고 몇 곡조 탄주하였다. 선랑이 귀를 기울이고 자세히 들어 보니 동홍의 음률은 착란(錯亂)[4]하고 그 수법도 거칠며 소리 또한 불

3) 관악기와 현악기.

4) 뒤섞여서 어수선함.

길하기 짝이 없었다. 천자는 다시 웃으며 말하였다.

"학사의 비파는 몹시 지리(支離)하여 생신(生新)치 못하니 갈고(羯鼓)[1]를 이리 속히 가져오라. 내 마땅히 한번 가슴속 진루(塵累)[2]를 씻어 보리라."

천자가 갈고를 한 번 치니, 그 광대한 도량은 천지가 끝없는 듯, 호탕한 기상은 풍우가 번복하는 듯, 비록 수단이 서투르고 음조가 치밀치 못하지만 갈고를 다루는 솜씨만 보아도 천사의 놀라운 기상을 넉넉히 짐작할 수 있었다. 선랑은 크게 놀라며 분명히 천자가 미행해서 들어온 것이라 확신하고 혼자 속으로 탄식을 마지않았다.

'우리 황상께서 광대한 덕량(德量)과 신성문무(神聖文武)하신 자태 저 같으시거늘 소인배들이 천총(天聰)[3]을 옹폐(壅蔽)[4]하였으니 그 한 조각 부운(浮雲)을 씻어 버릴 길이 없도다.'

천자가 갈고를 치고 난 다음에는 선랑의 차례가 되었으며, 선랑은 도저히 자기 차례를 피할 길이 없어서 마침내 요금(瑤琴)을 손에 잡고 한 곡조를 탄주하였다. 선랑이 한번 요금을 손에 잡자 마디마디 그 비범한 재주에 천자는 감탄하여 마지않았다.

천자가 음률에 상당히 밝다는 것을 알아차린 선랑은 이번에는 비파를 끌어 놓고 탄주하려니까 천자의 표정은 침통하고 심각해졌다. 안색이 이상해지면서 묻는 것이었다.

"그 곡조 어찌 그다지도 장려(壯勵)[5]하고 비창(悲愴)[6]하뇨?

---

1) 아악의 타악기의 한 가지. 장구와 거의 같되, 양쪽 마구리를 다 말가죽으로 메어 대(臺) 위에 올려 놓고 좌우 두 개의 채로 치는데, 합주와 완급을 조절함.

2) 속되고 천함.

3) 임금의 총애.

4) 웃사람의 총명을 막아서 가림.

큰 바람 일어남과 같도다. 구름이 날아오름과 같도다. 이는 이른바 한고조(漢高祖)[7]의 대풍가(大風歌)로다. 영웅천자가 포의(布衣)[8]로 창업(刱業)하여 뜻을 천고에 얻었건만 어찌 처량한 뜻이 이러하뇨?"

그제야 선랑은 이렇게 대답하여 아뢴다.

"한태조 고황제(高皇帝)께서는 보래 강소(江蘇)[9] 땅의 일개 정장(亭長)의 몸으로서 8편 풍진의 위험을 무릅쓴 후 천하를 얻었으니, 그 신고와 수고로움이 과연 어떠하였겠나이까. 오직 후세의 자손들이 이 뜻을 모르고 종묘사직(宗廟社稷)[10]에 대한 부탁을 저버리지나 않을까 두려워하시어, 용맹한 선비를 얻고자 사방을 근심하사 이 곡조를 지으셨으니 어찌 처량한 뜻이 없으리까."

이것은 은근히 천자를 간하는 뜻이 들어 있는 풍자(諷刺)의 말이었다. 선랑은 계속해서 여러 유명한 곡조를 탄주하였는데 그 한 곡조 한 곡조가 모조리 간신에게 속아서 충성된 선비를 알아보지 못하고 멀리하는 인군들을 풍자하고 경계하는 곡조들이었다. 옆에서 이 광경을 보고 있던 노균이 당황하지 않을 수 없었다.

그는 선랑이 천자에게 간하는 꼴이 못마땅하고 괘씸해서 언변(言辯)으로라고 꺾어 버려야겠다는 생각으로 온갖 입심을 부

---

5) 웅장하고 규모가 큼.
6) 슬프고 서운함.
7) 중국 한나라의 초대 황제. 성명은 이연. 재위 기간은 기원전 202~195.
8) 벼슬이 없는 선비.
9) 중국 동부에 있는 지방 이름.
10) 제왕가의 위패를 모신 묘와 나라 또는 조정.

려 보았으나 총명한 선랑은 조금도 굴하지 않고 청산유수같이 답변하는 것이었다.

"그대는 음악이 어느 때부터 생겼다고 생각하며, 그 처음 생겨난 음악이 무엇인지 아는고?"

이런 까다로운 질문을 해도 선랑은 서슴치 않고 답변해 내며 노균의 뜻을 일일이 반박해 주니 노균은 마침태 말문이 막히는 도리밖에 없었다.

"공은 자못 이름 있는 음악만 아시고 이름 없는 음악은 알지 못함이로다. 효제충신(孝悌忠信)은 소리 없는 음악이며, 희노애락(喜怒哀樂)은 이름 없는 음악이라. 대저 사람이 희노애락에 허물 없으면 기상(氣像)[1]이 화평하고, 효제충신에 돈독한 행실을 닦으면 심지(心志)[2] 쾌락하고, 가상이 평화로우면 비록 벽지(僻地)[3]에 조용히 앉았을지라도 소리 없는 음악이 귀에 자재(自在)로 들리나니, 어찌 명칭으로서 음악을 논할 수 있으리요."

선랑이 한 마디도 굴자히 않고 풍자하고 간하는 말에 천자도 크게 감동된 듯이 한참 동안이나 묵묵히 깊은 생각에만 젖고 있었다. 천자는 마침내 놀라움을 금치 목하여 선랑의 종적이 궁금해서 스스로 먼저 물었다.

"인군과 신하가 한 자리에 모였으니 어찌 끝까지 행지(行止)[4]를 숨길 수 있으리요. 짐은 대명천자(大明天子)라, 나는 어이한 사람인고?"

---

1) 사람이 타고 난 마음씨와 겉으로 드러난 몸가짐.
2) 마음의 상태.
3) 도시에서 멀리 떨어져 있는 시골의 한 곳.
4) 행동거지.

선랑은 그제야 어전인 것을 알았다는 듯 놀라는 체하면서 황망히 뜰로 내려가서 땅바닥에 꿇어 엎드려서 아뢰었다.

"신첩(臣妾)이 천위(天威)를 아지 못하옵고 당돌함이 이에 이르렀사오니, 죄송하기 막심하오며 죽을 곳조차 모르겠나이다."

천자는 다시 놀라면 물었다.

"네 남자가 아니고 여자라면 뉘집 여자인고?"

"신첩은 여남(汝南) 죄인 양창곡의 천첩 벽성선이로소이다."

천자는 감개무량한 듯 한참 동안이나 입을 열지 못하다가 비로소 다시 물었다.

"네 지난날 집안 풍파로 인하여 강남으로 추방된 바로 그 벽성선이뇨?"

"그러하오이다."

이 말을 듣자 천자는 모믈 일으켜서 당(堂)에서 내려오더니, 한참 동안 선랑을 물끄러미 바라보다가 문득 이렇게 명령하였다.

"네 짐의 뒤를 따라오라."

선랑이 시비 소청파 함께 천자의 뒤를 따라서 행궁(行宮)에 이르렀을 때에는 밤이 이미 오경이나 되었다. 천자는 관시(官侍)[5]에게 명령하여 촛불을 밝히게 하고, 탑전(榻前)에 선랑을 앉게 한 후,

"짐을 자세히 보라."

하고 선랑의 용모를 자세히 훑어보더니 또다시 크게 놀라며 혼

---

5) 내시. 임금을 가까이에서 모시는 환관.

잣말같이 중얼댔다.

"이 어찌 기이한 일이 아니랴. 하늘이 너로 하여금 짐을 도웁게 함이로다. 이제 짐이 너의 자태 자세히 보니 이미 꿈속에서 분면(粉面)과 홍장(紅粧)[1]으로 악기 끼고 짐의 몸을 부축한 자, 바로 너로구나."

천자는 다시 행궁에서 꿈에 본 일이 있던 이야기를 자세히 들려주고 거듭 내려가 보더니 사랑스러움을 금치 못하여 물었다.

"네 능히 문자를 아느뇨?"

"약간 조박(糟粕)[2]만 짐작하나이다."

이리하여 천자는 종이와 붓을 가져오게 하고 선랑으로 하여금 조서(詔書)를 초하라고 친히 분부하였다. 그 조서의 내용은 다음과 같다.

'짐이 혼암(昏暗)[3]하여 황탄(荒誕)[4]함만 믿어 스스로 진황(秦皇)과 한무(漢武)의 허물을 깨닫지 못함이러니, 연왕 양창곡의 소실 벽성선이 열협(烈俠)한 기풍과 충의의 마음으로 만리 해상(海上)에 3척 거문고 안고, 옥수(玉手)로 한 번 구슬줄 떨치니 싸늘한 칠현(七絃)에 찬바람 일어나 부운(浮雲)을 쓸어 버리고 일월로 하여금 옛 빛을 일으키게 하였으니, 이는 전고(前古)에 듣지 못한 바로다. 짐이 요즘 한 꿈을 얻었으니, 이 몸이 허공에서 떨어져 십분 위태롭던 차, 한 소년의 부축을 받고 무사하였도다. 이제 벽성선의 용모 보건대 꿈속에서 본 그 소년과 호

1) 연지 등으로 붉게 하는 화장을 말함.
2) 무슨 학문이나 서화나 음악에 있어서 옛 사람이 다 밝혀 낸 찌끼의 비유.
3) 어리석어서 사리에 아주 어두움.
4) 말이나 하는 짓이 허황함.

발(毫髮)[5]도 다름이 없으니, 이 어찌 상제께서 주신 바 아니라 할 수 있으리요. 이제 짐이 지난 일을 돌이켜 생각하니 실로 모골이 송연하도다. 어찌 그 위태로움이 천상에서 떨어지던 것과 다르다 하리요. 만일 벽성선의 풍자가 아니었다면 어찌 오늘날이 있을 수 있으랴. 연왕의 소실 벽성선은, 비록 천기의 몸이나 특히 그 충성을 표창하여 어사대부(御史大夫)를 배(拜)케 하고, 연왕은 좌승상을 배케 하고, 윤형문(尹衡文) 소유경(蘇裕卿) 모든 인물들을 일제히 하사(下赦)[6]하여 돌아오게 하노니, 내일 환궁의 절차를 마련하여 들이도록 하라.'

선랑이 조서를 초하고 나니 천자는 좌우를 살펴보며 선랑의 필치(筆致)에 놀라 감탄하며 다시 말을 계속하였다.

"짐이 너로 하여금 조서를 초하게 함은 곧 그 직언(直言)[7]으로 간한 충성을 천하에 반포(頒布)코자 함이로다."

천자는 또다시 친필로 붉은 종이에다가 '여어사(女御史) 벽성선'이란 여섯 글자를 써서 선랑에게 하사하였다. 천자는 아울러 내일 환가(還駕)[8]할 것이라는 뜻을 밝히고, 벽성선으로 하여금 바로 뒷수레를 타고 부중으로 돌아가서 연왕이 돌아올 때까지 기다리도록 하라고 분부하였으나, 선랑은 변복하고 동자를 거느리고 푸른 나귀를 타고 길을 가는 몸인지라, 뒤를 따르기 난처하다는 이유로, 그대로 천천히 전진해 가겠노라 아뢰었다.

과거지사를 후회한 천자는 빨리 황성으로 돌아갈 생각이 간

---

5) 아주 작은 물건을 가리키는 말.
6) 죄를 사면해 주는 것.
7) 기탄없이 제가 믿는 바를 말함.
8) 임금이 되돌아감.

절해서 길을 떠날 것을 재촉하니 노균·동홍도 어찌할 도리가 없었다. 천자의 뜻을 충분히 알아챈 그들은 여전히 흉역(凶逆)할 기회까지 노리게 되었으나 그것은 마음대로 되지 않았다.

바로 이 때, 산동 태수(山東太守)의 급한 상표(上表)가 날아들었다. 그것은 북쪽 오랑캐 선우가 호병(胡兵) 10만을 거느리고 안문(雁門)으로부터 태원(太原)을 경과하여 이미 연주(兗州) 지경을 침범해서 그 형세가 폭풍우같이 강성하니, 속히 대병을 파견하기 바란다는 것이었다.

천자는 대경실색하여 좌우를 돌아다보고 탄식하였으나 국가의 대사를 논의할 만한 인물다운 신하는 한 사람도 있는 것 같지 않았다. 못마땅하고 꺼려하면서도 어쩔수 없이 역시 노균을 불러들이는 도리밖에 없었다.

노균은 제 자신의 간교한 꾀가 천하에 드러난 것을 두려워하여 병이라고 꾀를 부리어 자리에 누워서 날을 보내다가 천자의 부른다는 소식을 듣고 기뻐서 어쩔 줄 몰랐다. 천자는 또다시 노균에게 애원하고 매달린 셈이 되었다. 노균을 앞에 불러세우고 또다시 이런 약한 소리를 하지 않을 수 없는 천자였다.

"기왕지사(旣往之事)[1]는 짐이 정사에 밝지 못한 탓이었도다. 호병의 형세 자못 급박하나 짐은 막아 낼 계책을 알지 못하니, 원컨대 분연히 충성으로서 짐의 모자라는 바를 도우라."

노균은 속으로 깜찍스런 생각을 하였다.

'호병의 형세 급박하다 하니 자원해서라도 출전하여 만일 성공하면 과거의 죄를 씻을 수 있을 뿐만 아니라, 사업이 다시 사

1) 지나간 일이란 뜻.

해(四海)에 빛날 것이요, 만일 불행하게 된다 할지라도 오히려 그들의 풍습을 좇고 선우(禪于)[2]를 따라서 북으로 가 편안히 호왕(胡王)의 부귀를 누리리라.'

이런 고약한 생각을 품고 있는 노균인 것을 알지도 못하고, 천사는 마침내 달리 사람이 없는지라, 출전을 자원하는 노균에게 정로대도독(政盧大都督)을 배케 하고 우림군(羽林軍) 7천 기와 청주병(淸州兵) 5천 기를 거느리고 가게 하였다. 노균은 혼자서는 감당하기 어려웠든지 태청진인(太淸眞人)이란 사람을 찾아가서 싫다는 것을 간곡히 청해 가지고 함께 군사를 거느리고, 천자께 배사(拜辭)[3]를 드리고 드디어 산동성(山東城)을 향하고 떠났다.

한편 북쪽 오랑캐 야율선우(耶律禪于)는 팔의 힘이 무서운 자로서, 또 천성이 흉악하고 교활하여 제 아버지까지 찬탈하고 사졸을 훈련해서 중원땅을 노리고 있던 판이었다. 그러자 간신들이 조정을 어지럽게 하여 어진 신하들이 멀리 귀양갔음을 알게 된 선우는,

"하늘이 이제야 중원을 나에게 주심이로다. 양창곡이 조정에 없다 하니 내 무엇을 두려워하리요."

하고 천재일우(千載一遇)[4]의 좋은 기회를 만났음을 크게 기뻐하고 군사를 풀어서 쳐들어갈 결심을 단단히 하고 있었다. 이 때 마침 노균은 황제께 권하여 동쪽으로 순행(巡行)케 하고 봉선

---

2) 흉노들이 자기들의 추장을 높여 부르는 칭호.

3) 관직에 새로 임명된 사람이 서울을 떠나 임지로 떠나기 위해 궁중에 들어가서 임금에게 숙배사은하고 작별을 아뢰는 일.

4) 좀처럼 만나기 어려운 기회.

(封禪)케 하니 민심은 점점 더 흩어지고 원망과 비방이 사방에서 일어나고 있었다.

이것을 보자 선우는 드디어 창을 들고 일어섰다.

"중국을 탈취할 때는 바로 지금이로다."

이렇게 외치며 선우는 군사를 두 길로 나누어서 쳐 들어오게 된 것이었다. 호장(胡將) 척발랄(拓跋剌)은 2만기를 거느리고 음산(陰山) 한양(漢陽)으로부터 몽고퇴(蒙古堆)를 지나, 다시 요동(遼東) 광녕(廣寧)에는 친히 3만 대군을 거느린 후 몽고병과 합하여 마읍(馬邑) 삭방(朔方)으로부터 직접 산동성을 공격하여 천자의 돌아갈 길을 끊어서 단번에 자웅을 결하자는 작전이었다.

이 때 벌써 척발랄은 대군을 거느리고 여러 지방을 단숨에 경과하여 바로 황성을 향하여 호호탕탕(浩浩蕩蕩)[1]히 놀란 파도와 같이 미친 물결과 같이 밀고 들어오니 능히 막아낼 자가 없었다. 황태후는 그때에야 엄교(嚴敎)를 내려서 나라를 다스리고 있던 대신들을 꾸짖었으나, 일이 이 지경에 이르고 보니 아무런 방략(方略)도 있을 수 없었다.

밤이 되자 호병(胡兵)들은 거침없이 밀려 들어와서 황성의 북문을 부수기 시작하였다. 절박함이 눈앞에 다가들자, 황태후는 비빈(妃嬪)과 궁인 들을 거느리고 봉연(鳳輦)도 갖추지 못한 채 남문으로 빠져나와 몸을 피하게 되니, 뒤를 따르는 환시(宦侍)와 액예(掖隷) 수십 명에 지나지 못하였다.

일행이 말을 채찍질하여 피난민 속에 휩쓸려 들자, 겨우 한 가닥 길을 얻어 화를 면하면서 다시 뒤를 돌아다보니, 성 속에

1) 아주 썩 넓어서 끝이 없음.

서는 화광이 충만하고 호병은 이미 성안 · 성밖 두루두루 가득 퍼져서 백성들을 노략질하기 시작하였다. 일행은 길을 재촉하여 호병의 눈을 피할 생각으로 깊은 산 속으로 접어들어 전에 선랑이 몸을 의탁하고 있었던 산화암(散花庵)에 이르렀다. 일행 중에 끼어 있던 가궁인(賈宮人)이 이곳을 찾아 길을 인도한 것이었다.

한편 황성으로 향하던 선랑은, 호병이 길을 막으므로 몸을 피하려고 산화암으로 되돌아갔다가 가궁인을 만나게 되었다. 두 사람은 뜻하지 않은 상봉을 반가와서 어쩔 줄 모르며, 선랑은 태후와 황후께도 인사를 드리고 나서 때를 기다리기로 하였다.

그러나 태후 일행은 마침내 호병에게 포위를 당하여 그 운명이 풍전등화같이 되었다. 태후는 가궁인을 보고 탄식하더니 결연히 말하였다.

"속담에 이르되, 살아서 욕을 보는 것은 죽느니만 같지 못하다 하였으니, 내 당당한 만승천자(萬乘天子)[2]의 모후(母后)로서 어찌 북쪽 오랑캐를 향하여 살기를 구하리요."

하고 가궁인에게 유서까지 받아쓰게 하고 그 자리에서 목숨을 끊으려고 하였다. 이 때, 역시 선랑이 꾀를 내어 자기 옷과 소청의 옷을 벗어서 태후와 황후의 옷과 바꿔 입고 호병을 대하기로 하였다. 문을 부수고 뛰어든 호병들을 보자 선랑은 선뜻 수건을 들어 얼굴을 가리며 큰소리로 꾸짖었다.

"내 비록 곤경에 빠지기는 하였으나 너희들은 감히 여기가 어디기에 이다지 무례히 구느뇨?"

---

2) 천자나 황비를 높여 일컫는 말.

뜻밖에도 호장(胡將)은 공손히 대답하였다.

"우리들은 굳이 태후를 해코자 하지 않사오니 속히 따라가시도록 하소서."

하고 작은 수레에다 선랑을 태워 가지고 호진(胡陳)으로 달렸다. 이 때 호장 척발랄은 황성을 함몰시키고 태후와 궁속들을 수색하였으나 이미 간 곳을 알 길이 없어서 사방으로 찾고 있던 중이었다. 그때 마침 한 대 작은 수레로 호병들이 선랑을 태워 가지고 가니, 척발랄은 그것이 바로 태후 양전하(兩殿下)인 줄 알고 군중에 가둬 두라고 명령하였다. 선랑이 소청에게 마지막으로 말하기를,

"우리, 비록 만사여생(萬死餘生)에 죽을 곳을 얻지 못하였다 할지라도, 나라를 위하여 충혼(忠魂)됨이 여한(餘恨)이었으나, 천한 몸으로 양전을 대신하였으니, 오래도록 진상을 드러내지 않으면 욕됨이 적지 않으리라. 마땅히 통쾌하게 적장을 꾸짖고 사생을 결하리라."

선랑의 또렷하고 날카로운 음성으로 적장을 꾸짖었다.

"개와 같이 무도한 오랑캐가 하늘이 높음을 알지 못하는도다. 우리 황태후는 당당한 만승천자의 어머니이시다. 어찌 너희들 진중에 임어(臨御)[1]하시리요. 나는 태후궁 시녀 가씨(賈氏)이니 네 감히 죽이려거든 속히 죽이라."

이 말을 듣자 호장은 비로소 속은 줄을 알고 크게 노하여 당장에 죽이려고 하였으나 척발랄이 그것을 가로 막았다.

"내 들으니 중화(中華)는 예의의 나라라 하더니 과연 허언(虛

---

1) 임금이 임함.

言)이 아니로다, 이는 충의를 아는 여자로다."
하고 군중에 두게 하고 군사들로 하여금 극진히 공경케 하였다. 이리하여 선랑은 죽음은 간신히 면하였으나, 결국 호진 속에 갇히는 신세가 된 것이다. 선랑의 기묘한 꾀로 다행히 화를 면하게 된 태후 일행은 선랑의 생사를 알 길 없고 잊을 수 없어서 눈물을 흘리면서 길을 재촉하고 있었다.

이 때 난데없이 함성이 크게 일어나더니 일대의 호병들이 길을 막고 덤벼들었다. 바람과 티끌은 하늘에 넘치고, 창검이 햇빛에 번쩍이며 달아나는 백성들의 뒤를 습격해서 닥치는 대로 찌르니, 남녀노소 엎드러지고 고꾸라지며 울부짖는 소리에 천지는 암담하고 백일(白日)도 빛을 잃은 듯하였다. 태후는 하늘을 우러러보며 깊이 탄식할 뿐이었다.

"신명께서 도웁지 않으시니 노신은 죽어서 아깝지 않거니와, 황후와 부관(婦官)들은 아직 청춘이니 이를 어찌할꼬."

다시 태후는 가궁인을 돌아다보며 이런 말까지 하였다.

"이제 이 늙은 몸은 기력이 쇠진하여 말 위에 의지할 힘도 없고나. 너희들은 모름지기 황후를 보호자고 노신을 근심하지 말라."
하더니 말 위에서 굴러 떨어지고 말았다. 일행이 슬피 울면서 태후를 부축해 일으켰으나 어찌할 바를 알 수 없었고, 일행의 운명은 극도로 위기에 빠지게 되었다.

바로 이 때, 웬일인지 호진 속이 갑자기 요란해지기 시작하였다. 난데없이 소년장군 한 사람이 쌍창(雙窓)을 춤추며 휘두르며 마치 무인지경을 휩쓸 듯 좌충우돌(左衝右突)[2]하면서 나타나

---

2) 이리저리 마구 찌르고 치고 받음.

는 것이 아닌가. 이 소년 장군은 과연 누구였을까? 이 소년 장군은 다른 사람이 아니라 일지련(日枝蓮) 바로 그였다.

황성이 위태로와졌을 때, 양창곡의 부친 양현(楊賢)과 윤각로가 의병을 일으켰으며 그 속에 일지련과 손야차도 가담하여 종군하게 된 것이었다. 태후의 놀라움은 여간이 아니었다. 일지련을 앞으로 불러서 손을 만지며 감탄하여 마지않았다.

"노신이 불행하게도 나라까지 버리고 의탁할 곳이 없너니 하늘이 너를 나에게 주셨고나. 그러니 앞으로는 100만 호병이 두려울 것 없으리로다."

호병을 무찌르고 황태후 일행을 모신 의병 일행은, 곧 황성에서 남쪽으로 수리 밖에 있는 진남성(鎭南城)으로 입성한 후, 군기를 수습하는 한편 7천 여 명의 병사를 모았으며, 황태후는 윤각로를 삼군제독(三軍提督)에, 양태야(陽太爺) 양현을 제독에, 일지련을 표기장군(驃騎將軍) 겸 장신궁중랑장(長信宮中郎將)에, 손야차를 선봉장(先鋒將)에 각각 임명하였다.

한편, 노균을 떠나 보낸 천자는 홀로 행군에서 누웠다 일어났다 하며, 편할 수 없는 심회로 바다를 내려보고 초조히 나날을 보내고 있었다. 하루는 난데없이 이 행궁으로 달려드는 두 소년이 있었으니 그것은 바로 동초와 마달이었다. 그들은 연왕의 심부름을 온 것이었다.

연왕은 황성에 갔다가 돌아온 종의 편에 비로소 천자의 자세한 소식을 듣게 되자, 하늘을 우러러 통곡하며 나라를 생각하는 충성지심을 차마 버릴 길 없어 비록 귀양살이의 몸이기는 하였으나 모든 것을 돌보지 않고 또 한 번 간곡하고 긴 표문을 천자에게 올리기 위해서 동초와 마달을 보낸 것이었다.

측근에 있는 갑사(甲士)들에게 그 두 소년이 동초 마달임을 알자 천자는 기꺼이 인견(引見)[1]하고 상소문(上訴文)의 봉을 뜯었다. 마디마디 눈물 없이는 볼 수 없는 극진한 충성의 글발이었다.

'신은 이제 죄에다 죄를 더함을 자처하고 구구한 소회나마 다하지 않는다 하오면, 이는 부모의 엄격한 질책에 노하여 그 급함을 구하지 않음이 되오리니, 머리를 하늘에 두고 발을 땅에 둔 인륜의 마음 있는 자라면 어찌 그럴 수 있으리까? 대저 국가를 부지하는 것은 기강(紀綱)과 인심이온데, 만근(輓近)[2] 이래로 법이 오래되어 패단이 생기고 기강은 해이하고 세상은 기울어져 풍속이 퇴폐한 데다가 인심마저 각박하니, 폐하께서 비록 정신을 소모하시고 정사(政事)를 도모하시고 백관(百官)을 단속하시어 만민을 무마하시나, 오히려 흉악한 마음을 감추고 있는 자 있어, 눈을 밝히고 귀를 기울여 기회만 노리고 있사옴을 어찌 모르시나이까! 폐하께서는 요지(瑤池)[3]의 팔준마(八駿馬)[4]를 돌이키사 종묘사직으로 하여금 위급함이 없도록 하소서.'

연왕의 장문의 상소를 읽고 난 천자는 친필로 조서를 썼으니, 그것은 이제야 그대의 선견지명을 알았으며 깊이 뉘우치고 있으니 홍혼탈과 함께 돌아와서 급함을 구해 달라는 것이었고, 당장에 우림갑사(羽林甲士) 중에서 말을 잘 달리는 자를 뽑아서 그것을 연왕에게 전달하도록 명령하였다.

---

1) 웃사람이 아랫사람을 불러 봄.
2) 몇 해전부터 지금까지 근래.
3) 중국 곤륜산에 있다는 못. 선인이 살았다고 함.
4) 역사상 유명한 여덟 필의 말. 곧 화 · 유이 · 적기 · 백토 · 요거 · 황유 · 도리 · 산자.

한편 노균은 대군을 거느리고 산동성에 이르러 야율선우의 군대를 맹렬히 공격하였으며, 더구나 태청진인(太淸眞人)의 술법으로 적군을 괴롭혔다. 싸움이 만만치 않다는 것을 깨달은 선우는 척발랄과 상의한 결과 한 가지의 비상 수단을 쓰기로 결정하였다. 그것은 선우가 황성을 함몰시켰을 때 사로잡아 군중에 두었던 노균의 처첩을 황성으로부터 옮겨다가 그것을 미끼로 항복을 받사는 작전이었나.

이 때 또 한편에서는 진왕(秦王) 화진(花珍)이 오랫동안 본국에 있으면서도 입조(入朝)치 못하고 있다가, 호변들이 황성을 침범하였다는 소식에 울분을 참지 못하고 철기(鐵騎) 7천을 도발해 가지고 진군해 나가다가 도중에 수많은 호병에게 끌려가는 선랑과 노균의 가족들과 맞닥뜨리게 되어서, 선랑만을 구출해서 진국으로 보내놓고 진왕은 그대로 황성으로 향하였다.

성 위에 내세운 자기 집안 사람들과, 처첩들의 울고불고 하는 광경을 본 노균은 가족의 영화만을 생각하는 위인인지라. 드디어 선우 앞에 항복해 버리고 말았다. 끝끝내 간악한 노균이었다. 흉노(凶奴)[1]의 좌현왕(左賢王)이라는 벼슬자리를 얻은 노균은 이번에는 서유에게 또 기막힌 아첨을 하는 것이었다.

"명병(明兵)이 아직도 성밖에 있으니 스스로 흩어지게 한다면 이는 적국의 밑천이 되리라. 지금 한 맹장으로 하여금 10대의 정병을 거느리고 가게 하여 북을 울리게 하고 무찔러서 사로잡게 하면, 그들은 장수 없는 사족들인지라 구덩이 속으로 들어가는 갱졸(坑卒)됨을 면치 못하리라. 계속하여 철기를 몰아 천자

1) 중국 진 · 한나라 때 몽골에서 활약한 유목 민족.

의 행궁을 습격하면 가히 대공을 성취하리이다."

선우는 결국 노균의 꾀를 따라 그 말대로 정병을 발하여 명진을 공격하니, 명병은 크게 어지러워지며 뿔뿔이 흐트러지고 시체가 산처럼 쌓일 지경이었다. 선우는 이 기회를 놓치지 않고 노균의 말대로 행궁을 습격하려고 동쪽으로 방향을 돌리게 되니, 노균의 간악한 계책으로 말미암아 천자의 운명은 각일각(刻一刻)[2] 풍전등화(風前燈火)같이 되는 수밖에 없었다.

노균의 출전한 후로 비로소 천자에게 사신이 왔다. 이때에야 비로소 황성은 함몰되고 태후양전(太后兩殿)이 진맘성으로 파천(播遷)[3]되었다는 소식을 듣게 된 천자는 북쪽을 향해서 통곡할 뿐이었다.

"수백년 종묘사직이 어찌 짐의 손에 망할 줄 알았으리요."

바로 이 때였다. 산동에서 패한 병사들이 달려들며 노균의 배반하였다는 놀라운 소식을 전하였다. 천자는 연거푸 탄식할 뿐이었다.

"짐이 매사에 밝지 못하여, 좌우 신하들이 화심(禍心)[4]을 품고 있었음도 몰랐으니, 어찌 국가가 망하지 않을 수 있으리요."

동초 · 마달 두 장수를 바라다보며 눈물을 흘리니, 두 장수는,

"신들이 비록 불충하오나 견마(犬馬)[5]의 힘을 다하오리니, 바라건대 천자께서는 시급히 동해(東海)의 병사를 발하소서."

천자가 두 장수의 말대로 병사를 소집하려고 하였을 때 문득

---

2) 시간의 일각 일각마다. 시간이 지남에 따라 자꾸자꾸.

3) 임금이 도성을 떠나 딴 곳으로 피난함.

4) 남을 해치려는 마음.

5) 자기 몸에 관한 것을 개나 말같이 천하다는 뜻으로, 극히 낮추어 겸손하게 일컫는 말.

북방에서 함성이 크게 일어나더니 자욱한 티끌이 바다와 하늘에 뒤덮이며 호병들이 폭풍처럼 몰려들었다. 사태가 극도로 위태로와진 것을 깨달은 동초는 군사를 둘로 나누어 1천 기를 마달에게 주어서 떠나게 하고, 자기는 나머지 1천 여 기를 거느리고 흉노의 대군과 대결하였다.

그러나 불과 1천 여 기를 가지고 대군을 막아낸다는 것은 도저히 불가능하였다. 호진에서 날아 들어오는 빗발같은 창검 앞에 동초는 몇몇 곳을 창에 찔려 흐르는 피가 안장에 가득히 고였으나 오히려 몇 명의 호장을 찔러 죽이며 기세를 죽이지 않고 버티고 있었다. 이때 문득 호진의 서남 각(角)이 갑자기 요란하더니 명장(明將)을 핍박하지 말라."

이 명장은 바로 마달이었다. 그러나 마달은 천자를 모시고 가다가 그냥 도중에서 되돌아선 것은 아니었다. 한참 길을 가는데 멀리서 일대의 군마가 내닫는지라, 또 호병이나 아닌가 하고 천자는 근심하였으나, 그것은 뜻밖에도 남해로 귀양갔던 소유경(蘇裕卿)이 거느리고 오는 구원병 5천이었다.

천자는 크게 기뻐하고 소유경을 병부상서 겸 익성분의정로장군(翊聖奮義征虜將軍)에 임하고, 2천 기를 거느리고 가서 동초를 구하도록 명령한 것이었다. 마달과 동초 두 사람은 힘을 합하여 호병들의 포위망을 돌파하고 곧 군사를 몰아서 동쪽으로 천자를 찾아 급히 달렸다.

천자는 소상서(蘇尙書)와 함께 서주성(徐州城)으로 들어가자 견고치 못한 성부터 수축하고 있을 때, 동초와 마달 두 장수가 뒤따라 도착되었다. 천자는 즉시 동초를 인견하여 그의 상처에 약을 붙여 주는 한편 표기장군(驃騎將軍)의 직함을 내렸다. 하루 뜻밖에도 소식을 몰라 초조히 지내던 진남성에서 진왕(秦王)이 철기 3천 명과 상표까지 겸해서 보냈다. 천자는 크게 기뻐하여 봉을 뜯었다.

'북호(北胡)가 창궐하여 도성을 지키지 못하고 잃었으니 이는 신들이 불충한 죄옵나이다. 벼슬이 신을 망연히 모르다가 태후께서 남행하셨다는 소식을 듣자오니 이렇듯 망극한 변은 천고에 없사오며, 신이 모시고 환란을 함께 못하였사오니 이 실로 사죄(死罪)로소이다. 신은 이제 철기 3천을 거느리고 태후를 호위하옵고, 3천 기는 시위(侍衛)에 충당코자 성야(星夜)로 가게 하오나, 신이 능히 입조치 못하오니 황공하와 돈수(頓首)[1]하나이다.'

또한 상표에는 끝으로 백성들의 여론이 그러하니 연왕을 다시 불러 선우 흉노를 막도록 하라는 권고까지 덧붙여 있었다. 동초 · 마달 두 장수가 호병의 포위망을 벗어나서 달아나자 흉노 선우는 크게 노하여 뒤를 쫓으려고 하였는데, 이 때 좌현왕 노균의 간하는 말이,

"큰일을 경영하는 자는 사소한 이익을 생각하지 않나니, 이제 즉시 산동성으로 가서 척발랄과 태청진인을 청하여 명제(明帝)를 엄습(掩襲)하도록 하소서."

선우는 노균의 말대로 호장 3인을 보내어 산동성을 굳게 지키라 하고, 척발랄과 태청진인을 즉시 오라고 청하였다. 이리하여 선우는 명병을 무찌를 상의부터 하고 남쪽으로 행군하였다. 이때 천자는 동초 · 마달 두 장수와 서주성에 머물러 있었는데,

1) 머리를 땅에 닿도록 굽혀 절함.

호병들은 일제히 함성을 올리며 성을 포위하고 맹렬히 공격하니 사태는 몹시 위급해졌다.

"형세 이다지 위급하니 우선 법가(法駕)부터 연소성(燕巢城)으로 옮겨 모시고 다시 계책을 상의할지라."

소상서는 동초 · 마달 두 장수에게 이렇게 권해서,

일행은 곧 연소성으로 들어가서 성문을 굳게 닫고 지키게 되었으나, 호병들은 여전히 군사를 나누어 여러 방면으로 연소성을 또 포위하는 것이었다. 연왕은 동초 · 마달 두 장수를 보낸 수 회보 있기만 고대하고 있었다. 어느 날 북방에서 온 사람의 편에 황성이 이미 함락되었다는 소식을 듣자 크게 통곡하고 분연히 일어섰다.

"창곡이 비록 불충하기 짝이 없으나 군부(君父)의 위급을 듣고 어찌 지체할 수 있으리요."

그리고 난성(鸞城)을 불러서,

"내, 이제 운남지부(雲南知府)에 가서 사병을 도발케 하리니, 난성은 하인배 거느리고 뒤를 따르라."

연왕은 본현에 이르러 지부를 만나고 병사도발의 뜻을 말하고 격문(檄文)[1]을 작성하여 방방곡곡에 뿌리게 하였다. 이때 남방제군(南方諸郡)은 연왕의 격문을 보고 백성들의 여론이 분분하였다.

"연왕은 충신인지라, 이제 천자께서 다시 소용(召用)[2]하셨으니 어찌 호병을 근심할 것 있으리요. 우리들은 마땅히 이 기회

---

1) 특별한 경우에 군병을 모집하거나 세상 사람들의 흥분을 일으키거나 또는 적군을 효유 혹은 힐책하기 위해 발표하는 글.

2) 웃사람이 아랫사람을 불러서 씀.

에 공훈을 세우리라."

이리하여 상하가 서로 군마를 다투어 시각에 지체치 않도록 일제히 진발하였다. 연소성에 도착한 천자는 며칠이 못 가서 극심한 기근에 빠졌으며 군량도 다하여 성안의 모든 사람이 아사지경(餓死之境)에 이르렀다.

이 때 남쪽으로부터 달려드는 일대의 군마가 있었으니, 이는 곧 연왕 양창곡과 난성 홍혼탈이 거느리고 온 군사였다. 한편으로 충성을 다하는 동초·마달의 군사. 양편에서 협력하여 호병을 무찌르기 시작하니 선우도 막아 낼 도리가 없이 군사를 거두어 가지고 수리(數里) 밖으로 달아나 버렸다.

마침내 성밖으로 자진해서 나은 천자를 오래간만에 맞이하는 연왕 양창곡. 전비(前非)를 뉘우치며 소매로 얼굴을 가리는 천자. 눈물 없이 볼 수 없는 장면이었다. 연왕에게 일시 패배당한 선우가 그대로 굴복할 리는 없었다. 다시 노균과 상의하여 결국 태청진인의 용병하는 술법을 빌어서 진인을 본진에 남겨 두고 스스로 정병을 거느리고 또 다시 연소성으로 향하는 것이었다.

연왕이 연소성에 들어와서 황상의 뜻을 받들어 남병(南兵)을 소집하니 1만 7천 기(騎)나 되었다. 명군이 연소성 아래 진을 치자, 선우도 또한 대군을 거느리고 상대하여 진을 쳤다. 연왕은 홍혼탈과 함께 진상(陣上)에 올라 멀리 호진(胡陳)을 가리키며 물었다.

"장군이 보건대 적세(敵勢) 남만(南蠻)[3]과 비하여 어떠하오?"

이 말에 홍혼탈이 자신 있게 대답하기를,

---

3) 사이(四夷)의 하나. 중국의 남쪽에 위치한 족속을 옛적에 중국 사람들이 부르던 말.

"인물의 표한(慓悍)[1]함과 기상의 웅장함은 남만이 당할 수 없겠지만, 진법이 어지럽고 행오(行伍)[2]가 정연치 못하니 남만만 못하나이다."

연왕 편도 자신만만하였지만, 선우는 어떠한 호령에도 웃음으로 응수하며 괘씸한 언사를 제멋대로 던졌다.

"과인(寡人)[3]이 어찌, 심상한 보물을 구하리요. 명천자(明天子)가 만일 옥새(玉璽)를 준다면 곧 회군하리라."

연왕은 크게 노하여 동초 · 마달에게 철기 3천을 거느리고 들이치게 하였으나 선우는 여전히 진두에 서서 비웃을 뿐이었다.

"양원수는 비록 장략(將略)[4]은 있으나 오늘은 그것이 쓸데없으리니, 내 말 달리는 법을 보라."

선우는 말 위에서 마치 춤추듯, 눕기도 하고 서기도 하며 몸을 자유자재로 놀리는 것이었다. 연왕는 한동안 선우의 날치는 꼴을 보고 있다가, 오랑캐들이 제법 강한 것을 깨닫고 홍표요(紅嫖姚)와 작전을 상의하였다. 이 때 홍표요가 말하기를,

"소장이 보기엔 아이들 장난에 불과하나이다. 여우나 토끼를 잡는 데는 필요할지 모르오나, 만일 적군을 상대해서 병법을 써서 싸운다면 도리어 적을 분산시키기 쉽나이다. 소장에게 한 가지 묘책이 있으니 계책으로 계책을 부수리이다."

이리하여 홍표요는 지나날 백운도사로부터 배워 둔 파진(破陣)[5]하는 법으로 굉천포(轟天袍)라는 화약을 사용하는 무기로써

1) 날렵하고 사나움.
2) 군대를 편성한 행렬.
3) 왕이 겸손한 뜻으로 자기를 낮추어 말할 때 쓰는 자칭 대명사.
4) 장수의 지략.
5) 적군의 진지를 깸.

선우의 군사를 무찌르고 말았다. 그날 새벽에 홍표요는 꿈인지 생시인지 분간키 어려운 정신상태 속에서 백운도사를 만났다. 백운도사는 선랑의 손을 선뜻 잡더니,

"산중 3년의 옛 정을 생각할지어다."

한 마디를 남겨 놓은 채 간 곳이 없었다. 홍흔탈은 그 꿈이 하도 이상하여 무곡진(武曲陳) 펴 놓고 적진을 바라보다가 크게 놀라서 양원수에게 말하였다.

"호병이 수법을 달리하여 병법에 맞는 작전을 하고 있으니, 반드시 뒤에서 가르치는 자가 있음이로다."

옆에 있던 동초가 이 말을 듣더니,

"일찍이 노균이 한 도사(道士)를 천자께 천거한 일이 있삽더니, 오늘 반드시 그 도사가 노균을 따라 선우를 도웁고 있음이 분명하오이다."

홍표요는 이 말을 듣자 깜짝 놀랐다.

"그 자가 나와 더불어 백운도사의 제자였던 천운이리라. 천성이 요망하여 스승께서 항시 근심하시더니 오늘 이렇듯 장난함은 그 죄 막대하리라. 이를 어찌 처치할꼬?"

문득 호진에서는 북소리가 크게 일어나더니 수많은 호병들이 푸른 옷에 푸른 깃발을 잡고 쌍쌍이 내닫는데, 손에는 저마다 호로병(胡蘆甁)을 들고, 일제히 공중을 향해서 흔드니까 천만 가닥이나 되는 푸른 기운이 병 속으로부터 펴져나가 하늘을 뒤덮었다.

이 광경을 본 홍표요는 빙그레 미소를 띄고 원진검을 휘둘러 공중을 가리켰다.

그랬더니 이상하게도 한 가닥 서리 같은 기운이 칼끝에서 일

어나, 광풍과 창검을 휘몰아 진중으로 떨어뜨렸다. 그것들은 하나하나 변해서 푸른 잎이 되었으며, 그 푸른 잎마다 칼자국이 낭자하였다. 홍표요는 그 잎을 모조리 봉지에 넣어서 봉한 후 호진으로 보냈다.

이때 태청진인은 도술(道術)을 행하려다가 그것이 이루어지지 않음을 보고 일변 놀라고 의심이 생겼다.

"내 10년 동안 산 속에서 사부(師父)를 좇아 도술을 배웠고, 천하를 횡행하였건만 능히 당적하는 자 없었거늘 오늘은 필유곡절(必有曲折)[1]이리라."

청운도사가 이렇게 중얼대고 있을 때, 문득 명진으로부터 튼 봉지가 진 앞에 와서 떨어졌다. 그 봉지를 열어 보니 무수한 푸른 잎이 들어 있는데 잎마다 칼자국이 있었다. 진인(眞人)은 크게 놀랐다. 내심 혼자서 생각하는 바가 있었다.

"이는 심상한 장수로서는 할 수 없는 비범한 노릇이다. 반드시 우리 사부께서 명나라 진영에 강림하시어 명천자(明天子)를 도우심이니, 내 마땅히 오늘 밤 명진에 가서 그 동정을 살핀 후 다시 좋은 계책을 세워 보리라."

진인은 선우에게 이렇게 말하였다.

"오늘은 천존(天尊)의 입재(入齋)[2]하시는 날이라. 그러므로 오늘 용명함은 도가(道家)의 꺼려하는 바이니 내일에 다시 일을 경륜하리이다."

진인은 밤이 되기를 기다리고 있었다. 그날 밤 삼경에 청운도사 태청진인(太淸眞人)은 한 가닥의 푸른 기운으로 변하여 명진

---

1) 반드시 무슨 까닭이 있음.

2) 재(齋)를 시작하는 일.

으로 숨어 들어갔으나, 홍표요는 당장에 그를 알아보고 꾸짖었다.

"청운아. 네 어찌 나를 속이려 드느냐."

진인은 크게 놀라, 본 모습을 드러내고 한 개 도동(道童)으로 변해서 홍표요의 앞으로 나아가 눈물을 머금고 말하였다.

"사형(師兄)[3]이 어이하여 이곳에 계시나이꼬."

이리하여 둘이서는 각각 그 형편과 처지를 숨김없이 말하지 않을 수 없었다. 홍표요는 진인이 평소에도 경솔히 잡술 쓰기를 즐기는 행동을 크게 꾸짖고 나서,

"네 어이 사부의 유훈(遺訓)[4]을 생각하지 않고 세상을 소란케 하느뇨? 내 어젯밤 꿈에 사부를 뵈었는데, 옛날 산중의 정리를 잊지 말라 하시었을 뿐이니, 이는 곧 너를 나에게 부탁하심이로다."

이 말을 듣더니 진인은 잘못을 뉘우치고 홍표요를 위하여 선우의 목을 대신 베겠다 하였으나, 홍랑은 그는 나의 쌍검으로도 충분하니 그런 걱정은 말고 빨리 자취를 감추고 돌아가라고 타일렀다. 호진으로 돌아온 진인은 마침내 풀잎을 따서 공중으로 던지며 진언(眞言)을 염(念)하여 그것을 한 개 가짜 자기 자신으로 변해 놓고 자기는 일진청풍(一陣淸風)으로 화하여 백운동으로 향하였다.

이튿날 새벽에, 선우는 태청진인에게로 갔다. 그런데 무슨 말을 물어 봐도 묵묵히 대답이 없는 것이었다. 가짜 진인이 대답이 있을 리 없었다. 이상하다 생각한 선우는 그 길로 노균에게

3) 나이나 학덕이 자기보다 높은 사람을 존경해서 일컫는 말.
4) 죽은 사람이 남긴 훈계.

달려갔다.

"진인이 도무지 말이 없이 앉아 있으니 어찌된 일이오."

노균은 한참 동안이나 무엇을 곰곰이 생각하다가 이것은 반드시 무슨 까닭이 있는 일이리라 하고 곧 진인이 있는 장중(帳中)으로 달려가서 말을 걸어 봤으나 역시 묵묵부답이다. 너무나 사람을 무시하는 것 같은지라 옆에서 보고 있던 호장 척발랄이 크게 노하여 악을 썼다.

"한낱 도사놈이 어찌 이다지도 오만할꼬? 내 듣건대 도술(道術) 있는 목을 끊어도 움직이지 않는다 하니 한번 시험해 보리라."

척발랄이 칼을 들어 진인을 내리치니 진인은 간 곳이 없고 한 가닥 풀잎만이 두 동강이 나 있을 뿐이었다. 선우는 크게 노하여 풀잎으로 사람을 속였다고 당장에 노균의 목을 치려고 하였다. 척발랄이 그것을 가로막았다. 노균마저 죽이면 적의 투항할 길을 막게 된다는 이유였다.

노균은 무슨 말이라도 듣지 않을 수 없는 판이었다.

선우는 즉시 태후의 복색(服色)과 의장(儀仗)[1]을 만들어서 노균의 처첩과 사로잡은 여자들에게 입혀서 진중의 한 곳에다 세워 놓고 격문을 써서 화살에 꽂아 가지고 연소성으로 쏘아 보냈다. 명천자가 와서 항복하면 이 태후와 여러 여자들을 돌려보내겠다는 내용의 격문이었다.

천자는 대경실색해서 양원수에게 대책을 상의하였고, 양원수는 그것을 믿을 수 없다 주장하였으나, 효성이 극진한 천자는

1) 의식에 쓰는 무기 또는 물건.

성 위에까지 올라가 보고, 틀림없는 태후임에, 태후를 살리기 위해서는 흉노에게 항복도 불사할 심정이었다. 이때 나선 것은 홍혼탈이었다. 단기(單騎)로 호진에 들어가 정말 태후를 잡아왔는가 확인하고 오겠다고 떠나갔다.

홍랑이 태연히 선우의 진영 앞에 나타나자, 선우는 전후좌우로 경계를 삼엄히 하고 홍랑을 맞아들였다.

태후의 거처를 물으니 선우는 비웃을 뿐이다. 홍랑은 조금도 굴하지 않고 선우를 비웃어 주었다.

"내 또한 그대를 농락하러 왔도다. 그대의 목숨을 빼앗으러 온 것이요 속아서 온 것이 아니로다."

선우와 홍랑은 마침내 일 대일로 대결하였으나 동에 번쩍, 서에 번쩍 삽시간에 호장을 닥치는 대로 거꾸러뜨리는 홍랑을 선우도 당할 도리가 없었다. 도망치려는 선우를 추격하려 하였을 때 표연히 대군을 거느리고 달려든 것은 양원수였다.

"홍장군은 궁한 도둑을 쫓지 말라."

그래도 홍랑은 야원수의 대군을 거느리고 적운을 10여 리나 추격하다가 돌아왔다. 천자는 친히 성에 내려와서 혼탈의 손을 잡고 위로하며 기뻐하였다. 홍랑에게 여지없이 패해 버린 선우는 쫓기어서 노균 등과 더불어 상동성을 향해서 달아났다. 한편 양원수도 그 뒤를 추격하고 있었다.

선우가 산동성에 당도하니 거기에는 꿈에도 생각지 못한 사태가 그를 기다리고 있었다. 성 위에는 명나라의 깃발이 높이 꽂혔고 그 아래 한 귀인(貴人)이 앉아서 큰소리로 꾸짖는 것이었다.

"과인은 진왕(秦王)이라. 태후의 명를 받들어 성에 와서 지킨

지 오래니, 도둑은 장차 어디로 갈 것인고."

선우가 당황해서 어쩔 줄을 모르고 있을 때, 뒤에서 천지가 떠나갈 듯 함성이 크게 일어났다. 양원수의 대군이 천자를 호위하고 달려든 것이었다. 선우가 다시 산동성을 버리고 북쪽으로 달아났을 때 여기서도 앞길을 가로막으며 내닫는 장수가 있었다. 일지련(一枝蓮)이었다.

"내 이곳에 있은 시 오래니, 선우는 도망칠 생각을 버리라."

호통을 치는 일지련은 태후의 명령으로 진왕을 따라 산동성을 회복하고 선우의 갈 길을 다시 막는 것이었다.

선우는 일지련도 당해 낼 도리가 없었다. 척발랄 또한 싸울 기운을 잃고, 둘이 대군을 거느리고 북으로 북으로 도망치는 수밖에 없었다. 천자가 산동성에 다다르니 진왕이 성문 밖까지 나오서 영접하였다. 진왕에게 어떻게 이 성을 지켰느냐고 물으니 진왕의 대답이,

"호병이 남쪽으로 달아난 뒤 산동 이북은 근심 없는고로, 신이 태후께 아뢰옵고 일지련을 거느리고 먼저 산동성을 회복하였나이다. 장차 산동병과 합세하여 법가(法駕)를 모시러 남으로 가 볼까 하던 참이로소이다."

천자는 자기의 매부인 진왕을 연왕에게 인사시켰고, 홍랑 · 일지련도 진왕과 인사를 마치고 나서, 연왕은 홍랑 · 소유경 · 일지련 · 마달 · 동초를 거느리고 선우를 추격하겠다고 진언하였으며, 천자는 진왕과 함께 태후 양전(兩殿)을 진남성에서 만나고 황성으로 돌아간 천자는, 진왕의 진언을 들어 이 기회에 북쪽 오랑캐의 뿌리를 뽑아야겠다는 생각으로 친정(親征)[1)]할 결심을 하였다.

10만 대군을 거느린 천자는 먼저 북으로 진격해 나가다가 연왕의 군사와 합류해서 다시 진용을 정비하고 행군을 계속하였다. 천자의 대군이 돈황성(燉煌城)을 지나쳤을 때, 문득 바람결에 들려오는 곡성이 있었다. 그것은 노균의 간악한 계교를 못 이겨 귀양살이를 왔다가 옥에 갇혀서 원통함을 못 참고 울부짖는 뇌천풍(雷天風)의 울음소리였다.

천자는 당장 뇌천풍을 옥에서 풀어 내어 전부선봉(前部先鋒)을 삼았다. 대군은 행군을 계속하여, 선우가 웅거하며 기회를 노리고 있는 하란산(賀蘭山) 아래까지 이르러 다시 진을 쳤다. 혼천진(掍天陳)이라는 진법을 썼으니 이것은 대군을 360대로 나누어서 12방에 매복시키고, 또 다른 한편으로는 군사를 30대로 나누어서 각기 좌우익(左右翼)을 만들고, 그것을 펴면 조익진(鳥翼陣)이 되는 진법이었다.

또 나머지 군사로는 하란산 한복판에다 무곡진(武曲陳)을 치게 하니, 멀리서 바라보자면 진세가 엉성한 듯하지만, 사실은 철통같이 견고한 진법이었다. 이것을 우습게 본 선우는 몽고병을 청하여 밤 삼경에 명진을 습격하기 시작하였다. 명진에서는 북소리가 진동하더니 일시에 12방 360대의 군사들이 머리와 꼬리를 합쳐 가지고 호병을 완전히 포위해 버리고 말았다.

명나라 군사에게 호위를 당한 선우는 날이 밝도록 온갖 힘을 다해서 명진을 쳐부수려고 애써 봤으나 뜻을 이루지 못하였다. 마지막에는 몽고타호군(蒙古打虎軍) 1천까지 동원하였으나 그것을 가지고도 마음대로 되지는 않았다. 이 때 명진에서 벽력같이

1) 임금이 몸소 정벌함.

호통을 치며 진두로 내닫는 것은 뇌천풍이었다.

"대명 선봉장군 뇌천풍이 예 있도다."

선우가 덤벼들어 일대 육박전을 하고 있을 때, 흉노의 진영에서도 내닫는 장수가 있었다. 노균이었다.

"대왕은 필부와 더불어 다투지 마시옵소서. 뒤에서 홍혼탈이 진격해 들어오고 있나이다."

"만고역적 노균아! 내 도끼를 갈아서 네 피로 물들이고자 한지 오래되었도다."

마침내 노균은 노천풍의 벽력부(霹靂斧)에 맞아 몸은 두 동강이 되어 말에서 떨어져 천벌을 받고 말았다.

죽어 넘어간 노균의 말과 같이, 바로 뒤에서는 홍혼탈의 대군이 노도같이 밀려들며 호병을 무찌르기 시작하였다. 도무지 견디어 낼 자신이 없어진 척발랄은 선우에게 투항하기를 권고하였다.

선우는 크게 노하여 당장에 척발랄을 쳐 죽이려고 하였다. 척발랄은 그것을 피하여 도망쳐 버렸으며, 선우는 간신히 명진의 포위망을 뚫고 하란산을 향해서 도주하고 말았다. 선우의 탈을 피한 척발랄은 하늘을 우러러 탄식하다가 드디어 명진에 투항하였다. 천자도 그의 죄를 사하고 휘하에 두기로 결정하였다.

"선우가 이제 혈혈단신으로 하란산에 들어갔으니 이는 그물 속의 고기며 새장 속의 새인가 하옵나이다. 대군을 지휘하여 그를 포위한 후 잡는다면 불원간 성공하리이다."

척발랄까지 투항하게 되자 양원수는 이렇게 천자에게 진언하였으며, 천자도 이에 만족을 표시하였다. 이 때, 선우는 계책도 힘도 다하였고, 분하고 독한 기운도, 흉악하고 무진 용맹도 쓸

곳이 없게 되자, 손에 철창을 잡고 범처럼 뛰어나오며 최후의 발악을 하였다.

"과인의 용력(勇力)이 부족한 허물 아니며, 하늘이 과인을 도웁지 않음이로다. 원컨대 명원수(明元帥)와 한번 자웅(雌雄)[1]을 결하고자 하노라."

그것은 정말 최후의 발악이었다. 마침내 그 역시 뇌천풍의 도끼를 맞고 영영 쓰러져 버리고 만 것이다. 천자의 친정(親征)으로 말미암아, 흉악한 흉노의 괴수 선우가 죽어 버리니, 몽고·토번(吐蕃)[2]·여진(女眞)[3] 세 나라가 입조(入朝)하게 되었고, 그 밖의 작은 나라들도 자연 복종하지 않을 수 없게 되었다. 천자는 척발랄을 대선우(大禪于)로 삼아 오랑캐를 다스리게 하고 회군하였다.

그 이튿날, 천자는 연연산(燕然山)에 올라서 비석을 세워 공업(功業)을 기록하고, 다신 회군을 계속하게 되니 여러 호왕(胡王)들은 돈황까지 따라 나와서 법가(法駕)를 전송하였다. 대군이 상군(上郡)에 도착하자 북방군을, 태원군(太原郡)에서는 산서군(山西軍)을, 황성에 도착해서는 남방군(南方軍)까지 각각 본고장으로 돌려보내니, 비록 오랫동안 싸움에 시달리기는 하였으나 백성들은 천자의 성덕을 칭송하지 않는 자가 없었다.

천자는 묘사(廟社)[4]에 제를 지낸 후 천하에 대사령(大赦令)[5]을 내리는 한편, 논공행상을 하였다. 연왕과 진왕는 이미 높은

---

1) 승부·우열·강약 등을 비유하는 말.
2) 당·송 시대 서장족을 일컫던 말.
3) 동만주와 연해주 방면에 살던 반농 반수렵의 퉁구스 계인 부족을 일컫는 말.
4) 종묘와 사직.
5) 대사면을 베풀어 주라는 국가 원수의 명령.

벼슬자리를 차지하고 있으므로 식읍 3만 호(食邑三萬戶)만 가하였다.

소유경은 여음후(汝陰候)를 봉하고, 동초 · 마달은 관동후(關東侯) 관서후(關西侯)를 봉하였다.

손야차는 황금 1천 일(千鎰)을 하사하고, 일지련은 아직도 가부(家夫)를 정하지 못하였으니, 가부의 직함을 따를 수 없어 난처하였으나, 이미 태후로부터 표기장군의 직함을 받았으므로 그대로 유임케 하고, 특히 탕목읍(湯沐邑) 1만 호와 황성제택(皇城第宅)과 가동(家童) 100명과 황금 1천 일, 채단[1] 1천 필을 하사하였다.

뇌천풍은 관내후(關內侯)를 봉하고, 양현(楊賢)은 공명에 뜻이 없고 또 관직이 이미 일국의 태야(太爺)로 있는고로 다만 탕목읍(湯沐邑) 5천 호를 더 하사하였다. 또 태청궁(太淸宮)을 풍운경회각(風雲慶會閣)이라 개명하고 어진(御眞)과 연왕 이하 모든 신하들의 화상(畵像)을 그리게 하여 그 곳에 걸고 그들의 충성을 천추에 전하도록 하였다. 하루는 천자가 연왕에게 이런 말을 하였다.

"경의 소실인 벽성선의 소식을 요즘 들었는가? 그 충의, 짐이 잊을 수 없도다."

"왕사(王事)를 돌보기에 바쁜 몸이오라, 사사(私事)를 돌볼 여가 없어, 그 생사조차 탐문치 못하였나이다."

이렇게 말하는 연왕의 대답을 듣자 천자는 차탄(嗟嘆)[2]하여 마지않으며,

---

1) 비단의 총칭.
2) 한숨지어 탄식함.

"짐이 밝지 못한 탓으로 왕세창(王世昌)의 참설(讒說)[3]을 믿고, 탁절(卓絶)[4]한 여자로 하여금 그 뜻을 얻지 못하게 하였고 산수간(山水間)에 유락(流落)케 하였으니, 어찌 부끄럽지 않으리요. 짐은 이제 선랑을 위하여 시비와 흑백을 가려 그 애매함을 풀어 주리라."

하고 곧 왕세창을 엄책하는 한편, 지난날의 자객을 체포하라고 군국(郡國)에 엄중한 명령을 내렸다. 그러나 천자 앞에서 물러나온 왕세창은 이 사실을 위씨(衛氏)에게 밀통하였다. 이 놀라운 사실을 알게 된 위씨는 당장에 춘월을 불러 놓고 꾸짖었다.

"네 지난날 선랑을 죽였다 하더니, 그년이 아직도 살아 있어, 일을 뒤집으려 한다니 장차 이 일을 어찌 할 터이냐?"

사태가 이에 이르렀어도 춘월은 끝까지 간악한 계교를 생각하였다. 우격(虞格)의 누이동생 우이랑(虞二娘)을 매수하여 천자에게 거짓을 꾸며대서 모든 죄를 다시 백성선에게 뒤집어씌우려 하였다. 그러나 이 때, 정말 자객 노릇을 하였던 노랑(老娘) 할머니가 나타나서 자초지종을 천자에게 고해 바치게 되니, 비로소 시비곡직(是非曲直)[5]이 가려진 것이었고.

이렇게 되고 보니, 법관은 황명을 받들어 춘월과 우격을 십자가두에 끌어내어 참(斬)하고, 춘성과 우이랑은 무인절도로 귀양보내고, 왕세창도 벼슬을 깎아서 추방해 버렸다. 연왕은 부중으로 돌아와서 양친에게,

"황씨의 죄악이 저절로 발각되어 황상께서 명백히 처치하셨

3) 거짓으로 꾸며서 남을 참소하는 말.
4) 남보다 훨씬 뛰어남.
5) 옳고 그르고 곧고 굽음.

으니 칠거지악(七去之惡)[1]에서 벗어날 수 없사옴으로 곧 쫓아내겠나이다."

이 소식을 알게 된 위부인은 끝까지 자기의 잘못을 뉘우침이 없이, 다시 태후에게 원통한 사정을 호소할 생각으로 궐내로 들어갔다. 이 때, 벌써 천자는 다음과 같이 고해 바쳤다.

"위씨 모녀의 죄악이 탄로되어 소자가 이미 처치하였나이다. 그러나 좌우의 사람들만을 다스렸을 뿐, 위씨 모녀는 대신의 명부(命婦)일 뿐 아니옵고 모후께서 사랑하시는 터인지라, 소자로소 처치키 어렵사오니, 모후께서 엄격히 교훈하사 그 죄과를 징계하오소서."

태후 앞에 나타난 위부인은 끝까지 변명만을 일삼고 허물을 뉘우치는 기색이라고 티끌만큼도 보이지 않았다. 태후는 위붕인의 태도에 크게 노하여,

"위씨 모녀는 추자동(楸子洞)에 가두고 그 죄를 스스로 깨닫도록 하라."

고 엄명을 내렸다. 위씨의 모친인 마씨(馬氏)의 무덤이 있는 추자동에 위씨 일행이 도착하자, 우선 마씨 묘 앞에서는 울음바다가 벌어졌다.

그들이 머무를 곳은 산을 의지하고 간신히 붙어 있는 1간 토실(土室)[2]로서 사면 흙벽에는 구멍이 뚫어졌고, 가시덤불이 성(成)같이 무성해서 하늘과 해를 구경하기 어려운 곳이었다. 한편 진왕의 구함을 입고 진국에 머물러 있던 벽성선은 천자가 환

1) 아내를 내쫓는 이유가 되는 일곱 가지 사항. 곧 불순구고(不順舅姑) · 무자(無子) · 음행(淫行) · 질투 · 악질(惡疾) · 다언(多言) · 도둑질.

2) 토옥. 곧 흙으로 벽을 쌓아 만든 집.

궁하였다는 소식을 듣고 황성으로 돌아와서 연왕을 만났으며, 다시금 양부로 들어갈 수 있게 되었다.

세월은 거침없이 흘렀다. 황소저가 추자동으로 쫓겨간 지도 어언간에 한 달이 지났다. 시기와 질투로 뭉쳐진 것 같은 이 여인은 허구헌날 눈물로 세월을 보냈다.

어느 날 밤 위씨가 시비 도화가 잠들어 있는 곁에서 황소저는 비몽사몽(非夢似夢)[3]간에 반공에 높이 솟아 있는 누각으로 몸이 둥둥 떠 올라갔다. 무수한 선녀들이 꿈속같이 오락가락하는 천상 옥경(玉京)이었다. 황소저는 선녀로부터 이곳에 주(周)[4]나라의 현부인인 상청부인(上淸夫人)이 있어서 선녀들을 교훈한단 말을 듣고, 문득 숙덕(淑德)한 부인을 만나 보고 싶은 충동에서 그 부인을 찾아갔다.

"첩은 인간대명국(人間大明國) 연왕의 제 2부인 황씨이온대, 부인이 인간 세상에 계실 때 모든 첩들이 털끝만큼도 투기하는 마음이 없었다 하오니, 만일 이것을 교묘한 거짓이라고 아니한다면 사람의 칠정(七情)[5]에도 가지가지 다름이 있는가 하옵나이다."

이렇게 말하는 황소저를 보더니 상청부인은 갑자기 안색이 변하며 다음같이 꾸짖어서 밖으로 쫓아내었다.

"네 어떠한 추물(醜物)이기에 더러운 말을 감히 내 귀에 들리게 하느뇨. 인간 세상에 90년 동안이나 있었으나, 한번 투기란

3) 꿈인지 생시인지 어렴풋한 상태.

4) 은나라 다음에 일어난 중국의 고대 왕조.

5) 사람의 일곱 가지 감정. 곧 희(喜)·노(怒)·애(哀)·낙(樂)·애(愛)·오(惡)·욕(欲), 또는 희(喜)·노(怒)·우(憂)·사(思)·비(悲)·경(驚)·공(恐).

말을 들어본 일도 없더니, 네 이제 음란한 마음씨로 더러운 말을 함부로 입밖에 내어 나의 기맥을 살피고자 하는구나. 이러한 음부(淫婦)는 일시라도 이 옥경청도(玉京青道)에 둘 수 없으니 속히 돌아가서 인간 세상의 여자들에게 나의 말을 전하라. 무릇 부녀자란 유순하고 단정해야 하는 법이니, 이에 어긋난다면 어찌 군자의 소행이라 하리요."

쫓겨난 황소저가 밖으로 나와서 문득 한 곳을 바라보자니, 습기가 가득한 숲 속에서 귀신의 울부짖는 것 같은 처참하고 소름끼치는 울음소리가 들렸다. 그곳으로 가까이 가서 자세히 보니 흉악한 냄새 코를 찌르고 불결한 물건이 가득 차 있는 늪 속에 무수한 여자들이 빠져서 허우적거리며 헤어나지 못하고 있었다.

그 여자들은 전생에서 투기가 심하기로 유명한 여자들이었다고 그 과거를 밝혔다. 황소저는 모골(毛骨)이 송연(竦然)[1]해서 꿈에서 소스라쳐 깼다. 마침내 황소저는 과거에 저지른 죄과를 뉘우치고 괴로워하던 나머지 병들어서 자리에 눕게 되었다. 황소저는 금방에 기절할 듯 할 듯하더니 간신히 눈을 떠서 어머니 위씨에게 흐느끼며 탄식하는 말이 있었다.

"이제 소녀의 잠명마저 끊어지오면 만사를 오히려 잊을 수 있겠사오나, 다만 두가지 소회(所懷) 있사오니, 그 하나는 연왕을 저버린 것이오며, 선랑이 소녀를 모해함이 아니오라 소녀가 선랑을 모해하였사오니, 일후에라도 연왕과 선랑의 일을 입 밖에 내지 마시와 소녀의 죽은 혼이나마 부끄러움을 면토록 하여 주소서. 또 소녀 죽은 후에 황씨 선산(先山)에 묻힌다 하옴은 부

---

1) 아주 끔찍한 일을 당하거나 볼 때에 두려워서 옹송그림.

끄러운 일이오니, 원컨대 모친께서는 소녀의 시체를 화장하시어 더러운 뼈나마 이 세상에 남지 않게 하여주소서."

말을 마치자 황소저는 당장에 숨이 끊어질 것만 같았다. 옆에서 이 광경을 보고 있던 위씨 부인도 또한 통곡 끝에 기절하고 말았다. 기절 속에서 위부인은 꿈을 꾸었다.

그것은 위씨의 돌아가신 어머니 마씨가 어떤 백의노인(白衣老人)에게 딸의 악한 마음씨를 바로잡아 달라고 당부하니까 그 노인이 오장육부를 끄집어내서 깨끗이 씻겨 주고 뼈를 갈아서 독을 뽑는 무시무시한 끔이었다. 이런 꿈을 꾸고난 다음부터 위부인은 성품이 완전히 변하였다. 과거의 잘못을 뼈아프게 느끼고 덕을 쌓기에 노력하고 있었으나 딸 황소저의 병은 이미 골수에 깊이 박혔고, 위씨 역시 꿈속에서 뼈를 깎을 입은 흔적이 종기로 변하여, 모녀의 참혹한 정상은 목불인견(目不忍見)[2]이었다.

태후가 이런 소문을 듣고 가궁인을 비밀히 보내서 그 진상을 알아 오라고 분부하였다. 추자동에 이르러 진상을 조사해 본 가궁인은 태후에게 돌아와서 사실대로 보고하였다. 그들 모녀의 참혹한 정경은 눈을 뜨고 차마 볼 수 없으며, 더욱이 위씨는 한마디 한 마디 모두 과거의 죄과를 뉘우침이 분명하고 추호도 남을 원망하는 기색이 없이 근처에 불당이나 사찰을 찾아가서 불공을 드리고 있는 애절한 심정으로 날을 보내고 있다는 사실을 낱낱이 고해 바쳤다.

사실, 가궁인은 위씨에게 근처에서 얼마 안 되는 곳에 있는 산화암이라는 암자까지 가르쳐 주었으며, 위씨는 시비 도화를

2) 눈앞의 광경이 끔찍하거나 딱해서 차마 볼 수 없음.

보내어 지성으로 기도를 드리게까지 되었다. 가궁인은 그들 모녀가 토굴 같은 처참한 거처에서 온갖 고초를 겪고 있음을 불쌍히 생각하고 태후에게 그들을 용서해 주기를 간청해 봤다. 그러나 태후는 웃으면서 이렇게 대답할 뿐이었다.

"내 위씨를 사랑하는 마음, 어찌 너만 못하리요. 이제 그들이 비록 허물을 고치고 후회하였다 하나 황소저는 출부(出婦) 당한 신세이니 장차 어찌 하리요. 좀더 고초를 겪도록 하여 연왕으로 하여금 느끼고 깨닫는 바 있도록 함이 마땅하리라."

이 때 만리이역을 남북으로 달리다가 한가한 때를 갖게 된 연왕은 비록 연소하여 방장한 때라고는 하지만, 워낙 오랜 동안 전진(戰塵)[1]에 시달린 몸인지라. 풍한(風寒)과 서습(暑濕)[2]에 상한 바 없을 수 없어 자리에 눕게 되었다.

어느 날 선랑과 난성이 심란해서 앉아 있는데, 십왕보살(十王菩薩)을 외우며 향탁(香卓)을 등에 지고 시주하기를 청하며 들어오는 늙은 여인이 있었다. 연왕의 병을 걱정하는 선랑과 난성의 말을 듣더니 그 늙은 여인은 시왕전(十王殿)에 나아가 치성을 드리라고 권고해 주었다.

이튿날 선랑은 소청과 연옥을 거느리고 향화(香火)와 지촉(紙燭)[3]을 갖추어 가지고 암자를 찾아갔다. 목욕재계하고 시왕전에 나아가 기도와 축원을 마친 선랑이 문득 탑 위를 올려다보고 다시 탑상(榻上)을 바라보니, 채단 폭 한 조각에 몇 줄의 축원문이 적혀 있었다.

---

1) 전장에서 일어나는 풍진.

2) 더위와 습기.

3) 종이와 초.

"제자 황씨는 육근(六根)[4]하고 오욕(五慾)[5]에 덮힌 바 되어 차생의 악업이 산과 같이 중첩하니, 공덕을 닦아 연화대(蓮花臺) 위에 칠보탑(七寶塔)을 쌓아 올릴지라도 어찌 속죄할 수 있으리요. 장차 진세(塵世)의 인연을 끊고 불전(佛殿)에 귀의(歸依)하여 여생을 마치고자 하오니 보살께서는 자비를 베푸소서."

선랑이 필적을 보니, 눈에 익은 필적일뿐더러 내용 역시 심상치 않은 바 있으므로 여승들에게 물어서 그것이 황씨 모녀의 필적임을 확인하고 감탄하여 마지않았다.

"황씨 모녀가 이처럼 개과(改過)하였음은 실로 기약하기 어려운 일이로다. 만일 진심으로 개과하여 여승들의 말과 같다 하면 본래 그들의 죄과가 나로 말미암아 저질러진 것이니, 내 만일 그들을 구하지 않는다면 의(義)라 할 수 없도다."

이런 아름다운 마음씨로 선랑이 부처님 앞에 치성을 드리면서부터 연왕의 병도 점점 차도가 있었다. 한편 황소저는 죄과를 뉘우치는 극도의 번뇌에 싸여서 침식을 전폐하고 하루도 몇 차례씩이나 정신을 잃고 혼돈하곤 하였다.

어느 날 황소저는 바람 앞에 촛불이 꺼지듯 숨소리가 끊어졌으며, 황각로는 이 급보를 받고 달려왔으나 이미 속수무책(束手無策)[6]이었다. 위씨는 황소저의 소원대로 시체를 화장하려고 시비 도화를 산화암으로 보내서 여승들을 청해 오도록 하였다.

추자동으로 향하는 여승의 편에서 선랑은 황소저가 소식을

4) 육경(六境)을 인식하는 능력이 있는 기관. 곧 안(眼)·이(耳)·비(鼻)·설(舌)·신(身)·의(意)의 총칭.

5) 재물·색사·음식·명예·수면의 다섯 가지에 대한 욕심.

6) 어찌 할 방책이 없어 손을 묶은 듯이 꼼짝할 수 없음.

알게 되자, 자기 입장의 묘함을 깨닫고 몸둘 바를 모르며 슬퍼하였다. 난성을 만나게 된 선랑은 황소저의 소식을 전하고 눈물을 흘리며 호소하였다.

"황소저가 나로 인하여 원혼이 되었으니 이제부터 내 더욱 몸둘 곳이 없도다. 더구나 황소저는 회심(回心)[1]하여 과거지사를 후회하였음에도, 그 뒤가 선(善)하지 못하였으니 이는 나의 죄악을 드러냄이로다. 같은 인생으로 청춘이 아미(娥眉)[2]를 시기하다가, 하나는 깊이 원한을 품고 구원야대(九原夜臺)[3]로 처량히 사라졌으며 하나는 고대광실(高臺廣室)[4]에 부귀를 누리고 있으니, 인생이 목적이 아니라면 어찌 우울한 생각이 없으리요."

마침내 선랑은 난성을 졸라대고 애원하다시피 매달렸다. 그것은 황소저를 살려 보려는 갸륵한 심정이었다.

"난성아. 사람이 지기를 귀중히 여김을 그 근심과 기쁨을 같이하는 까닭이로다. 내 오늘날 처지가 먼저 죽느니만 못하니 난성은 그 재주 다하여 한 사람의 목숨을 구함으로써 두 사람의 신세를 건지도록 하라."

선랑의 귓속에다 대고 무엇인지 속삭이고 난 난성은, 두 여도사로 변장하고 황소저에게 달려가서 환약 세 개를 꺼내서 위씨에게 먹이도록 권하고 나왔다. 한 알, 두 알, 세 알째 환약마저 쓰고 나니 황소저는 긴 숨을 몰아쉬며 몸을 돌이켜 누웠다.

---

1) 잘못을 뉘우치는 마음.
2) 누에나방의 눈썹처럼 아름다운 눈썹. 곧 아름다운 미인의 눈썹.
3) 죽은 뒤에 넋이 돌아간다는 곳.
4) 굉장히 크고 좋은 집.

과연 귀신 같은 솜씨를 가진 여 도사 두 사람. 위씨는 놀라고 기쁘지 않을 수 없었다. 궁금해서 그 행적을 도화에게 물었더니, 도화가 하는 대답이,

"천비(賤婢)가 몸을 피하는 체하고 숨어서 엿보았삽더니 앞의 분은 선랑이었고, 뒤의 분은 홍난성이었나이다."

이 말을 듣자 위씨는 당황할 뿐 그 까닭을 도무지 알 수 없었다. 선랑과 난성이 양부를 돌아가 그 소식을 전하니, 연왕은 부드러운 음성으로 양친에게 이렇게 말하였다.

"황씨를 위하여 생각건대, 허물을 고치지 못하고 사느니보다는 개과하고 죽은 것이 잘 되었다 생각하나이다. 황씨가 허물을 고치고 죽었다면 그 고혼이라도 쾌락하지 않겠나이까."

연왕의 말이 채 끝나기도 전에 선랑이 허리띠를 풀고 비녀를 뽑으며 땅에 엎드려 청죄(請罪)하는 말이,

"첩은 천한 청루의 몸으로 품행이 불민하여 군자의 문중에 쉴새없이 환란을 일으켰사오니 이는 다 첩의 죄인가 하나이다. 어찌 허물을 황씨에게만 돌릴 수 있으리요. 하물며 황씨가 수덕(修德)하여 이제 현숙한 부인이 되었음이오리까. 그 마음 알아주지 못하신다면 첩인들 어찌 양양자득(揚揚自得)[5]할 수 있으며, 사람들의 손가락질을 면할 수 있으리요. 만일 상공께서 황씨의 죄를 용서치 않으신다 하오면, 첩은 삭발하옵고 입산하여 처지를 밝히도록 하겠나이다."

홍랑이 이미 약을 써서 황소저를 살려 놓았다는 사실을 알게 된 양현은 마침내 연왕에게 분부하였다.

5) 뜻을 이루어 뽐내고 꺼덕거림.

"개관천선(改過遷善)[1]하면 옛 사람도 용서하였나니라. 주저치 말고 죄를 용서하고 병회(病懷)[2]를 위로하도록 하라."

선랑은 다시 태후에게 상호하여 황씨 모녀를 집으로 돌려보내도록 분부하게 하였다. 이리하여 위씨 모녀도 다시 잔명을 보전하고 황부로 돌아갈 수가 있었다. 이때부터 연왕의 부중에는 태평한 세월을 보낼 수 있게 되었으니, 개과천선한 황소저까지 다시 양부로 데려다가 부인 대접을 하게 되었으며, 보는 사람들이 이제야 자기의 앉을 자리를 바로 찾아 앉는 것 같았다.

부중 후원인 상춘원(賞春園)에는 봄이 찾아 들고 가지각색 꽃이 만발하여 더 한층 평화스런 기분을 돋구었다. 하루는 연왕이 윤부인 · 황부인 · 홍난성 · 선랑을 거느리고 잔치를 베풀었다. 그 자리에서 문득 난성이 선랑을 보고 이런 말을 꺼냈다.

"오늘 이 자리에서 여러 사람이 다같이 즐거워 하지만 오직 한 사람 홀로 적막하게 지내니 어찌 가엾지 않으리요."

이 말을 듣자 선랑은 방으로 들어가서 일지련(一枝蓮=蓮娘)의 손목을 끌고 나왔다. 연랑은 몹시 수줍어하는 기색이었다. 침울해 보이기조차 하였다. 연랑이 수줍어하고 침울해 하는 심정을 알고 있는 것은 선랑과 난성이었다. 홍혼탈 장군과 만리풍상에서 갖은 고초를 겪고 오랑캐 나라를 버리고 이곳까지 와 있는 흉노의 일점홍.

선랑과 난성은 한 잔 또 한 잔 일지련에게 술을 권하였다. 연랑도 처음에는 수줍어서 굳이 사양하였으나, 마침내 하는 수 없이 웃으며 술잔을 받아들고 연달아 석 잔이나 마셨다. 그리고는

---

1) 지나간 허물을 고치고 착하게 됨.

2) 몸이 아파서 외로움.

이런 말을 하였다.

"첩은 천성이 옹졸하여 능히 언사로서 마음속을 말하지 못하나이다. 오늘 풍광이 이다지 아름답고 지기(知己) 자리에 가득 앉아 있사오니 원컨대 한 곡조 탄주하여 홍취를 돕고자 하나이다."

선랑이 소청에게 명하여 보슬(寶瑟)을 가져오게 하니, 연랑은 옥 같은 손으로 줄을 고르며 만가(輓歌) 삼장(三章)을 탄주하였다.

땅에 풀이 나지 않음이여,
바다에는 파도 높이 일도다.
촉룡의 싸움이여,
불구름이 일어나도다.
천애에 의지하여 북두성 바라봄이여,
이 인군(人君)이 계시는 곳이도다.
흰 용이 뒤에 있음이여,
붉은 표범 앞에 있도다.
만왕 따라 들에서 사냥함이여,
격설(鴃舌)[3]이 시끄럽게 지저귀도다.
아미 찌푸리고 즐기지 않음이여,
넋을 잃도다.
가을 바람 일어남이여,
외로운 기러기 홀로 날으는도다.
그대 따라 상국(上國)에 놀음이여,

---

3) 야만인이 지껄이는 알아들을 수 없는 말.

부모를 생각하니 눈물이 옷을 적시도다.
부모여, 자식을 생각하심이여.
자식은 누구 위해 돌아갈 줄을 잊었는고.

첫째 장은 그 처지의 비통함을 노래하였고, 둘째 장은 흉금을 토로한 것이며 마지막 장은 불우함을 탄식한 것이었다. 이 애절한 단주를 듣자 신랑은 거문고로, 난성은 옥퉁소를 불어서 연랑의 서글픈 심정을 위로해 주었다. 모친 허부인이 이날 자리에 같이 있다가 돌아가는 길에 연왕을 보고 이런 말을 하였다.

"아자(兒子)는 장차 연랑에 대하여 어찌 처신하려는고?"

이 때서야 연왕은 솔직한 심경을 허부인에게 고백하였다.

"소자가 방탕하여 만리 이역에 거느리고 왔사오니 어쩨 타저로 보낼 수 있으리까만, 첩을 셋씩이나 둠이 지극히 외람한고로 감히 야야(爺爺)[1]께 품달치 못함이로소이다."

한편에서는 선랑과 난성도 일지련의 신분을 확실히 수습해 주라고 성화같이 연왕에게 권고를 하고 졸라댔다. 선랑은 연랑을 위하여 심지어 이런 말까지 연왕에게 하였다.

"세상에 사람 알아줌이 이렇듯 어렵도다. 상공의 밝으신 안목으로도 연랑의 마음을 이렇듯 몰라주시나이까? 연왕의 절인(絶人)한 총명으로서 어찌 남녀를 판단 못 하고, 어찌 홍혼탈을 남자로 알고 판단 못 하여 그 몸을 평생 맡기려 하오리까. 상공께서는 재삼 생각하시와 화기(和氣)를 감상(感傷)함이 없도록 하소서."

---

1) 중국말로 아버지.

이리하여 마침내 연왕은 길일을 택하여 연랑과 혼사를 하기로 작성하였다. 또 홍랑 · 선랑 · 연랑 세 첩은 형제를 맺고 영원히 마음이 변하지 않을 것을 맹세하였다. 그들은 일호주(一壺酒)[2]를 가지고 달을 향해 앉아서 각각 한 잔씩 들고 맹세하고 기원하였다.

"천첩 강남홍은 18세로 항주 사람이며, 천첩 벽성선은 17세로 강주 사람이며, 천첩 일지련은 남방 사람이라. 동시에 합장 분향하고 우러러 월광보살(月光菩薩)께 비나이다. 첩들 세 사람이 비록 각처(各處) 각성(各性)이라 하오나 한 마음으로써 한 사람을 섬기고 생사와 고락을 함께 하고자 맹세하오니, 일후에 만일 마음 변하는 자 있삽거든 일편 명월이 거울같이 조림(照臨)[3] 하소서."

이렇게 양부의 일이 순조롭게 되었을 뿐만 아니라, 나라 일도 막히는 일이 없이 평화롭고 행복스러운 분위기 속에서 태평한 세월이 흘러가고 있었다.

어느덧 천자가 즉위한 지도 9년이 되었다. 겨울 2월 갑자(甲子) 동짓날이었다. 천자가 자신전(紫宸殿)에서 여러 신하들의 진하(進賀)를 필하고 백관들이 물러나가고 있을 때 뜻하지 않은 불상사가 일어났다. 그것은 난데없이 우뢰 소리가 진동하여 전각까지 흔들린 사실이었다. 깜짝 놀라는 천자 앞에서 좌우의 신하들은 그것이 재앙이 아니라 상서(祥瑞)로운 일이라고 아첨하여 마지않았다. 이 소문을 듣게 된 연왕은 분개한 나머지 즉시로 장문의 상소를 올렸다.

---

2) 한 병의 술.

3) 신불이 세상을 굽어봄.

'오늘날 폐하의 조정에서 쇠퇴한 세상의 기상을 다시 보게 되오니, 신은 마음이 떨리고 뼈 속이 싸늘하와 말할 바를 모르겠나이다. 신은 상서와 재앙이 모두 인군께 있다고 생각하오니, 원컨대 폐하께서는 돌이켜 생가하사 인정덕택(人政德澤)이 사해(四海)에 흡족하고 창생에까지 미치신다면, 비록 우연한 풍우라도 족히 상서될 수 있으려니와 불연하오면 설사 경성(景星) 별과 경사스러운 서기(瑞氣)의 구름이 하늘에 나타나고 기린과 봉황이 땅 위에 가득하다 할지라도 족히 귀할 것이 없나이다. 더구나 겨울의 우레는 비상한 변재(變災)이어늘, 아첨하는 신하들이 조정을 희롱하고 있으니 어찌 한심치 않으리요. 화기(和氣) 있는 곳에 풍우가 순조로우며, 음향이 조화되고 원기(寃氣)[1]가 충만하면 천지도 체색(滯塞)[2]하여 재앙이 내리나니, 이제 눈으로 천하의 이와 같은 효상(爻象)[3]을 보았으니 장차 무슨 상서(祥瑞)를 바랄 수 있으리요. 아아. 슬프도다. 어찌 폐하의 신자가 천도(天道)를 기망(欺罔)[4]하고 군부를 농락함이 이렇듯 심한데 이르렀나이까. 엎드려 바라건대 폐하께서는 오늘날 상서를 말하고 상표(上表)한 자부터 낱낱이 멀리 물리쳐 아첨하는 풍속과 기망하는 습관을 징계하소서. 신이 외람되이 대신의 열에 처하여 능히 음양을 섭리하지 못하고 이렇듯 비상한 재앙 있게 하였사오니 직분을 병들게 한 죄 벗어날 수 없나이다. 엎드려 바라건대 속해 신의 관직을 거두시는 동시에 여러 신하들을 동독

1) 억울한 마음.
2) 머물러 막힘.
3) 좋지 못한 몰골.
4) 남을 그럴 듯하게 속임.

(董督)[5]하옵소서."

천자는 연왕의 상소를 읽고 나자,

"착하도다, 충언(忠言)이여."

하며 감탄하여 마지않았고, 당장에 비답(批答)을 내렸으니, 거기에는 뼈에 사무치는 지성은 잘 알겠으나, 관직을 사하려 함은 부당하니 허락할 수 없다는 뜻이 적혀 있었으며, 또 즉일로 하조(下調)를 내려서 상서라 아첨한 자 10여 명을 쫓아냈다. 그러나 한편에서는 그때까지도 소위 탁당(濁黨)이란 존재들이 꿈틀거리고 있었으니 그것은 간신 노균이 죽은 뒤에 때와 기회만 있으면 흉계를 꾸미고자 노리고 있는 예부상서 한응덕(韓應德)과 간관(諫官) 우세충(于世忠)을 중심으로 한 일당들이었다.

그들은 아무리 일시 용서를 받았다고는 하지만, 연왕이 조정에 있는 날까지는 도저히 그들의 뜻을 이룰 수 없다는 판단에서 한 가지 음모를 꾸며냈으니, 그것은 곧 그들도 일장 상소를 지어서 천자에게 바치자는 것이었다.

역시 장문으로 된 그들의 상소에는, 연왕은 조정을 어지럽게 하고 인군을 업수이여기는 자라 규정하고, 온갖 미언여구(美言麗句)[6]를 늘어놓아 연왕을 모함하는 말이 가득 차 있었다. 한림학사는 상소를 다 읽기도 전에 천자는 옆에 있는 진왕에게 이 상소를 어떻게 생각하느냐고 물었더니, 진왕은 자기 의사를 솔직히 표시하였다.

"간당(奸黨)들의 무엄함이 이 지경에 이르렀으니 참으로 한심하고 두렵나이다. 지면에 가득찬 문구, 천총(天聰)을 현란케 하

5) 감시하며 독촉함.

6) 듣기 좋은 말.

고 음흉한 경륜과 불칙한 심술(心術)이 노균이 전수(傳授)한 바 심법(心法)과 추호도 다름이 없다고 생각하나이다."

천자는 진왕의 옳은 판단을 듣자 크게 노하여, 노균의 문에 출입한 자를 모조리 조정에서 몰아내어 종신토록 금고(禁錮)하고, 한응덕, 우세층 등 10여 인은 금의옥(禁義獄)에 엄중히 수감하도록 명령을 내렸다. 그러나 100회 이상이나 사의를 표명한 연왕는 조정에서 불러나서 한 10년 후에 다시 부르게 되는 날에는 사양치 말고 올 것, 둘째 언제나 관직만은 그냥 두어서 녹봉(祿俸)[1]은 사양치 말고 받을 것, 셋째 10년 이내라 할지라도 국가에 대사가 있을 경우에는 입조(入朝)를 해야 할 것, 넷째 매년 가절(佳節)이 되거든 한 마리 노새와 가동(家童) 하나 거느리고 언제든지 찾아 줄 것이었다.

이렇듯 간곡한 천자의 부탁에도 연왕은 녹봉만은 한사코 사양하는고로, 결국 우승상의 직위는 거두고 연왕으로서의 녹봉만 주기로 하였으며, 연왕도 그 이상 고집할 수 없는지라 명령을 그대로 받들고 물러났다. 관직을 벗어 버린 연왕은 마침내 시골로 떠나가기로 되었다. 양친 모시고 집안 권속 거느리고 전원으로 돌아가게 되었으니, 10년의 망극한 은총을 일조에 버리고 떠나게 되니 연연한 정을 금할 길 없었다.

그래서 연왕은 애절한 충성심이 넘쳐흐르는 길고 긴 한편의 표문을 마지막으로 천자에게 올리고 길을 떠나기로 하였다. 이날 천자는 동교(東郊) 10리 밖까지 나와서 친히 전송하였으며, 조정의 백관으로 성문은 미어질 것 같았다. 천자도 섭섭한 정을

---

1) 벼슬아치에게 1년 만이나 또는 사맹삭으로 주는 쌀 · 보리 · 명주 · 베 · 돈 등의 총칭.

이기지 못하여 탄식하며 옥배(玉杯)에 술을 따라 먼저 연왕에게 주고 하는 말이,

"경은 양친을 공양하여 청복(淸福)을 누리고 속히 돌아와 짐을 도우라."

또 술 한 잔을 난성에게 주며 말하였다.

"낭은 이 술잔 받아서 연왕과 함께 백년해로하고, 자손 많이 두고 복 많이 누리는 동시에 또한 짐을 잊지 말라."

연왕과 난성은 엎드려 그 술을 마시며 감격하였다. 그 자리에서 장인인 윤·황·양 각로와 진왕, 그리고 소유경·뇌천풍·동초·마달·연옥·소청 등이 이별을 슬퍼하는 광경은 눈물 없이 볼 수 없는 장면이었다.

연왕은 즉시로 황성 동남편에 있는 장학(庄壑) 취성동(聚星洞)이란 곳으로 돌아왔다. 북쪽은 자개봉(紫蓋峰)에 의지하고, 남쪽으로는 금강(錦江)이 흐르고 있으며, 주위가 수십 리, 산천이 가려하고 경치가 절승한 곳이지만, 검박질소(儉朴質素)[2)]하고 정결 치밀하게 꾸몄을 뿐, 조금도 화려함을 일삼지는 않은 거처였다.

안으로 있는 구련당(龜蓮堂)에는 창곡의 모친이 거처하고, 왼편 엽남헌(饁南軒)에는 윤부인이 거처하고, 오른편 영지헌(營止軒)에는 황부인이 거처하고, 밖으로 있는 춘휘루(春暉樓)에는 창곡의 부친이 거처하고, 그 옆에 있는 은휴정(恩休亭)에는 연왕이 거처하기로 하였다. 이 밖에도 취성동에는 수십 채의 누각과 정자와 전당이 있었다.

---

2) 검소하고 질박함.

연왕은 세 낭자에게 여러 군데 별원을 구경시키고 각각 마음에 드는 곳을 택하도록 하였다.

"별원을 보았으니 반드시 심중에 정한 바 있으리라. 그러니 각각 그 심지(心志)를 말하라."

난성이 먼저 웃으며 대답하였다.

"시골에 사는 즐거움은 산수에 있으니, 범사정(泛槎亭)은 지나치게 강상(江上)을 신압하였으므로 상부(商婦)나 어부(漁婦)들의 있을 곳이오며, 우화암(羽化庵)은 깊숙하고 궁벽하여 승니도사(僧尼道士)들의 거처할 곳이니, 산을 등지고 흐르는 물에 임하여 고루하지도 않고 속되지도 않은 자운루(慈雲樓)인가 하오니, 첩은 원컨대 그 곳에 거처하고자 하나이다."

다음에는 일지련이 대답하였다.

"산을 즐기고 물을 즐김은 성인의 하는 바이오며, 어부에게 묻고 초동에서 대답함은 은자(隱者)[1]의 하는 일이로다. 첩은 누에 기르고 뽕잎 따는 것과 술 빚고 밥 짓기를 좋아하오니 원컨대 관풍각(觀豊閣)을 주소서."

연왕은 다시 아무 말도 없는 선랑에게 물었다.

"낭은 어찌하여 말이 없느뇨?"

"첩의 취하는 바는 두 낭자와는 다르오니, 번잡하고 시끄러운 곳보다 한적한 곳을 택하여 중묘당(衆妙堂)에 거처하고자 하나이다."

연왕의 허락을 받고 세 낭자는 각각 그들의 처소를 찾아서 돌아갔다. 유난히 눈에 띄는 것은 손삼랑과 인성(仁星)을 거느리

1) 속인과의 교제를 끊고 산야에 묻혀서 명상에 잠긴 사람.

고 자운루로 가는 난성의 모습이었다. 여기 인성이라고 하는 것은 난성의 소생으로서 벌써 그 나이 수 세에 이르고 있었다.

세 낭자들은 각각 거처를 결정하고 난 다음, 제각기 자기 처소에서 성대한 잔치를 베풀고 나서, 다음날은 또다시 세 낭자가 구련당에 이르러 합동 잔치를 베풀었다. 때는 중춘(仲春)이라, 가는 버들, 고운 꽃은 가는 곳마다 그림처럼 아름다웠고, 기이한 돌들은 골짜기마다 선경(仙境)을 이루고 있었다.

중추 가절은 평화롭고 찬란한 잔치, 낭자한 배반(盃盤)[2]과 임리(淋漓)[3]한 주육에 싸여서 하루를 즐기는 동중(洞中)의 부로(父老)와 마을의 남녀들, 잔치의 주인격인 연왕의 양친의 복을 칭송하고 부귀를 부러워하는 서기는 하늘에 가득 차 있었다.

갈건야복(葛巾野服)[4]으로 주인 자리에 앉은 태야(太爺)의 모습도 의젓하거니와 종일토록 오홍사포(烏紅紗袍)로 시립하는 연왕은 그 부드러운 언사와 인후한 안색이 보는 사람으로 하여금 감동하여 마지않게 하였으며 또한 스스로 효제(孝悌)의 마음을 깨우쳐 주고 있었으니, 잔치는 흥겨운 속에서도 저절로 정숙해지지 않을 수 없었다.

잔치는 연일 계속되었다. 동중의 부녀들을 모아서 하루, 또다시 동중의 보로들과 남자 손님들을 모아서 하루. 이렇게 취성동 연왕의 거처에는 찾아든 봄과 같이 평화스럽고 아름답고 행복된 나날이 흘러가고 있었다. 어느 날 연왕은 관풍각에 다녀서 자기의 거처로 돌아가고 있었다. 난데없이 엽남헌 시비가 허둥

2) 술상에 차려 놓은 그릇의 총칭.

3) 무르녹게 어려 흐르는 모양.

4) 갈포로 만든 두건과 평복.

지둥 앞으로 대들더니 하는 말이,

"윤부인께서 별안간 괴롭다 하시더니, 그 증세가 심히 급하나이다."

이 소식을 듣고 제일 놀란 연왕의 어머니였다. 모든 낭자들을 거느리고 급히 윤부인의 처소로 들어갔다. 황망하여 어쩔 줄 모르는 시어머니를 보자, 난성이 이렇게 말하였다.

"어머니께선 염려 마소서. 윤부인이 잉태한 지 10삭이오니 해산할 때 이르렀는가 하나이다."

시어머니는 놀라운 가운데에도 기쁨을 감추지 못하였다.

"요즘 윤현부(尹賢婦)의 용모가 수척하고 몸이 부대하기에 수상타 하였더니 산월이 임한 줄은 몰랐도다. 낭들이 이미 알았을진댄 어찌 말하지 않았는고?"

"부인이 부끄럽다 하여 조금도 기색에 나타내지 않았으므로 감히 고하지 못하였나이다."

여러 사람들이 엽남헌에 이르니 설파(薛婆)가 뛰어나오며 난성의 손을 잡고 울면서 말하는 것이었다.

"우리 부인께서 출생 후 병을 모르시더니 오늘날 괴질(怪疾)에 걸리시어 안절부절못하시니 장차 어쩌면 좋으리이꼬?"

"할멈은 소동치 말라."

난성은 이렇게 말하고, 방으로 들어가 친히 윤부인의 옷을 벗겨 준 후, 비단 자리를 펴고 모든 산구(産具)를 갖추도록 지휘하였다. 이윽고 갓난아이 울음소리 고고히 들려오니, 마치 어미를 부르는 것 같고, 창해의 신룡(神龍)이 문밖으로 뛰어나온 듯 공자가 태어났다. 시어머니는 크게 기뻐하고 취성동으로 온 뒤의 처음 보는 경사라 해서 어린아이의 이름을 경성(慶星)이라고 지었다. 또 어느 날 일이었다. 연왕이 안상(安床)[1]에 의지하여 잠이 들었다. 한 번도 본 일이 없는 미남자 한 사람이 들어오더니 이렇게 말하였다.

"나는 천상의 천기성(天機星)으로서 옥황께 득죄하여 인간 세상으로 귀양 왔노라. 그대와 함께 전생에 숙연(宿緣)[2] 있어 의탁하고자 하노라."

말을 마치더니 한 가닥 황금빛으로 화해서 연왕의 품속으로 들어오는 것이었다. 깨어 보니 꿈인지라, 심히 의아하게 생가하고 있을 때 중묘당(衆妙堂) 시비가 와서 선랑이 위급하다는 소식을 전하였다. 그제야 비로소 그 꿈이 산점(產占)임을 알고 중묘당으로 달려가니, 선랑은 이미 난성과 연랑의 구호를 받고 순산을 하였다. 그리하여 연왕은 이 아들에게 기성(機星)이란 이름을 지어 주었다.

이 때 황부인도 또한 태기가 있었다. 선랑이 낳은 아이를 놓고 여러 낭자와 담소하고 있다가 문득 베개를 의지하고 쓰러져서 정신을 잃었다. 연왕이 급히 달려들어 친히 황부인의 수놓은 띠를 풀고 자세히 기색을 살펴보니 이마에는 구슬같이 땀이 뚝뚝 흐르고 숨소리가 가쁘며 완연히 괴로워하는 표정이었다.

"정신을 수습하라."

연왕이 황부인의 옥 같은 손을 잡고 이렇게 권하니, 황부인은 그제야 눈을 뜨고 몇 번인지 망설이기만 하다가 마침내 이런 말을 하였다.

"첩이 신명께 득죄하여 지난날 노랑(老娘)에게 놀란 후로 토

---

1) 앉을 때에 몸을 기대는 방석.

2) 숙세의 인연.

혈증(吐血症)[1]이 생기고 정신이 어지러워 생산하기는 어려웠나이다. 그런데 다행히 태기가 있사오니 옛 병이 가끔 다시 발작하여 조금 전에도 피를 토하였으므로 몸과 마음이 불편하나이다. 이는 첩이 스스로 지은 재앙이오니 어찌하리이까."

해산을 하는데도, 황부인은 유달리 괴로워하였고, 그것을 자기의 과거에 지은 죄의 업보로 돌리는 황부인의 태도가, 연왕은 측은하고 가엾세만 생각되었다. 그러나 황부인도 순산을 해서 옥동자를 낳았으니 그 이름을 석성(錫星)이라 하였다.

한편 천자는 연왕을 취성동으로 보낸 이후로 진왕을 대할 때마다 연왕의 소식을 물으며 연연한 그리움을 버리지 못하였다. 여름도 다 지나고 가을이 닥쳐왔다. 이 때 진왕은 한 장 표(表)를 올려서 인수(印授)를 풀고 강상(江上)에 오유(遨遊)나 하고 병회(病懷)를 풀어 보겠다고 하였다. 천자는 그것을 허락하지 않으며 하였으나, 알고 보니 진왕은 연왕과 만나자는 기약이 있어, 취성동에 가겠다 하는고로 천자도 그것마저 허락하지 않을 도리는 없었다. 어느 날 연왕이 세 낭자를 허락하지 않을 도리는 없었다. 어느 날 연왕이 세 낭자를 거느리고 완월정(玩月亭) 아래를 거닐고 있을 때, 한 척 작은 배가 강 머리에 머물러 있었다.

그 풍경을 건너다 보니, 강 중에 배 띄우고 동중의 수 십 명 어부로 하여금 각각 한 척씩 어선을 내게 하여 그물도 던지게 하고 낚시도 드리우게 하니, 백로는 강에 비꼈고 불빛은 하늘과 접하여 유유한 풍광을 이루고 있었다. 문득 일진(一陣)의 강

---

1) 위 · 식도 등의 질환으로 피를 토하는 병.

바람을 타고서 멀리 끊어질 듯 이어질 듯하는 노래 소리가 들려왔다.

"일엽선(一葉船) 달을 싣고, 10리 청강(淸江) 흘러 저어 취성동 찾아드니 자개봉(紫蓋峰) 여기로다. 강상에서 고기 잡는 사람아. 양처사(楊處士) 오더라 하여라."

연왕은 배 젓는 노래 소리를 듣고 낭자들을 돌아다보며 만면의 미소를 띄웠다.

"진왕이 찾아옴이로다."

정말 그리운 친구들이었다. 서로 배를 가까이 하여 옮겨 탄 후 피차간에 기쁨을 이기지 못하고 손을 마주잡고 달을 향해서 뱃머리에 앉았다. 진왕을 맞이하여 연왕은 동중의 별원인 중묘당 · 자운루 · 관풍각을 차례차례로 구경시키고, 자운루로 다시 돌아와서 잔치를 베풀었다. 잔치가 파하게 되었을 때, 연왕은 여러 낭자들에게 이런 제의를 하였다.

"내, 이곳에 온 후로 자개봉을 보지 못하였도다. 이제 진왕과 세 귀비가 나의 그윽한 흥을 돋우니, 명일에는 자개봉에서 놀도록 준비하라."

이 말을 듣자 난성은 한 꾀를 생각하고 선랑 · 연랑과 세 귀비에게 귓속말로 소곤하였다.

"내일 놀이에 반드시 첩들도 같이 가도록 하라 명하시리니, 모든 낭자들은 각각 기능을 내어서 무료함이 없도록 함이 좋으리로다."

이튿날이 되어서 연왕이 진왕과 함께 자개봉으로 떠나려고 하였을 때 괵귀비(虢貴妃)가 진왕에게 고하였다.

"오늘 놀이에 혹 파흥(罷興) 있을 게 두렵나이다."

연왕과 진왕이 의아하게 생각하고 그 까닭을 물었더니, 괵귀비는 이렇게 대답하였다.

"홍란성 · 선숙인(仙淑人) · 반귀비(潘貴妃) 세 사람은 매일 밤 연석에 시달려 지난밤 크게 앓고 경황없으니 혹 동행치 못할까 두렵나이다."

연왕이 난성과 선랑에게 무슨 까닭으로 동행을 꺼려하는지 그 까닭을 물었더니, 난성이 이렇게 내답하였다.

"첩이 듣건대 자개봉은 인간의 선경이라, 적송(赤松) 안기(安期)의 노닐던 곳인만큼 조물(造物)이 첩에게 신선과 인연 있을까 시기함인 듯, 감히 따라갈 수 없나이다."

옆에 있던 철귀비(鐵貴妃)도 맞장구를 쳤다.

"난성이 가지 않는다면 첩도 또한 가고 싶지 않나이다."

결국, 난성과 선랑과 반귀비들은 끝끝내 동행치 않겠다 고집하는고로 그대로 뒤에 남고, 연왕과 진왕은 연랑 · 철귀비 · 괵귀비만 거느리고 자개봉으로 향하였다. 때는 8월 중순. 금풍이 소슬하고, 햇볕을 향해 피어 있는 산국화 송이들도 아름답거니와 누렇게 물든 단풍잎도 가을날 청신한 공기 속에서 속세의 번거로움을 잊게 하였다.

각각 한 마디씩 청노새 타고 5, 6명의 가동들이 술과 거문고를 가지고 뒤따라가니, 가는 곳마다 보는 사람들이 두 왕이 누군지는 모르지만 일행의 준수한 용모와 아름다운 풍채를 찬탄하지 않는 이가 없었다. 한편에서, 뒤에 남아 있는 홍란성과 선랑, 반귀비들은 두왕의 흥을 돋구고자 색다른 옷차림을 하고 있었다.

홍란성은 성관(星冠)을 쓰고 안개 같은 옷을 입고 손에는 옥홀(玉笏)을 들었고, 선랑과 반귀비는 선관도복(仙官道服)으로 백우선(白羽扇)을 들고 세 낭자가 다같이 선관으로 변복을 하였다. 그러나 몇 명의 선동(仙童)을 거느리지 못함을 유감으로 생각하고 있는 판에 문득 좌우에서 들려오는 소식이 있었다.

"채교(彩轎)[1] 몇 채가 지금 동구(洞口)로 들어오나이다."

여러 사람들이 의아스럽게 생각하고 내다보니, 그들은 바로 소청 · 연옥 두 낭자와 또 다른 두 궁인이었다.

"첩들이 낭자를 뵈옵고자 오는 길에 두 궁인도 또한 세 귀비를 뵈옵고자 하여 함께 왔나이다."

난성은 크게 기뻐하여 두 낭자의 손을 잡고,

"하늘이 선동 선녀를 보내사 우리 상공의 놀이를 도우심이로다."

하고 곧 출발하도록 지시하였다.

"상공께서 이미 떠나시었으니 우리들은 더 지체할 수 없도다."

이리하여 소청 · 연옥 두 낭자에게는 푸른 옷을 입히고 호로병(胡虜甁)을 허리에 채우고 동자의 모습으로 변장시켰다. 또 두 궁녀에게 도의(道衣) · 홍포(紅袍)를 각각 입히 고생황 퉁소를 불며 녹미선(鹿尾扇)을 들려서 변장을 하였다. 난성은 다시 몇 사람 하인배들을 뽑아서 변복을 시킨 후 자개봉를 향해서 떠나가면서 반귀비에게 말하였다.

"우리들은 이제부터 먼저 가야 하나니, 창두(蒼頭)들 중에서 자개봉까지 지름길을 아는 자로 하여금 앞을 인도케 해야 할지로다. 그러니 각각 교자를 타고 동구로 나오라."

---

1) 아름답게 꾸민 교자.

난성의 지휘를 따라서 여러 사람들은 몸치장을 단정히 하고 동구를 향해서 떠나갔다. 자개봉까지는 큰길로 가면 5, 60리나 되고, 지름길로 가면 불과 20리의 거리밖에 되지 않았다.

여러 낭자들은 자개봉 동구에 이르러서 교자를 돌려보내고 각각 청노새를 타고 명랑한 웃음 속에 싸여서 산중으로 유유히 들어가는 것이었다. 자개봉은 옛적부터 여산(廬山)과 더불어 일컫는 명산이었다. 주위는 200여 리이며 먼 곳에서 바라보면 비록 그다지 높지는 못하지만 한번 꼭대기에 올라가면 중원의 한 폭을 굽어볼 수 있었다.

연왕과 진왕 일행이 자개봉에 당도하였을 때에는 이미 날이 저물어 앞길이 어둑어둑 해왔다. 우연히 만나게 된 노승 한 사람에게서 자개봉 봉우리의 소재도 알았고, 옛날에 신선이 살고 있었다는 이향암(異香庵)이 그 꼭대기에 있다는 것도 알았다.

일행은 신선을 만나 보겠다는 호기심에서 산을 향하고 올라갔다. 얼마쯤 올라가다가 절벽 위를 올려다보자니, 먹 자취가 아직도 다 마르지 않은 시 한 수가 적혀 있었다.

驂鸞駕鶴一千年
偶過玉流十洞天
玉笛三聲人不見
靈風吹破溝空烟

만조(鸞鳥)[1]와 학을 탄 지 1천 년에,

1) 중국 전설에 나오는 상상의 새. 모양은 닭과 비슷한데 깃은 붉은 빛에 오채가 섞여 있고 그 소리는 오음에 해당한다고 함.

우연히 옥류의 조그만 동천을 지나도다.
옥퉁소 소리 세 번 일어나고 사람은 보이지 않는데,
신령한 바람이 하늘에 가득한 연기를 불어 없애도다.

이 시를 보자 산 속에 정말로 신선이 있는 듯해서 신기롭게 여기고 또 올라가니, 이번에는 홍엽(紅葉)이 떠내려 오는데 그 위에도 먹 자국이 채 마르지 않은 시 한 수가 적혀 있었다.

水流何太急
○○ 這般忙
笑指彩雲裏
普騎曰鳳凰

물은 어이 이다지도 급히 흐르나뇨.
○○ 저다지도 바쁘도다.
웃으며 채색구름 속을 손으로 가리키고,
함께 흰 봉황을 타도다.

"이 시를 지은 자 만일 진세(塵世)[2]의 인간이라면 응당 이 산 속에 있으리니, 우리들은 이 흐름을 거슬러 올라가 보는 것이 어떠하오?"

연왕이 이렇게 말하고 다시 얼마를 올라가자니 한 동자가 글씨 쓴 나뭇잎 두 장을 주워 왔다. 그것을 보니 사람 인(人) 자와

2) 귀찮은 세상. 이 세상.

일 사(事) 자가 적혀 있었다. 그것을 보고 여러 사람들이 이상히 여기고 있노라니, 문득 동쪽 언덕에서 이상한 노래 소리가 들려왔다.

타는 듯이 고운 자주빛 지초(芝草)[1]여
가히 시장한 배를 채울 수 있으리로다.
빈 산에는 사람 없으니,
가을 구름만 날으도다.

"이 어이한 소린고!"

괵귀비가 깜짝 놀랐을 때, 문득 한 도사가 도관 쓰고 도복 입고 백우선을 들고 약 광주리를 어깨에 걸치고 소나무 사이로 들어가는 것이었다. 이것을 본 진왕은 감탄하여 마지않았다.

"내 심신(心身)은 표탕(飄蕩)[2]하고 진념(塵念)[3]도 물로 씻은 듯, 이제야 부귀영화가 한 조각 부운 같음을 알았노라."

이윽고 연왕 일행은 이향암에 다다랐다. 난데없이 들려오는 생황(笙簧)[4] 소리에 놀라서 중을 앞장세우고 소리나는 곳을 찾아갔다. 일행이 중봉(中峰)에 이르자 중은 손을 들어서 대나무 숲 속을 가리키며 말하였다.

"저 대나무 숲 속에 보이는 바위를 오선암(五仙岩)이라 하옵는데, 자세히 보소서."

---

1) 지치과에 속하는 개지티 · 갯지치 · 반의지치 · 산지치 등의 총칭.
2) 정처 없이 헤매어 떠돌아다님.
3) 속세의 명리를 생각하는 마음.
4) 아악에 사용하는 관악기의 하나.

일행이 그 바위를 살펴보니 달빛 아래 수많은 사람들이 앉아 있기도 하고 서성거리고 있기도 한데, 그 속되지 않은 품이 과연 신선들이 집합한 곳 같았다. 그것은 물을 것도 없이 미리 재주를 부린 홍란성이 정말 신선놀음을 전개하고 있는 장면이었다.

진왕이 마음 속으로 크게 놀라서 넋을 잃고 바라보고 있는데, 신선 중의 두 사람이 소매 속에서 옥퉁소를 꺼내서 달을 향하고 한 곡조 부르는 것이었다. 이 퉁소 소리를 듣자 진왕은 더욱 당황해 하며 철귀비를 향해서 물었다.

"낭은 저 곡조를 아나뇨? 지난날 상림원(上林苑) 달 아래서 듣던 곡조와 어찌 저다지도 방불할꼬."

중을 앞장세우고 또 다시 상봉을 향해서 몇 걸음 올라가는데, 문득 어디서 나타났는지 두 소년이 녹포성관(綠袍星冠)으로 옥퉁소를 들고 바위에서 내려오며 명랑한 미소를 띄우며 말하였다.

"문창성은 이별 후 별일 없으신가? 첩들이 옥제의 명을 받자와 자개봉의 놀이를 도웁고자 왔나이다."

그제야 그것이 나성임을 알게 되었고, 난성은 또 웃으면서 사죄의 말을 하였다.

"첩들이 비록 불민하오나 어찌 사소한 병으로써 오늘날 두 상공의 놀이를 좇지 않으리까. 그러자 무미하게 따르면 소흥(騷興)을 도울 수 없을까 하와 평소 사랑하심만 믿고 존위를 농락한 데 가까웠으니 당돌한 죄 벗어날 수 없을까 하나이다."

연왕도 웃음을 참지 못하여 말하였다.

"신선의 도술이 비록 신이(神異)하다지만 옥류동 석벽의 시와 홍엽의 필적에서 본색이 탄로되었으니."

일행은 그날 밤 이향암에서 묵고 보조국사(普照國師)가 살고 있다는 대승사(大乘寺)를 찾아가기로 작정하고 중에게 안내를 부탁하였다. 명산에서 한가히 놀고 즐기며 돌아갈 줄도 모르고 있는 진왕은 항시 태후께서 걱정하실 일을 생각하고 마음이 놓이지 않던 중, 하루는 천사(天使)가 이르러 소명(召命)을 전달하게 되니, 눈물을 머금고 연왕과 작별하지 않을 수 없었다.

연왕은 진왕을 떠나 보내고 나서, 그대로 세 낭자를 거느리고 대승사에 가서 보조국사를 만났다. 석장(錫杖)을 짚고 백팔보리주(百八菩提珠)를 들고 당에서 내려와 합장 배례하는 보조국사의 모습을 흰 눈썹이며 고괴(古怪)한 빛이 감도는 창안(蒼顔)[1]이며 가히 수양을 쌓은 사람임을 일견해서 알 수 있었다. 그런데 여기, 상상조차 할 수 없는 기연(奇緣)과 공교로운 운명이 숨어 있을 줄이야.

연왕이 대사는 어찌하여 이렇듯 총명하고 비범한 천재로서 이름을 공문(公門)[2]에 숨기고 적막하게 평생을 지내느냐고 물은즉, 보조국사는 다음과 같이 대답하였다.

"빈도(貧道)는 본래 낙양 사람으로 가산이 풍족하여 일찍이 성색(聲色)[3]을 좋아하여 낙양 명기 손오랑(孫五娘)을 1천 금으로 샀으며 그 몸에서 총명하게 생긴 딸 아이까지 얻게 되었더이다. 그 후 낙양군(洛陽軍)이 산동에서 일어난 도둑을 토벌하러 나가게 되었을 때 빈도도 종군하여 도둑을 평정하고 고향으로

1) 파란 얼굴이란 뜻.
2) 제법개공(諸法皆空)의 진리를 푸는 불교의 법문.
3) 노래와 여색.

돌아와 보니 촌락은 허물어졌고 일가 이산하여 소식조차 알아볼 길이 없더이다. 모녀의 정을 잊기 어려워서 산중으로 방황타가 마침내 여산(廬山) 문주암(文珠庵)에서 삭발하였나이다. 이제 온갖 속세의 진념(塵念)을 깨끗이 소멸시켰다 할 수 있으나, 역시 꽃 피는 아침, 달뜨는 저녁이면 때때로 그리운 회포를 금할 길 없으니, 비록 이름을 공문에 숨겼다 하나 어찌 마음 편타 하리요."

이 말을 듣더니 선랑이 웬일인지 비 오듯 흘러내리는 눈물을 참지 못하는 것이었다. 보조국사가 그 까닭을 물으니 선랑은 자기 또한 낙양 사람이지라 동향이라는 감상을 저버릴 수 없음이라 대답하고 보조국사의 성씨를 물어 보았다. 보조국사의 성씨는 가씨(賈氏)라 하였다. 선랑은 가슴이 뜨끔하였다.

"대사께서 따님을 생각하심이 그토록 간절하시다 하오니 만일 오늘날 상봉하신다면 무엇으로 증험(證驗)을 삼으시겠나이까?"

보조국사는 아득한 추억을 더듬으면서 세 살 때 잃어버렸다는 딸의 여러 가지 특징을 생각해 냈다. 첫째로는 그 딸은 어머니 손오랑을 똑같이 닮았으며 지극히 총명하였다는 사실, 그런데 이제 선동(仙童)으로 변장한 선랑의 모습이 꼭 손오랑을 닮았다는 점을 지적하였다.

그것을 더욱 확실히 증험하기 위해서 보조국사는 궤 속에서 족자 하나를 꺼내서 벽에 걸었다. 이 도상(圖像)[4]은 자기가 종군하게 되었을 때, 차마 오랑과 이별하기 서러워서 그 모습을

4) 사람의 실상을 그린 그림.

그림으로 그리게 해서 오늘날까지 몸에 지니고 있었다는 것이었다. 그 미인도(美人圖)는 살아 있는 선랑과 털끝만큼도 다른 점을 찾아낼 수 없었다. 그뿐이 아니라, 보조국사는 자기 양쪽 겨드랑 밑에 있는 두 개의 사마귀까지 보이면서 이렇게 말하였다.

"다른 사람은 모르지만 오랑만은 이것을 가지고 항시 말하되, 딸의 양쪽 겨드랑 사이에도 또한 이와 똑같은 사마귀가 있다 하더이다."

이 말을 듣고 연왕이 조용한 곳으로 가서 선랑의 겨드랑 밑을 살펴보니 과연 두 개의 사마귀가 분명히 있었다. 이러고 보니 선랑은 보조국사의 딸이 아니랄 수 없었다. 국사는 눈물을 흘리며 죽은 줄로만 알았던 딸을 얼싸안았다.

"너의 모친은 비록 청루의 천한 몸이었으되 실로 백의(白衣) 관세음보살과 같았도다. 고상한 지조와 출중한 자세를 아직도 잊기 어려워 해마다 옥병동(玉屛洞)에서 너의 모녀와 만나기를 기도드렸더니 마침내……."

연왕은 선랑 부녀를 위하여 며칠 동안 대승사에 머무르다가 하산하였으며, 국사는 눈물로써 딸과 작별하고 산문으로 돌아갔다. 국사와 작별한 일행은 지름길을 찾아서 그날로 취성동으로 돌아왔다. 연왕이 시골로 내려간 지도 어느덧 6, 7년이 되었다. 이 때 천자는 황태자를 책봉하고 하조를 내려서 천하에 문무지재(文武之才)를 널리 구하게 하였다.

이 때 겨우 나이 13세인 연왕의 맏아들 장성(長星)과, 12세인 둘째아들 경성(慶星)은 당돌하게도 할아버지와 아버지의 권고도 듣지 않고 그 과거에 나가 보겠다고 대담한 말을 하였다.

"옛날에 전국 시대 진나라 사람인 감라(甘羅)는 아홉 살 때

상경(上卿)[1] 되었으니, 사람의 출세는 재주가 있느냐 없느냐 함에 달렸음이요 연령이 있지 않으니, 또 글로 말할지라도 소손(小孫)이 비록 불민하다 하오나 조자건(曹子建)과 다름없는 칠보시(七步時)를 짓겠나이다"

이쯤되니 할아버지 태야도 아버지 연왕도 그것을 말릴 수 없었다. 마침내 과거를 본 장성 · 경성 두 형제는 형이 갑과(甲科), 아우가 을과(乙科)로 보기 좋게 급제하였을 뿐만 아니라, 무과(武科)[2]에 있어서도 호방제일(虎榜第一)은 역시 양장성이었다.

이 과거에 있어서 둘째 아들 경성도 호방제2를 하였으며 제3위를 차지한 소광춘(蘇光春)은 소유경의 아들이었고, 무과에 있어서도 호방제1은 양장성, 제2는 뇌천풍의 손자 뇌문경(雷文卿), 제3은 한응문의 아들 한비렴(韓飛廉)이었다. 양장성은 한리학사 겸 우임랑(羽林郎), 양경성과 소광춘은 금란전학사(金蘭殿學士), 뇌문경은 호분랑(虎賁郎)이라는 벼슬자리를 각각 배수하게 되었다.

태평한 시절이 오래 계속되면 반드시 환란이 닥쳐온다. 천자가 즉위한 지도 15년, 하루는 천자가 후원에서 꽃과 시를 즐기고 있는데 초왕(楚王)의 상소가 들어왔다.

그것은 초나라에서 3천 여 리 밖에는 옛날부터 조공(朝貢)이 통하지 않았고, 산천과 풍속이 판도에서 누탈된 땅으로서 오랑캐라 배척해 왔더니, 수년 이래로 월경해서 변경을 어지럽게 하며 그해 봄에는 해선(海船) 1만 여 척이 괴상한 무기를 싣고 하룻밤 사이에 일곱 고을을 함몰시켜 버렸으니, 성지(城地)를 수

---

1) 정1품과 종1품의 벼슬.

2) 무예와 병서에 통한 사람을 선발하는 과거.

축하고 군마를 조련해야겠다는 것이었다.

천자는 급히 문무백관을 모아 놓고 대책을 강구하였다.

연왕을 불러내기는 시기상조하다고 망설이고 있는 동안에 사태는 각일각으로 급박해졌다. 불과 며칠 동안에 해적이 침범하여 다섯 개의 고을을 침법하였다는 상소가 들어왔는데 적의 괴수는 야선(耶禪)이요, 청운도사라는 유명하고 술법이 놀라운 참모와, 수많은 맹상이 따르고 있다는 것이었다.

드디어 출정의 대명이 연왕에게 내렸다. 나라의 대사를 위하여 오랫동안 시골에서 쉬고 있던 연왕은 감연히 등정(登程)[1]하였다. 홍혼탈장군 난성도 함께 오라는 천자의 명령이었다. 이번 길에는 처자를 거느리고 가기로 하였다.

7, 8년 만에 다시 상봉하는 인군과 원수 연왕은 천자 앞에서 감격의 눈물로써 진중보국을 맹세하였다. 그러나 홍혼탈은 우임랑으로 있는 아들 양장성을 출전시킬 것을 강력히 제의하고 자기는 이번 싸움에 나서지 않겠다고 주장하였다. 그 이유는 여자의 몸이 자주 진두에 선다면 적군에게 업수이여김을 받을 것이요, 그보다도 아들의 실력이나 재간이 자기만 못지않으니 안심하고 싸움터에 내보낼 수 있다는 것이었다.

백절불굴(百折不屈)[2]의 맹장 연왕은 물론 선전(善戰)[3]하였다. 방성산(方城山)에 자리잡고 전후좌우가 탱자나무 숲으로 된 지자성(枳子城)으로 피신하여 성을 지키고 있는 초왕을 도와서, 적군을 무찌르며 군사를 두 대로 나누어서 동시에 지자성과 초왕성을 공격하였다.

---

1) 길을 떠남. 등도.

2) 수없이 꺾어도 결코 굽히지 않음.

부원수 뇌문경과 행군사마(行軍司馬) 한비렴은 그들의 혈기만 믿고 적진 깊숙이 돌진해 들어갔다가, 적국에서도 제일 가는 소위지(少尉遲)·첩목홀(帖木忽)과 추금강(醜金剛)·백안첩(白顔帖) 두 장수와 맞닥뜨리게 되었다. 지자성 남문에 올라서 적장의 기세가 흉흉함을 내려다보고 있던 초왕은 초옥군주(楚玉郡主)를 보며 근심과 걱정에 쌓인 말을 하였다.

"우리 부녀의 명맥이 이 한 번 싸움에 걸려 있도다."

양편 진영의 네 장수들은 한데 어울러져서 격전을 전개하였다. 도끼를 던져 버리고 말에서 뛰어내려 맨주먹으로 육박하는 소위지, 팔에 꽂히는 화살을 입으로 뽑아 버리고 맹렬히 싸우는 한사마(韓司馬), 마침내 소위지가 문경의 칼을 쳐서 떨어뜨리니 문경이 황망해서 어쩔 줄 모르는 위기일발의 찰나, 이 광경을 바라다보다가 발을 구르며 애를 태우는 초왕의 옆에서 괵귀비가 북쪽을 가리키며 말하였다.

"대왕께서는 저 멀리 오는 장수를 보사이다. 분명히 홍난성인가 하옵나이다."

과연 별 같은 눈과 옥 같은 모습으로 부용검을 휘두르며 달려드는 한 소년 장군. 그러나 가까이 다가드는 소년 장군의 모습은 홍혼탈과 흡사하였으나, 정말 홍혼탈은 아니었다. 초왕은 자세히 보다가 놀라면서 탄식하였다.

"과연 난성이 아니로다. 이는 난성의 아들 양장성이로다. 조정에 비록 장수와 인재 없을망정, 어찌 저런 어린 소년으로 하여금 출전케 하였을꼬!"

---

3) 잘 싸움. 실력 이상으로 싸움.

그러나 양장성은 아버지 연왕 이상으로 용감하였고, 어머니 난성보다도 지략에 뛰어난 싸움을 하여, 마침내 추금강의 머리를 부용검으로 내려쳐서 말 아래 뒹굴게 하였고 소위지 역시 활로 쏘아서 사로잡는 데 성공하였다. 이 때에야 초왕도 감탄하여 마지않았다.

"짐이 본래 양장성의 용략(勇略) 있음을 알았으나 저렇듯 뛰어날 줄은 몰랐노다. 과연 그 어미를 닮았노라."

그러나 이튿날 양장성은 감금해 두었던 소위지를 관대히 꾸짖어서 목숨만은 돌려보냈다. 소위지가 돌아오자, 야선은 청운도사와 함께 다시 싸움을 걸었다. 진두 조그만 수레에 몸을 싣고 이 싸움에 가담한 청운도사. 그도 양장성 앞에서는 꼼짝 못하였다. 변변치 못한 잔꾀를 가지고는 양장성의 술법을 당해 낼 수가 없었다. 처음에는 청운도사도 양장성을 홍난성인 줄만 알고 깜짝 놀랐다.

"그대의 사형(師兄)이라는 홍혼탈은 나의 모친이기에……."

마침내 의기자 정체를 밝히고 나서는 양장성 앞에서 청운도사는 명군과 싸울 것을 단념하고, 다시 산으로 돌아갔으며, 오랑캐 야선은 도저히 혼잣몸으로 감당하기 어려움을 깨닫고 제 칼로 제 목을 찔러 자문(自刎)[1]하고 말았다. 양장성은 이리하여 오랑캐들의 항복을 받고 남방을 평정하는 큰 공을 세웠다.

양장성은 대공을 세우고 왕성으로 돌아가 괵귀비를 만나 극진한 대접을 받았다. 초옥군주(楚玉郡主)에게 엉뚱한 배짱을 품고 찾아간 양장성이었다. 결국 양장성은 초나라 궁녀들을 모아

---

1) 자기가 자기의 목을 침.

놓고 활 쏘기 회를 거행시켰으며 그 자리에서 멋들어진 재간을 뵈어 초옥 군주와의 혼사까지 성사시키고야 말았다. 장성은 혼사가 끝나자 뒤이어서 경성(慶城)과 소상서(蘇尙書)의 딸과 혼인을 정하니, 연부(燕府)에는 경사가 그칠 날이 없었다.

그뿐이 아니었다. 경성은 어지러운 강서 지방의 태수로 자진해 나서서 그 고을을 평정시키고, 예부시랑, 나중에는 참지정사(參知政事)의 벼슬자리에까지 올라갔다. 또 하나 인성(仁星)이란 아들도 걸물이었다. 인성은 연왕에게,

"한 가문에서 고관대작(高官大爵)[2]이 나오고 부자형제가 수년만에 재상의 열에 모여 있으니, 이는 군자 두려워하는 바로소이다. 군자는 그 나아갈 줄만 알고 물러설 줄 모름을 웃을 것이며, 소인은 달이 둥글대로 둥글어서 이지러지기만 기다림이로소이다."

이 총명한 아들을 연왕은 어떤 아들보다도 믿음직하게 여겼으며, 인성은 아버지의 허락을 받고 시끄러운 관계를 떠나 한 마리 청노새와 동자 하나를 거느리고 산동 땅으로 가서 태산 기슭에서 손선생(蓀先生)이라는 30년 동안이나 안빈낙도(安貧樂道)[3]하였다는 선비를 만나 도를 닦고 손선생의 딸 손소저와 혼인까지 하게 되었으며, 손선생은 인성의 학문이 일취월장(日就月將)[4]함을 보자 신암(愼庵)이라는 호(號)까지 지어 주었다.

연왕의 다섯 아들 중에서 특히 기성(機星)은 그 풍채가 뛰어나서 남중일색(男中一色)이라고까지 사람들이 일컬으며, 기성은

---

2) 지위가 높은 훌륭한 벼슬.
3) 구차하고 가난한 중에서도 편안한 마음으로 도를 즐김.
4) 나날이 다달이 진전함. 날로 달로 진보함.

호탕한 것을 좋아하여, 한번은 가동 하나와 두 문객을 거느리고 탕춘대(蕩春臺)로 봄을 찾아 놀러 나갔다. 술집이나 청루를 찾음은 태자들의 하는 일이 아니라고 말리는 문객들의 말도 듣지 않고, 기성은 한 군데 거문고 소리나는 곳을 찾아들었다. 그곳은 청루였다.

유명한 기녀가 둘이 있었다. 하나는 설중매(雪中梅) 가무와 자색이 출중할 뿐만 아니라, 노류장화(路柳墻花)[1]로서 손님을 다루는 데도 능란한 솜씨를 가졌고, 곽도위(藿都尉)의 동생 곽상서(藿尙書)와 친하게 지내고 있었다. 또 하나는 빙빙(氷氷)이라 하여, 역시 만색과 자질이 뛰어났으나 천성이 맑고 수단이 졸하여 항상 그 주위가 쓸쓸한 기녀였다.

기성은 마침내 곽상서를 젖혀 놓고 설중매와 정을 통하는 데 성공하였으니, 어느 날 취흥을 따라 정욕을 참지 못하여 서로 침상 위에 나아가 원앙대(鴛鴦帶)를 풀어 주고 부용 속치마 벗겨 주고 양대(陽臺)의 풍정을 마음껏 즐겼다. 이런 일이 있은 후 설중매의 심정도 곽상서를 물리치고 기성에게로만 쏠리기 시작하였다.

설중매를 다루는 호탕하고 대담한 기성의 남자다운 솜씨도 놀라웠으나, 특히 영하회(迎夏會)에서 장안의 선비와 기녀 들이 마지막 봄을 즐기는 마당에서, 아무도 못 짓는 시구로서 설중매의 마음을 사로잡아 버린 기성의 재간은 가관이었다. 설중매는 이 놀이터 한복판에서 시 한 수를 지어 가지고 그 다음 구절을 기성에게 맞추라고 은근히 시험도 해 보았다.

1) 누구든지 꺾을 수 있는 길가의 버들과 담 밑의 꽃이라는 뜻으로, 창부를 가리키는 말.

落花山寂寂
流水石琤琤

떨어지는 꽃에 산도 적적한데,
흐르는 물이 돌 위에 구슬 같은 소리를 내는도다.

이에 선뜻 응한 기성의 다음 구절은 이러하였다.

多少惜春淚
淺深盟海情

많든 적든 봄을 아끼는 눈물로,
얕으나 깊으나 바다 같은 정을 맹세하노라.

또 설중매는 여러 사람 앞에서 여섯 폭 붉은 비단 치마 자락을 벌리고, 벼루에 먹을 갈아 두 동기에게 받들게 하고 그 위에 시구를 즉흥으로 써 보라는 장난을 즐기고자 그 자리에 와 있는 곽상서도 또 다른 어떤 사람도 감히 치마폭 위에 붓을 휘두르지 못하였으나 기성만이 서슴지 않고 일필휘지(一筆揮之)하였다.

紫陌紅塵拂面來
無人不道餞春回
莫道餞春春已去
春深更看雪中梅

뚜렷한 언덕의 붉은 티끌이 낯을 떨치며 오니,

봄을 보내고 돌아간다 하지 않는 자 없도다.

봄을 전송하되 봄은 이미 갔다 하지 말라.

봄은 깊은데 다시 이 설중매화를 보는도다.

다른 수십 명의 기녀들도 신바람이 나서 비단치마 폭을 펼쳐 들고 기싱에세 몰려들었으나, 빙빙이란 기녀만은 쌀쌀스럽게 웃지도 않고 혼자만의 생각에 젖어 있었다. 이런 봄 놀이가 끝난 다음에, 시기심이 심한 곽상서는 기성과 설중매의 사이를 눈치채고 장풍(張風)이라는 부량배를 시켜서 기성을 해치려 하였으나, 마침내는 기성의 대장부다운 호탕한 기풍과 인품에 장풍까지 감동되어 그 수하에 들게 되었다.

기성은 설중매와는 딴판으로 청초하기 이를 데 없는 빙빙이란 기녀를 잊을 수 없었다. 하루는 장풍에게 빙빙의 집을 알아오게 하여 찾아갔다. 빙빙은 누추한 집에서 옥 같은 얼굴을 처량하게 들고 떨어진 옷으로 몸을 가리고 기성을 영접하였다. 그 지조를 지키는 심정이나 가긍한 내력을 들어보니 더욱이 측은하고, 기녀로서는 보기 드문 갸륵한 여자였다.

"첩은 본래 황성기루(皇城妓樓)에 대대로 내려오는 국창(國唱)[1]이옵나이다. 첩의 어미 위오랑(衛五郎)은 당세 독보(獨步)[2]의 명기로서 첩을 교훈하시되, 창기란 것이 비록 천하나 마음 갖기는 사대부(士大夫)[3]며 부녀와 다름없으니 창기의 지조는 군

1) 나라에서 알아주는 창하는 사람.

2) 남이 감히 따를 수 없이 뛰어남.

3) 문무 양반의 일반적인 총칭. 벼슬이나 문벌이 높은 사람.

자의 도덕이며 창기의 감는 군자의 문장이리니, 네 스스로 지조를 천히 굴지 말고, 가무를 닦아서, 세세상전(世世上傳)하여 내려오는 가도(家道)[4]에 어긋남이 없도록 하라 하셨나이다."

기성은 빙빙의 정경이 듣기에 가련하고 지조가 가상한지라 은근히 동정해 주고 싶은 마음을 금치 못하였다.

밤은 이미 깊었고 촛불이 깜빡이는 자리에 두 사람이 나란히 누워서 정을 맺으니, 음탕하지 않고 천하지 않은 즐거움이었다.

"내 돌아가서 얼마간의 은자(銀子)를 보내리니 기울어져 가는 청루를 중수하되 그 옛날의 제도와 똑같이 할 것이요, 돈의 출처는 발설치 말라."

기성은 돌아와서 백금 5천 냥을 빙빙에게 보냈더니 빙빙은 즉시로 집을 수축하기 시작하였고, 지금까지 누추한 집에 파묻혀 아무도 돌볼 이 없던 빙빙도 장안의 소년 · 명사 들이 구름처럼 몰려들어서 하늘에서 내려온 선녀같이 빛나고 행복한 나날을 보내게 되었다.

설중매와 빙빙을 동서에 두고 기성은 꽤 오랫동안 방탕한 생활에 젖어 있었다. 그러나 마침내 그도 크게 뉘우칠 때가 왔다.

'대장부가 세상에 태어난 이상 인군을 섬기고 백성을 복되게 할 것이며, 공을 세우고 일을 성취하여 남겨야 할 것이어늘 어찌 청루와 주루에 평생을 묻어 버릴 수 있으리요. 기녀들과의 인연을 끊지 않으면 반드시 폐인이 되고 말리라.'

이렇게 결심한 기성은 마음을 바로 잡고 다음 번 과거에 응시하여 연거푸 삼장(三場)이나 급제하여 한림학사의 지위를 차지

4) 집안에서 행해야 할 도덕.

하고, 특히 천자에게서 이원법악(梨圓法樂)까지 하사를 받았다.

취봉루(翠鳳樓)에 있는 난성은 어느 날 옷을 입은 채로 서안에 의지하고 있다가 잠시 잠이 들게 되었다. 문득 정신이 황홀하고 몸이 표탕(飄蕩)해지며 한 곳에 이르니 그 곳은 일좌(一座)의 명산(名山)이었다. 난성 중봉에서 한 보살을 만났다. 그가 묻는 말이,

"난성은 인간 세상의 낙이 어떻더뇨?"

난성은 무슨 뜻인지 깨닫지 못하고 이렇게 물었다.

"존사(尊師)[1]는 뉘시오며 인간의 낙이란 무엇을 말씀하심이오니까?"

보살은 그제서야 다락 위를 바라보며 거기 취해서 쓰러져 있는 선관(仙官)들을 가리켜 일일이 설명을 해주었다.

"이곳은 백옥루(白玉樓)인데, 누워 있는 제1위 선관은 문창성(文昌星)이며, 그 옆에 차례로 누워 있는 자제천선녀는 상제의 시녀인 옥녀(玉女)와 천요성(天妖星)과 홍란성(紅鸞星)과, 제천선녀(諸天仙女)와 도화성(桃花星)이니, 저 홍란성은 바로 그대의 전신(前身)이니라."

난성은 깜짝 놀라 또 물었다.

"저 다섯 선녀들은 모두 천상에 입도(入道)한 신선이온데 어찌 저렇듯 취하여 자고 있나이까?"

보살은 홀연 합장하고 서편을 향해서 시 한 구를 외었다.

有情生緣

1) 존경하는 스승. 웃어른.

有緣生情
情盡緣斷
萬念俱空

정을 두면 인연이 생김이요,
인연을 두면 정이 생기느니.
정도 다하고 인연마저 끊어지면
모든 생각이 다 같이 비(空)나니라.

나성은 그제서야 혼자 깨달았다. 내 본래 천상의 성정(星精)으로 문창성과 인연 맺고 잠시 하계에 귀양 사는 거로다. 보살은 남해 수월암(水月庵)의 관세음으로서 석가여래의 명을 받들고 나성을 인도하고자 그곳에 왔다고 하며, 석장을 공중으로 던지니, 오색 무지개 찬연히 일어나고 벽력 같은 놀라운 소리가 들리는지라, 난성이 깜짝 놀라 깨 보니 일장춘몽(一場春夢)[2]이었다.

그리고 사방을 두루 살펴보니 여전히 취봉루 서안 앞에 누워 있는 것이었다.

난성은 꿈이 하도 이상하여 연왕과 두 부인과 여러 낭자에게 이야기하였더니, 네 사람도 모두 똑같은 꿈을 꾸었다고 하였다. 이 말을 듣자 연왕의 어머니는 이렇게 말하였다.

"내 옛날에 시골에 있었을 때 돌 부처님께 기도하고 연왕을 낳았으니, 이는 곧 관세음보살님의 자비하신 가호(加護)로다."

2) 한바탕의 봄 꿈처럼 헛된 영화.

이 말을 듣고 선랑은 크게 기뻐하여 보조국사를 청해다가 재를 올리도록 하고 금백(金帛)[1]을 후히 보내서 암자를 짓도록 하였다. 과연 그 후 40년 동안이나 부귀를 누리다가 연왕의 양친은 80여 세까지 장수하였으며, 연왕 역시 다시 출장입상(出將入相)[2]하여 80까지 장수하였고, 윤부인은 3자 2녀에 70까지 황부인은 2자 1녀에 60여 세까지, 홍란성은 5남 3녀에 70세까지, 선랑과 일지련은 각각 3자 2녀에 또한 70까지 장수하였다.

연왕의 아들 16인도 모두 입신양명(立身揚名)[3]하여 부귀를 누렸고, 여자 10인은 모두 왕공(王公)의 부인이 되어 다자다복(多子多福)하였고 심지어 연옥 · 소청 · 자연까지도 길이길이 의식이 풍족한 가운데서 복을 누렸다.

---

1) 금과 비단.

2) 나가서는 자수가 되고 들어와서는 재상이 됨.

3) 출세해서 자기의 이름을 세상에 드날리게 함.

작품 해설

조선 후기인 숙종 이후의 고대 소설로, 상 · 중 · 하 3권 3책으로 된 장회 소설이다. 지은이는 남익훈, 남영로, 홍진사 등 여러 설이 있지만 그중 남영로라는 설이 가장 유력하다. 《옥련몽》과 그 내용이나 등장인물 등이 흡사해서 《옥련몽》을 개작한 것으로 추측하는 이도 있다.

내용은 다음과 같다.

천상 상제가 백옥루를 중수하고 선관들을 초대하여 낙성연을 베풀었다. 이 때 문창성은 취중에 시를 읊었다. 상제가 들으니 진세의 인연을 띠고 있는지라, 연회가 끝난 뒤 문창성을 불러, '오늘 밤 옥루에 올라가서 놀고 오라' 고 했다.

상제는 문창성이 지나치게 취한 것을 염려해서 제방옥녀와 제천선녀를 보내어 모시고 놀게 했다. 이날 밤 천요성 · 홍란성 · 도화성 등의 선녀들도 와서 같이 놀았다. 이 때 석가세존이 영산도량을 파하고 연화대로 돌아가던 도중 마가지에 가 보니

10타 옥련화 중 1타가 없어졌는지라 관음보살에게 찾아오라고 했다.

보살은 옥루로 가서, 6선관이 취해서 누워 있는 틈을 타 천요성이 꺾어 가지고 온 옥련화를 도로 찾아 가지고 왔다. 세존은 옥련화의 제엽시를 보고 밀다삼경을 송하여 다섯 개의 명주가 되도록 했다. 이에 보살은 세존에게 고해 연화와 다섯 개의 명주를 진세에 던져 진세에서의 인연을 맺게 했다.

그리하여 세상에 태어난 양창곡(문창성)은 차례로 다섯 선녀의 화인인 다섯 여인을 만나 인연을 맺고, 다섯 여인은 양창곡을 도와 나라에 충성하게 하며 처첩이 되었다. 양창곡은 윤부인 · 황부인의 양처와 강남홍 · 벽성선 · 일지련의 세 첩을 거느리고 화락하게 살다가 천상으로 올라가서 다시 선관이 되었다.

한문본 《옥루몽》은 64회로 되어 있는 장회 소설이며, 《구운몽》의 세 배나 되는 방대한 작품이다. 하지만 《구운몽》과 같은 몽중담이 아니고, 《구운몽》과 같이 중국을 배경으로 하고 일부다처주의적 봉건 생활을 표현했다. 하지만 그 치밀한 구성, 등장인물의 성격 묘사, 사건 표현의 구체성 등은 《구운몽》의 지은이가 도저히 시도할 수 없는 비상한 수법이라고 하지 않을 수 없다.

《옥루몽》 역시 《구운몽》과 같이 남녀 주인공의 결연담 · 무용담, 여성끼리의 쟁총담 등으로 구성되어 있다. 그런데 《구운몽》에서는 여덟 명의 여인이 등장하고 있지만 《옥루몽》에서는 다섯 명이다. 그러나 한 남성과 여덟 명의 여인 사이에 벌어지는 사건보다도 세 배나 되는 작품으로 구성했다는 사실은 이 작품이 《구운몽》보다 훨씬 우수하다는 것을 입증하고도 남음이 있다. 다만, 《옥루몽》이 한문으로 쓰여졌다는 데에 민족 문학으로서의 문제점이 있을 뿐이다.

이 작품은 또한 어느 조선 시대 소설에서도 찾아볼 수 없는 봉건적인 귀족들의 호화로운 생활상을 구체적으로 잘 표현했다. 특히 상 · 중 · 하 세 권 중 하권에 가서는 귀족들의 호화로운 생활상만을 표현했다. 주인공 양창곡이 출전해서 위대한 무공을 세우고 돌아와서 연왕의 책봉을 받고 다섯 명의 처첩을 거느리고 생활하는데, 그 생활의 호화로움을 구체적으로 잘 표현했다.

끝으로, 이 작품에 내포되어 있는 사상을 살펴보면, 동양의 3대 사상인 유교 · 불교 · 도교 사상을 혼합, 융화시켜 놓았다. 하지만 결말에 가서는 도교적인 사상이 중심이 되어 있음을 알 수 있다. 《구운몽》에서는 남녀 주인공의 인간 세계의 영화를 마음껏 누리다가 만년에 가서 인간 세상의 무상과 허무를 느끼는 나머지 다시 옛날의 육관대사에게로 돌아가서 불도를 닦아 극락세계로 갔다. 이에 비해 《옥루몽》의 남녀 주인공들은 인간 세계의 부귀와 영화를 마음껏 누리다가 인간 세계의 수명이 다하자, 다시 옛날의 천상으로 올라가서 선관이 되었다. 이를 두고 볼 때 《구운몽》이 불교적인 인생관을 주제로 했다면 《옥루몽》은 도교적인 인생관을 주제로 한 작품이라고 할 수 있다.

이 작품의 목판본은 없고, 활판본으로 국문본과 한문본의 두 종류가 있어서 원작이 국문본인지 한문본인지 알 수 없다. 하지만 한문본이 원본이 아닌가 한다.

국문본으로는 1913년에 발행한 《옥루몽》 5책을 비롯한 10여 종이 있지만 내용은 동일하다. 한문본으로는 1915년에 발행한 《현토옥루몽》을 비롯한 3종이 있으나, 역시 내용은 같다. 그리고 필사본도 많이 있는 것으로 볼 때 널리 애독된 작품 중의 하나임을 알 수 있다.

■ 구 인 환 ■
서울대학교 사범대학 국어교육과 졸업
서울대학교 대학원 국어국문과 수료(문학 박사)
서울대학교 사범대학 교수
국어국문학회 대표이사 및
한국소설가협회 이사
문학과문학교육연구소 소장
서울대학교 명예교수

우리 고전 다시 읽기

옥루몽

초판 1 쇄 발행 2003년 9월 25일
초판 7 쇄 발행 2014년 12월 22일

엮 은 이 구 인 환
펴 낸 이 신 원 영
펴 낸 곳 (주)신원문화사

주 소 서울시 영등포구 당산동 121-245 신원빌딩 3층
전 화 3664-2131~4
팩 스 3664-2130

출판등록 1976년 9월 16일 제5-68호

* 잘못된 책은 바꾸어 드립니다.

ISBN 89-359-1109-7 03810